U0691770

# 羊山花草吟

宁 可◎著

中国文史出版社

图书在版编目（CIP）数据

羊在山上吃草 / 宁可著. -- 北京 : 中国文史出版社, 2022.9

（“锐势力”中国当代作家小说集）

ISBN 978-7-5205-3654-7

Ⅰ. ①羊… Ⅱ. ①宁… Ⅲ. ①短篇小说－小说集－中国－当代 Ⅳ. ①I247.7

中国版本图书馆 CIP 数据核字(2022)第 164804 号

责任编辑：全秋生

---

出版发行：中国文史出版社
地　　址：北京市海淀区西八里庄路 69 号　　　邮编：100142
电　　话：010－81136602　　81136603　　81136606（发行部）
传　　真：010－81136655
印　　装：廊坊市海涛印刷有限公司
经　　销：全国新华书店
开　　本：787×1092　　　1/16
印　　张：15.25　　字数：238 千字
版　　次：2023 年 1 月北京第 1 版
印　　次：2023 年 1 月第 1 次印刷
定　　价：58.00 元

---

# 日凿一窍，而浑沌不死

戈　　舟

在一定程度上，宁可的小说符合我对小说这门艺术的大部分定见。

原则上，小说似乎是应当“求真”的，它以虚构之名，行“仿真”之实。但鉴于甚嚣尘上的“笨拙现实主义”，我一度也有“小说何妨更假一些”的呼吁。小说之“真”“假”，其间确乎有深意，懂得的，自然会懂，不懂的，大约再怎么使劲儿，也没法懂了。就是说，懂得小说“真”“假”之辩，更接近于一种本能，说是天赋，也不为过，而文学关乎天赋，这个也是毋庸多说的事情。在我看来，不懂“真”“假”问题，对这对儿矛盾缺乏天赐的思辨力，便失了写小说这个行当的准入证。从来无证上岗者众，此间又划开了两个阵营：一方一味索“真”，死心塌地，僵硬粗糙，拉上无辜的“现实主义”以壮声色，既败坏了伟大的现实主义，又糟蹋了读者的胃口，这也是我“何妨更假一些”之论的缘由；另一方一味求“假”，虚头巴脑，云来雾去，画人与画鬼，只去无能地画了鬼，倒也有“现代主义”这面旗帜可供招摇，久而久之，也将好端端的现代主义弄得令人厌弃。

假作真时真亦假，无为有处有还无。这副太虚幻境的对联，是中国精神的妙处，也可被视为小说这门艺术的东方式真谛。在这个意义上，宁可做小说，是领了准入证的。这已经很不简单，那道门槛不是谁都过得去的，几近老天赏饭。

现实中，宁可不靠写小说吃饭，他有一份稳定的工作，中规中矩，行止得当，这口小说饭，他用来喂养灵魂。这也是我尤为看重的地方。一个人于现实之中有着脚踏实地的熬炼，同时于灵魂之中常常爆发革命，在“虚实之间”便有了参悟“真假之辨”的渠道，两厢取一个平衡，就是做人与为文共同的益处。此种人物，我首先想到的，是那个在工伤事故保险公司就职的卡夫卡，但稍微细究，又觉得不好比附宁可，不是水准之别，是气质上，宁可更多的，似乎更近蒲松龄之类做着塾师的中式先贤。但同样经不起细究——宁可的这本集子读下来，的确会给我一个辨识上的难度，它亦东亦西，有着鲜明的西方文学痕迹，同时极具东方传统之道，在观念与方法上，都有着杂糅的品相。

粗略地说，宁可的小说在“真”“假”之间，取乎于“假”，《左右》《东西》《春夏秋冬》这样的篇章，极尽辩证之能事，具象的尘世只服从于宁可抽象的目的，在小说中，他干脆极端地以“东”“西”“左”“右”“春”“夏”“秋”“冬”命名了自己笔下的人物，在最大程度上使得文字向着寓言靠拢，也在最大程度上，消减着那个“原则上”小说应当遵循的“仿真”路线。这原本也是有着东方传统的，一本《红楼梦》，曹雪芹给笔下的角色命名，贾雨村、甄士隐，恨不得把暗喻弄成明喻。

这至少别具一格，也至少是在给自己确立着更高一级的小说精神，至少已经脱离了对于“真”片面和无能地理解。可贵的是，在对“更高一级小说精神”的追求中，宁可没有倒向那种令人厌弃的虚头巴脑和云来雾去。他的小说在显豁的精神诉求之下，始终不曾忘记给出结实的现实依据，在画人与画鬼之间，宁可顽强地选择了画人：那个叫“左”和叫“右”的年轻人，身陷就业的恐慌，看 3D 电影，在护城河边和女孩子花前月下；那个叫“东”的男青年开着摆有桌牌的会议，那个叫“西”的女青年眺望雷峰塔遥想白娘子……这些纯乎物理现实的细节，即便被宁可交付于梦境，但一笔一笔皆有“在地性”，使得抽象之“抽”有了可“抽”之处，也使得所抽之“象”更具指涉性，直接呼应着红尘，对凡俗的生活现场发散着象征的隐喻。这同样呼应着《红楼梦》的传统。

没错，就是“梦”。宁可的小说几可以“梦”来读。此梦是那种日有所思夜有所梦之“梦”，日有所思作为前提，保证了他的夜有所梦的可被理解性，而作为后果的夜有所梦，也使得他的日有所思不被乏味的琐屑拘囿，在形而上的云端展开了符合文学本意的翅膀。也正是“梦”的介入，令我摇摆一番，将宁可从卡夫卡的队列里划出，归给了他的东方前辈，那是蒲松龄与曹雪芹的队伍，是老子与庄子的队伍，时常的神游八荒、物我两忘。

诚然，百年的中国新文学实践，已经难以一刀划出截然的东、西，在精神资源上，今天每一个现代汉语的书写者都难以断然给自己一个非此即彼的归属。宁可的小说在形式上力追西方小说的路径，甚至有着用力过猛的痕迹，《羊在山上吃草》一篇，便极具现代主义神采；但他内在的世界观却全然是东方式的，人间于他，是梦，是有无和真假的圆融，而非尖锐的对立与机械的拆解。同样瞄准虚无，加缪会让默尔索扳动枪机去行凶杀人，而曹雪芹只会让贾宝玉白茫茫一片真干净地归于道山，在宁可笔下，即便文本中插进一个“现代主义”的批评家不断搅局，也依然会让山匪秃老歪和二柱这对有着夺妻之恨的冤家和解于浩荡山岚之中。这是本质上的差别。在这个本质上，宁可毫无疑问站在东方的传统之中，他的小说总体上倾向于温和，慈眉善目，有着某种专属东方的“智者”腔调，乃至也许是无意之中，令他所写下的这些小说富有了一种非常高级的可能，那就是——浑沌之美。

然而：

> 南海之帝为倏，北海之帝为忽，中央之帝为浑沌。倏与忽时相与

遇于浑沌之地，浑沌待之甚善。倏与忽谋报浑沌之德，曰："人皆有七窍，以视、听、食、息，此独无有，尝试凿之。"日凿一窍，七日而浑沌死。

浑沌之脆弱，七天就可以给弄死，庄周早有警示。

宁可几乎在每一篇小说里都用力地凿窍，他的小说在"呈现"与"照亮"两极，更多的着力在"照亮"之上，他太想靠近某个"意义"以视听食息。这当然没错，尤其在更多的人只匍匐于"呈现"层面的文学现场。但我想以庄周的警示与他共勉，让我们时刻记得：

倏忽之间，日凿一窍——而浑沌不死。

怎么做到呢？这依然事关天赋，事关人的修行和文学的教养。也事关培养对于那些外部加诸于己的花哨阐释的抗体。不谈论，至少少谈论，维护好待己甚善的浑沌。

好在宁可天赋好，修行亦佳。证据是，干好工作之余，他顽固地不忘喂养灵魂，他提起笔来，没有去写神奇的诗歌，没有去写瑰丽的散文，而是老老实实地，多少有些吃力不讨好地写起了小说。他写起了小说，居然没有写成那种势大力沉的"陕西小说"，更是一桩神奇的事情。所以，宁可应当被好好珍惜。

戊戌冬

香都东岸

弋舟，中国作家协会全委会委员、小说委员会委员，现任《延河》杂志社副主编。历获鲁迅文学奖等多个重要奖项。

# 目录

CONTENTS

# 羊

不管你是什么生灵，只要从秦岭山上经过，山坡上的草都会告诉你，灯草的犟，是从骨子里带来的，你若招惹了，必将万劫不复。

这不是秘密，山坡上的草也不是第一个知道的，第一个得到这条经验的是从小在山里长大的羊。

就像南方人喜欢糖，北方人迷恋醋，羊最痴恋的是山坡上的草。秦岭深处的草，一年四季青翠、茂密。只不过有的一从土中露出头，就暴露在阳光下；有的直到进了羊的肚子，也未沐浴过阳光。山里人把太阳能照得到的山坡，称为阳坡；一年四季不见太阳的，取名阴坡。不管阳坡阴坡，都长满了草。小羊跟着灯草一家，晚上住在阳坡，白天吃草的时候，却习惯性地去阴坡。灯草的爹和娘，都随着羊的性子，羊去哪儿，人就去哪儿。远远看去，倒不像人牵着羊，而是羊牵着人。直到灯草进了学堂，开始花家里的钱了。星期天不上学的时候，娘破天荒地将牵羊的绳子交到了灯草手里。牵羊的绳子不长，却和家里的柴米油盐，还有灯草的学费关联在一起，灯草觉得很神圣。接过绳子的那一刻，太阳已经升起，月亮还未退去，山坡上的绿草头顶露珠，在阳光下熠熠生辉。星罗棋布的羊肠小道像大山的毛细血管，曲曲弯弯地连接着阳坡与阴坡。

跟着灯草爹娘的时间长了，小羊还以为自己是兔子，坚守着不吃窝边草的信念，出了家门，习惯性地向对面山坡走去。小羊走得摇头晃脑，短短的尾巴不时在空中挥舞一下，提示手牵缰绳的灯草加快脚步。直到绳子勒紧了脖颈，小羊再也走不动的时候，也不知道后面面临着什么。

灯草走到阳坡和阴坡的交界处，停住了脚步。

小羊回头，看见灯草一脚踩在阳光上，一脚踏在阴影里，站成了山里的一棵树。山坡上青草的味道随风钻入了鼻孔，提示小羊美味近在咫尺。回过头的小羊显得很烦躁，冲着灯草咩咩嚎叫。灯草从小看惯了老羊和小羊母女两代在爹娘面前的骄纵和蛮横，一旦脱离了爹娘的眼睛，灯草决定改变现状，由羊牵人变为人牵羊。

就这样，灯草和小羊对峙在阴阳交界处。

多年来，羊一直是灯草家的钱串子，比鸡和狗的贡献大，一代又一代，为灯草家的生计做出了不可磨灭的贡献。作为灯草家功臣的后代，羊的饮食起居都是很有规律的。一旦规律被打破，即使小羊，也是有脾气的。早餐到了嘴边而不入，小羊很生气，冲着灯草吹胡子瞪眼。偏偏灯草也是双目圆睁，抓住绳子不放手。

村长踩着早晨的阳光来到了跟前，停住了好奇的脚步，灯草，为什么不让羊吃草？多少年了，山里的鸡毛蒜皮、家长里短，都是村长管辖的范围。

灯草仍然瞪着小羊，不回头，我没让小羊不吃草。

这丫头，都上学了，还说瞎话。村长佯装生气了。

正因为我上学了，灯草回过头，很认真地说，我才不让她吃阴坡的草。

阴坡的草绿，干净，小羊爱吃。村长强调道。

阴坡的草上有露水，羊吃了容易拉肚子，灯草怕没有说服力，又说了一句，这是我们老师说的。

你们老师瞎说，村长说，拉不拉肚子，羊不知道啊。

灯草用后脑勺说，这不是瞎说，是知识！

村长摇着头，嘴里嘀咕着“知识”两个字走了。一边走还一边琢磨，羊爱吃阴坡的草，就像村里的习俗一样，流传多少年了，你个小屁丫头，才念了几天的书，就想改规程了。我看你还能犟过头上长角的羊？村长在地里走了一圈，感觉时间差不多了，慢悠悠地转了回来，惊异地看见灯草家的羊第一次站在阳坡上吃草，而灯草，坐在阳光下，一手牵着绳子，一手拿本书，安静得像年画里面的人。羊吃得认真，人看得聚精会神，以至于人和羊都没有看见村长。村长挠着脑袋，站在那里琢磨了半天，才找到了原因：这只小羊头上没有长角，角长到灯草头上去了。

这是灯草八岁那年的事。

这件事在村子里传了很长时间，一直传到灯草成了村子里第一个去镇里上学的中学生。村子里的人都说这孩子不一般，长大了准有出息，只有村长不说话，对着灯草的背影不停地撇嘴摇烟袋。

上了中学以后，学费增长了不少，灯草家的光景变得紧张起来。山里除了青山绿水，再没有别的活计，只能靠山吃山，灯草家又在屋后开出了一块地，种上了早玉米。之所以说“早”，是因为反季节种的，所以就和麦子一起成熟了。乡镇学校的老师，大多数家里都有田地，到了麦收时节需要人手的时候，学校里就有了十天的假期。灯草从学校回到家里的时候，长在后院的玉米棒已经珠圆玉润，在玉米秆上雄赳赳气昂昂了。灯草家虽处秦岭深处，但在她们家住的山后，有一条高速公路巨蟒一样趴在山里。路面是封闭的，像山里冷酷的风，提醒着山里人虽然从你这儿经过，但却与你无关。事实也是如此，一辆辆说不出名字的车辆飞驰而过，山里人连里面坐着的人都来不及看清。让山里人稍微感到公平一点的是，后来建了一个加油站，活生生把高速公路撕开了一道口子，尽管得翻过一座山，但却使得这条从山里通过的公路和山里人搭上了关系。加油站旁，山里人就把从鸡屁股掏出来的、羊奶子挤出来的、果树上摘下来的、山地里刨出来的形形色色的山货拿出来，挣些油盐酱醋钱，以及孩子的学费钱。

山里安静，灯草睡得很踏实。睡醒以后，看见娘已经把玉米棒从玉米秆上掰下来放在了篮子里，灯草就清楚自己的使命了。匆匆吃了几口饭，又拿了几块饼，挎着篮子出了门。山里的早晨，雾气大、露水重，收麦的人们此刻都在家里养精蓄锐，准备太阳把露水赶走之后大干一场。所以，山路上的空气是为灯草一个人准备的。灯草一边走，一边大口地呼吸着新鲜的空气。灯草知道，离山外愈近，空气的味道愈不纯净。就连地处浅山的镇上，空气的味道也已经有些变味了。山里经常能去镇里的，除了上学的灯草，就是常去开会的村长了。所以，当村长迎面走来的时候，灯草不由自主地往路边靠了靠。在山里人眼里，外面的世界就是村长的嘴。

按照村里的常规，走在山道上的村长从不主动向人打招呼。村长走路，从来不是看着天上的日落日出，就是看着山上的绿草树木，常常是一句问候传了过来，村长才知道对面或者是身后来了什么人，然后再决定是点头还是搭腔。今天很奇怪，村长明明感觉对面走过来一个人，就要擦肩而过了，也没有吭一声。村长只好把目光从天上和山上收回来，扫了一眼来人。村长先看见了篮子里的玉米棒，然后才看见了灯草。

我说是谁呢，原来是我们村的女秀才回来了？

灯草本来已经过去了，闻声只好停下脚步，村长伯好。

伯不好，村长笑嘻嘻的，旱烟袋在胸前荡着秋千，你把书念得都不认识伯了？

灯草尴尬地脸红了，幸好村长的目光已经从灯草的脸上移到篮子里了，去加油站？

灯草点了点头。

好不容易回来一趟，别跑了，得翻一座山呢，村长旱烟袋上下一跳，体恤道，把玉米棒送到我家去吧，真是怪了，我那孙子一大早起来就嚷嚷要吃玉米棒，你婶在家，会把钱给你。有这时间帮你爹娘去收收麦子。

灯草已经是中学生了，中学生有自己的分辨能力。村子里其他人这样说，灯草不相信，村长这样说，灯草不得不信，几乎村子里所有的人家都住的是泥瓦房，只有村长家住的是楼房。住楼房的人家不会少了几个棒子钱。何况，爹娘年龄大了，地里的麦子也确实需要人手。灯草感激地冲着村长笑了笑，回村去了。

爹娘看见灯草提着空篮子进来，问道，玉米棒呢？

灯草很得意，卖了。

爹娘相互看了一眼，说，遇见村长了？

灯草说，是的，村长伯让我送到他家去了。

娘没有说话，拿起篮子又进了后院的玉米地里。爹犹豫了一下，问，你伯咋说的？

灯草说，伯让婶给钱。

爹急了，你真收她的钱了？

灯草说，婶说钱都在伯身上，等伯回来了付钱。

说话间，娘又掰了一篮子玉米棒，说道，快去吧，天黑前还能赶回来。

山里都是坡地，麦子不好割，割完了都靠人往下背。灯草家虽然麦子不多，收完的时候也快要开学了。幸好后院的玉米棒也被灯草一篮子一篮子地卖完了。太阳下山后，一家人坐在院子里吃饭。风吹散了灯草额前的头发，把灯草吹醒了。

娘，灯草说，村长伯欠咱的玉米棒子钱给了没有。

今年收成不错，娘心里很高兴，说，啥欠不欠的，几个棒子，又不值几个钱？

五十元呢，灯草说，够我一个月伙食费了。

爹磕了磕烟嘴，笑着说，你伯事多，兴许忘了。别再提了。

灯草放下了碗，那不行，村长伯说给钱的，说话就得算数。

犟脾气又来了，你以为村长是咱家的小羊啊？娘看着灯草说，也就是看着你是咱村第一个中学生，别人想给村长，人家还不要呢。

假期只有十天，别破坏了爹娘的好心情，灯草想。一阵微风吹了过来，全身说不出的舒坦，灯草站起来，美美地伸了个懒腰，一边往门外走，一边说，我去门口吹吹风。爹娘还没有回答，灯草的身影在灯光下一闪，融进了夜色中。山里的月亮，总是离人近，好像就挂在头顶，灯笼一样照亮了山路。灯草正在琢磨着怎么和村长开口，反正不能当着村人和村长家人的面说，这样会伤了村长的面子。灯草无所谓，爹娘就不好做人了。

灯草踩着黑夜往前走去，当那在夜色中一闪一灭的火星进入眼帘时，灯草在黑暗中无声地笑了。村长和她一样，也在山路上溜达，好像在等待着她。夜风陪着灯草一步步朝着村长的烟袋走去。到了跟前，才发现村长并不是一个人，旁边还有几个人围着村长。灯草侧身走过的时候，看见村长的目光在自己的身上扫了一眼。虽然村长没有说话，灯草还是心情愉快地回家了。只要村长看见她，今天的目的就达到了。

第二天黎明的山路上，灯草又遇见了村长。村长伯早，灯草热情地打了一声招呼，就从村长的身旁闪了过去。村长往前走了几步，回头看着灯草的背影，喊道，女秀才，你婶把钱给了没有？灯草的声音远远地传了过来，我爹我娘说了，村长伯能看上我家的玉米棒，是给面子呢。说话间，灯草的身影已经消失在了山路的拐弯处。村长听了，满意地点了点头，胸前的烟袋晃得更欢实了。

两天之中，村长第五次在山路上碰见灯草的时候，终于对此前的判断产生了疑虑，村长不得不停下了脚步，说道，我问过你婶了，还欠你的钱呢？村长拿出一百元远远地递了过来，多少就是它了。灯草说，我要拿了，我爹我娘会骂我的。灯草说着就从村长身旁溜走了，村长看着灯草的背影在山路上跳跃，也看见山坡上的羊正在悠闲地吃草，是灯草家的羊。现在，羊不用牵，不用赶，自己就跑到太阳底下吃草去了，夏天也不例外。村长想了想，在鞋底上磕了一下烟嘴，向灯草家走去。

灯草的爹娘正在打扫院子里的树叶子和小石子，看见村长走了进来，两个人都有点不知所措。村长从门口过去无数次了，从来没有往院子里瞅过一眼。村长从村子里每家每户的门前都走过无数次了，也轻易不往任何一家的院子里瞅一眼。这是村长多年的习惯。现在，村长的脚步在灯草家门口不但停了下来，而且走了进来。灯草的爹娘惊喜之下，手脚都不知道往哪儿放了。村长把一百元钱放在窗台上，笑着说，前几天拿了你家几个玉米棒，说好给钱的，灯草这孩子，死活不要，只好给你们送来了。灯草的爹娘一人抓住钞票的一角，一起往村长的手里塞，村长一边高声喊着说好要给钱的，一边转身笑哈哈地走了。村长的笑声很有魅力、很是大气，硬是把灯草爹娘悬在嗓子眼上的心笑回到了肚子里。

山里到山外的距离很远，一个寒暑也走不了几回。几个寒暑之后，灯草已经成了省城大学的一名大学生了。灯草不但是村里第一个大学生，也是镇里第一个。灯草考上省城的大学以后，村子里开始上学的孩子多了，村长的孙子带头，几个父母眼光远的人家的孩子，都已经在镇里上学了。前去上学的孩子第一堂课就是：向灯草学习，脱掉布鞋穿皮鞋。学校墙皮上刷的标语也是：以灯草为榜样，争做灯草第二。灯草就像山里的凤凰一样，成了山里的骄傲与象征。

这个夏天来临的时候，大学生灯草回村了。村里不通公路，也就不通车辆。坐车到了镇上，灯草踏上了羊肠小道。因为要赚够下学期的学费，灯草已经几年没有回家了。山里的一切在灯草的眼里变得陌生起来，除了脚下的路，仿佛一切都变了，变得新鲜、动人。虽然明明知道山还是原来的山，树还是原来的树，山坡上的草还是原来的草，这山这树这草在眼里竟然变得立体，活泼起来。灯草脚步轻快地行走在小路上，山音树声草语灌满了耳朵，个个都在热情地向她打着招呼。就这样，灯草一边和山、和树、和草说话聊天，一边欣赏着满眼的风景和画面。直到那朵乌云突兀地出现在画面中，好像洁净的画布上染上了一滴墨，一下子破坏了画面的美感。

风云际会并不全是好事，狂风拉着乌云的手，瞬间跑遍了天空。雨滴先是在灯草的脸上探头探脑，灯草还没有来得及抹掉落在脸上的雨滴，雨滴就变成了雨点，扯天扯地砸了下来。干燥的山路刚开始还冒出了几丝热气，很快就被汇集起来的雨水变成了水沟，雨水裹着树叶、泥土，从山路的高处倾泻而下。离开山里的时间久了，灯草已经忘记了大山的脾气，没有准备雨伞，雨水把荣归故里的凤凰瞬间浇成了落汤鸡。乌云压顶，一道道闪电暴露着灯草的狼狈。

山里长大的孩子都知道，雷雨天是不能到树下躲避的，泥泞的山路上也不能行走，最好的躲避方式就是站在一个雨水冲不到的高处，等待暴雨离去。不远处的树被吹得东倒西歪，树枝上的树叶随风飘荡，有一片树叶迎面贴在了灯草的脸上，竟像小时候挨了爹的巴掌一样，脸上火辣辣的。灯草立即想起了家里的土屋，即使厚厚的土坯围成的屋墙能抵挡狂风和骤雨，那架在屋顶的树枝和泥巴肯定经不住风雨的肆虐。灯草仿佛看见屋顶的树枝一根一根被风刮落，家里的一切都裸露在雨中，急促的雨线在屋子中织成了网，牢牢地网住了缩在屋角的爹和娘。这样的场景灯草五岁的时候曾经经历过，那是灯草第一次见识风雨的另一面，他紧紧地缩在爹和娘的怀中，和他一起缩在爹娘怀中的还有家里的鸡和羊。在灯草的记忆中，那次的风雨过后，全村房屋唯一没有遭到破坏的除了村人集资修建的山神庙，只有村长家的砖瓦房。如今，山神庙还是原来的山神庙，村长家早就变成了小楼房，全家都被钢筋混凝土保护着。自己家还是十几年前重修的泥土房。灯草对着大山暗暗发誓，还有一年，最多两年，一定要把父母亲从大山里接出去。

风小了，雨却没有停歇的意思。灯草站在山包上，脚下的泥流更汹涌了，透过雨雾，灯草模模糊糊地看见泥水中翻滚着几个孩子的身影。每次暴雨，山里都有人被洪水冲走。脚下的土包摇摇欲坠，灯草不敢看脚下了，她抬起头，极力地向山中望去，雨幕阻挡了她的视线，大山深处混沌渺茫，黑白不定，好像远在另一个世界……

没有月亮，没有星星，大山和夜色融为一体，一片漆黑。山里的夜晚灯草很熟悉，没有月亮没有星星的夜晚，伸手不见五指。山和树只能在记忆中呈现，更何况蜿蜒在山腰上的小路。今天很奇怪，走在夜色中的灯草，惊奇地发现，山色、树影、山路，清楚得就像手掌上的纹路。山路拐了几个弯，路上有几个凹，全都一目了然。只有微风看不见，好在微风不是看的，而是感觉的，灯草感觉到微风融在了夜色中，一下一下熨帖着脸颊，舒坦得灯草感觉自己不是在走，而是在飘，腾云驾雾般飘荡在回家的山路上。

太阳挂在头顶的时候，灯草到家了。

白天的山里和晚上不一样，一片翠绿，每片树叶上都跳跃着一个太阳，亮晶晶的，酷似大山的眼睛，新奇地看着她。灯草热辣的目光一边在树叶上逡巡，一边大声喊道，不认识了吗？我是灯草，我回来了。大山的眼睛仍然忽闪着，好像没有听懂她的话。山顶上白云悠悠，好像在深蓝的天空信步一般，把灯草带回了魂牵梦萦的小山村。

仅仅两年多没有回来，才两年啊，灯草感觉到一切都变了：村子里盖起了好几座楼房，弯弯曲曲的山路上也铺满了石子，路面也宽阔了许多。小羊已经长成大羊了，颌下挂上了胡须。只是，不知道是因为没有了自己的管教，还是长大后有了自己的主意，又跑到阴坡吃草去了。让你欺负老人？灯草在心里哼了一声，慢慢地向山羊走了过去。山羊似乎看了她一眼，似乎又没有看，只是扭了扭脖子，又若无其事地低下了头，把嘴埋在了草地中。灯草像一阵风，都到山羊身边了，山羊仍然一副目中无人的表情。灯草有些失望，以前的小羊，一看见她都是一副楚楚可怜、紧张的样子。

不来点硬的看样子不行，灯草抬脚就在山羊的屁股上踢了一下，山羊没有感觉似的，头也没有抬。灯草有点生气了，她想抓住山羊脖子上的绳子，却发现山羊脖子上的羊毛很光滑、顺溜，一点儿也没有绳子勒过的痕迹。难怪，看来它不服管教已经很久了。

身后传来了脚步声，灯草回过头，脸色发烫了。她看见村长顺着山路走了过来。几年不见，村长似乎老了许多，走路没有原来威严、有力了。脸上多了几道皱纹，下巴上的胡子已经花白了，茅草一样横七竖八。唯一没有变的是，叼在嘴里的烟锅以及在胸前左右摇晃的烟袋。村长也不再看天看山看树了，低着头，目光盯在自己的脚面上，一边走，一边狠劲地吸着烟嘴。随着两个脸颊的一凸一凹，一股烟雾白云一般飘向了身后。

灯草是在村长走到跟前的时候发出声音的，村长伯，灯草说，您从地里回来了？村长没有听见似的，头也没有抬一下，就从灯草身边走了过去。村长伯肯定生气了，一年前，村长伯的孙子到了去镇里上学的年龄，曾经让灯草的父母转来过一封信，希望灯草毕业以后能回村办个学校，这样，村里的孩子就不用往镇上跑了。好不容易从山里走了出来，灯草还打算参加工作以后把父母也接出大山，灯草没有回信，这也是灯草两年没有回家的原因之一，她不知道回去了如何面对村长。两年过去了，灯草也快毕业了，工作也有了意向，原以为时间长了，这件事就过去了，从村长刚才的态度看，这件事还是留在了村长的心里。

灯草不管山羊在哪里吃草了，她急匆匆地往家走去。村长能对自己不理不睬，对父母就更可想而知了。山路在灯草的脚下变短了，从小看着自己长大的叔叔婶婶见她过来，也跟没有看见一样，继续站在家门口有说有笑，灯草已经顾不上分析原因了，家里肯定出事了，灯草的脚步愈发急促，她既想马上回到家中，又怕回到家中。等待自己的将会是什么？灯草不敢想。

两次从家门口走过又退了回来，灯草才确认没有走错地方。她停住脚步，四下环顾了一周，没错，这确确实实是自己的家。家里果然变了，变得灯草不认识了：原来的茅草屋不见了，取而代之的是一砖到底的平房，气派得就像菩萨庙。更让灯草惊奇的是，在平房的旁边，矗立着一个二层小楼房，不但一砖到底，墙壁上还贴满了瓷片，洁净得如同天上的云彩，在这个满是泥瓦房的山村，显得鹤立鸡群。打眼看去，竟然比村长家的楼房还要气派。要不是父亲正好从平房中走了出来，灯草还真犹豫要不要进去。父亲也变了，变得脸上的皱纹更多了，每个皱纹中都爬满了笑容。父女连心，是不是父亲知道自己今天回来。灯草兴奋地喊了一声，爸。就向父亲跑了过去。还没有跑到跟前，父亲已经转身进了屋子。灯草委屈极了，村长可以装作听不见，邻居也可以故意看不见，自己的父亲不应该听不见女儿的叫声啊。

委屈归委屈，灯草还是站在了屋门口。母亲的身影一下子扑进了眼帘。知女莫若母，灯草的眼泪差点涌了出来。母亲正在做饭，做的正是灯草最爱吃的搅团。白色的面糊糊正在锅里吹着气泡，显然，母亲往苞谷面里放了不少麦面。火苗从灶火口冒了出来，把母亲黝黑的脸庞映得红通通的，也把母亲脸上的笑意暴露无遗。妈，灯草含着眼泪喊道。母亲的心思全在柴火上，没有回头，只是把一根又一根干枯的树枝煨进了灶火中。扑出来的火苗更大了，也更艳了，比太阳光还要强烈。父亲站在风箱旁，正拿着木叉子不停地在锅里搅动。锅里的面糊糊一会儿变得凉粉一样光滑。灯草看见汗珠一滴一滴从父亲的脸上滚落，父亲的脸色和母亲一样，满脸慈祥的喜悦。

昨晚我梦见灯草回来了，父亲对母亲说。

母亲的眼睛红了，娃也有难处，不回来也好。母亲说。

父亲依然兴冲冲地，灯草给我说了，毕业就回来。要不，也不会一大早让你做搅团。

母亲一边拉风箱，一边说，真要那样，也就给村里人有个交代了。母亲抬头环顾了屋子一圈，要不，这样的屋子咱住着也不踏实。

灯草有点糊涂了，她又喊了一声，爸，妈，我回来了。

父亲没有回头，母亲没有抬头。灶火口火苗正旺，搅团在锅里翻滚的声音掩盖了灯草的叫声，父亲和母亲都没有听见。灯草不再叫了，她转过身，目光落在了对面的楼房上。灯草慢慢地走了过去，透过窗户上的玻璃，她看见里面全是崭新的课桌，里面没有一个学生，桌面上却连一丝灰尘也没有。灯草又看了看其他的房间，全都摆满了课桌，油漆的味道很浓。不同的是，每个房间的门口，都挂着一个木牌，依次写着初一、初二、初三，剩下的几间，都挂着老师办公室的牌子。教室的门大开着，灯草不由自主地走了进去，手在课桌上依次划过，她一直走到了讲台上。转过身的时候，突然发现下面坐了一个男孩。

男孩长得虎头虎脑的，眼睛很大，眼神里充满了惊喜和渴望，老师，你回来了？

灯草尴尬地说，我不是老师。

男孩的目光很坚定，我爷爷说了，只有你才能当我们老师。

灯草看着男孩，突然想了起来，这是村长的孙子，曾经吃过自己的苞谷棒。

灯草笑了，村长伯骗你呢。

爷爷还说了，如果连你也不愿回来，就不会有人来教我们了。男孩的表情一下子变得很沮丧。

好不容易走出大山，灯草打心眼里不愿意再回来，看着男孩失望的目光，灯草内疚地说，你要愿意，我给你上堂课吧。

好啊好啊，男孩马上坐得笔直，双手背在后面，两只大大的眼睛里面堆满了渴求。灯草第一次站在讲台上，朝下望去，一张张课桌变成了连绵起伏的群山，山上树木葱茏，无数叫不出名字的鸟儿在欢唱。树下青草翠绿，一只小羊低头吃草。灯草惊奇地发现那就是自己家的小羊，这只小羊就像自己一样，放着家门口的草不吃，非要贪恋远处的草。灯草还看到，云朵像空气一样，在教室里面流淌，她的话语也像云朵一样，塞满了整个空间。

灯草正讲得津津有味，突然看见教室外站满了人、几乎全村的人，村长站在中间，自己的父亲和母亲站在村长两边，所有的人肃立着，虔诚地看着教室，看着站在讲台上的自己。

灯草脱口而出，村长伯，爸、妈。

教室外的人没有任何变化，坐在讲台下的小男孩却笑了，老师，他们看不见咱们的，也听不见你说的话，咱们讲咱们的。

灯草目光回到小男孩身上，发现小男孩和自己一样，轻飘飘的，一会儿清楚，一会儿模糊，只有教室固定不动，课桌实实在在。灯草走出教室，从村长、爸妈、村人眼前走过，飘向了村外。

村外的阴坡上，小羊正在吃草。

# 左　　右

和阿右密不可分，对我来说是没有办法的事。

这是我大学毕业以后的想法，小时候因为小，所以并不这样认为。

一起睡觉，一起玩耍，一起上学，一起吃饭，一起上厕所。按照这个趋势发展下去，以后肯定是一起找工作、一起谈恋爱，甚至一起……于是，常常有人怀着酸葡萄心理先入为主地认为我们是连体胎。每当这个时候，我们都会对那些自以为是的人投去嘲弄的目光，尤其是我。与此同时，我们也不会忘记为自己骄傲。互相骄傲。记忆最深刻，也最让我引以为豪的，是在上托儿所的时候，小班不知天高地厚的丫头片子小月竟然张口咬破了大班阿右的脸。小月之所以咬阿右，是因为阿右的脸蛋红扑扑得像苹果，而小月那时候正好肚子饿了。大班的阿右面对小月没有一点儿先兆性的突然袭击，惊慌失措，站在教室墙壁的镜子前，看着血一点一点从红扑扑的皮肤里渗出来，阿右除了发出尖锐的叫声，只会给正在流淌的血液里增添一长串的泪水。叫声和泪水此起彼伏，把阿右的疼痛和愤怒在有声世界和无声世界表露得淋漓尽致。老师对小月的批评显然不能平复阿右当时受伤的心灵，阿右的哭声宛如墙上刚换上电池的电子钟表一样，一点儿也没有停止的意思，眼泪更是把一个个小豆豆连成了线。看在眼里、痛在心上是我当时真实的心理写照，从小形影不离累积的情感顿时转换成一股庞大而又突如其来的力量。趁老师不留神，我的拳头又快又准并且如愿以偿地击在了小月小巧玲珑的鼻子上，不但心想事成地把小月两个鼻孔里面的鼻涕调整成了红色，而且顾全大局地捍卫了托儿所大班的尊严。

老师的训斥在所难免，但有付出必有回报。从此以后，阿右对我佩服得五体投地。表现之一，就是再也不和我抢苹果吃了。当然还有之二之三，因为不重要，可以忽略不计了。

经过这件事的力证，墙上虽然少了几朵小红花，我却当仁不让地成了阿右的保护神。从托儿所始，小学、初中、高中，一路走来，一直到大学毕业，阿右和我没分开过。我也没想过要和阿右分开。

老人们都说，你们赶上了好时候，不缺吃不缺穿的。这是爷爷辈的人唠叨在嘴边的一句话；父母辈的人不屑于这样说，“你们到底想要什么想吃什么”常常是他们愤怒而又无奈的呐喊。对类似这样的话语，我和阿右很是不以为然。不是我们无理取闹，更不是我们矫情，因为他们拥有的，对于我们来说已经不入眼，而我们需要的他们又给不了。比如说，工作；又比如说，爱情。这是刚刚大学毕业的我们面临的人生最大的尴尬。

电视报纸上把大学生就业说得很恐怖，恐怖到我和阿右一见到那低得可怜的就业比例就心烦气躁。也不能全怪我们生不逢时，所幸的是，老天爷虽然有时候偏心，但更多时候是公平的。这个世界上没有绝对的好事，自然也不会有绝对的坏事。本来经济下滑是国家大事，和我们没有太大的关系。但正是因为经济下滑，全国各地迎来了返乡潮，那些没有考上大学、高中一毕业就随着浩浩荡荡的南下潮去打工的人群不得不回到了家乡。小月就这样从返乡人流中走了出来，突兀地站在了我和阿右面前。

不认识了？面前的小月虽然不能算美若天仙，但也胖瘦适中，凸凹有致，眼睛潮湿而略显羞涩，带着南方海水特有的气质和味道。阿右自相矛盾般地往后躲了躲，好像现在还依稀残留在脸上的疤痕对不起小月似的。我用大学四年训练出来的鼻子一闻，就知道今天的小月远非我们那些腻腻歪歪而又故作清高的女同学可以比拟。这一点我刚感觉到，阿右已经表现出来了。在我佯装惊喜刚抬起胳膊时，阿右的手已经和小月的手握在了一起。紧接着出现在眼前的事实活生生地证明，社会大学培养出来的大学生比我们这些大学校园里混出来的人优秀，不只表现在待人接物上，察言观色更是了得。小月虽然握着阿右的手，却敏锐地注意到我的已经伸出来又灰溜溜地缩回去的手，随即伸出另一只手，主动而又象征性地握了握我的手，然后，眼睛平均地分配在我和阿右身上。女人的理智和心机永远在男人面前具有摧毁性，小月的这一个举动，就使我第一次真切而又真实地感受到了一和二分之一的区别，我就在那时候感觉到了阿右的碍手碍脚和令人讨厌。说不清是有意还是无意，我竟莫名其妙地看了自己已经紧握成拳的手掌一眼，只有我知道，我当时真实的想法是想把小时候击在小月鼻子上的拳头如法炮制在阿右的身上。所幸我们已经是大学毕业生了，瞬间的清醒使我对自己有这样的想法吓了一跳，为了一个四年未见的女孩，我竟然有了要向自己形影不离的阿右下手的欲望。很长时间以后，我仍然很困惑初见小月为什么会有这样的想法。更让我心惊肉跳的是，在以后的日子里，每当小月对阿右有了亲昵或亲近的举动，我都有一种让阿右鼻子开花的冲动。

阿右自然了解我，就像我了解他一样。阿右显然看穿了我自以为清醒其实还懵懂的心思，让我没有想到的是，在原则问题上，从小依附我的阿右表现得和我一样毫不妥协。我刚有了想靠近小月的贼心，或者刚给小月做了一个暗示，阿右立即就对我怒目而视。我知道阿右为什么和我叫板，我喜欢的就是阿右喜欢的；我更清楚自己为什么和阿右较劲，阿右中意的必定是我钟情的。那次三个人一起看电影是我蓄谋已久的事，我略施小计就让小月紧挨着我坐在了我和阿右的左边，这就使我成功地缩短了和小月的距离而又最大化地拉开了小月和阿右的距离。朦朦胧胧的光线中，近水楼台总要先得月，当少女清新的气息若有若无地顺着我的鼻孔毛毛虫般钻入我胸腔的时候，醉了的除了我的身，还有我的心。我在得意忘形的同时忙中偷闲斜睨了阿右一眼，看见远离了小月的阿右显得是那么孤单，这种意外的发现使我在得意忘形之余，更显得心花怒放。

3D 影片的效果就是不管你坐在哪里，都可以把男女主角拉近在你的眼镜片外，我却对剧中美得像范冰冰一样并且跑到自己跟前的女人没有丝毫的兴趣。我竭力使自己表现得感情专一，整个晚上，我的心思都在小月身上。即使近在咫尺，我仍然很不满足地想进一步拉近和小月的距离。机会永远是给有贼心又有贼胆的人准备的，当影片中那个仙女一样的女主角突然变成一个面目狰狞的女魔头而小月的身体不由得发抖时，我不失时机而又恰到好处地握住了小月湿漉漉却又冰凉的小手。小月绵软的小手只是轻微地颤抖了一下，就妥妥帖帖地安抚在了我的手掌中。大学四年费尽心机没有修成正果的遗憾终于在迷人而又暧昧的荧光灯下得到了补偿，幸福感瞬间像潮水一样围裹了我，竟然使得我的身体激动得左摇右晃。小月羞红的脸庞在忽明忽暗的灯光下愈发媚人，小巧的嘴巴却不饶人。至于吗？装什么清纯！还是大学生呢，没出息样！我懵懵懂懂而又答非所问地对小月说，我想请导演喝酒、吃饭。小月一只手躺在我的手心，另一只手在我的胳膊上敲了一下，还有呢？我鼓足勇气，面向小月，一字一顿地说，我不想看电影了，我想去护城河边走走。

护城河是我从小玩大的地方，自然也是阿右和小月洒满笑声的地方。河两边长满了柳树，长长的柳枝柔软得像校园姑娘的手，曾经数次从我的面颊拂过。它是我成长过程中每个重要时刻的见证。尤其是今晚，月光聪明得很有眼色，在柳树上方若有若无，给了和小月并肩而行的我无限憧憬。小月皎洁的面容在月光下变成一轮明月，扑棱棱地照在了我的心上，我的心宛如柳枝一般，一起风就飘飘然了。上大学的时候，老师曾说，遇见好事的时候不能得意忘形，忘了形好事就变成坏事了。没想到老师的话在这个非常关键的时候应验了，就在这时我发现了阿右。从电影院出来，我自以为摆脱了阿右，没想到他一直和我还有小月如影随形。更让我难以忍受的是，小月竟然没有一点儿尴尬的样子，似乎很陶醉三个人在一起的情形。我的心情瞬间糟透了，就像被护城河里的水打湿了一样愤怒而又狼狈。

没意思，回家！我愤愤不平地对小月说。

小月显然没有尽兴，一脸疑惑，为什么？

我恶狠狠地盯了阿右一眼，没看见他也跟着来了？

小月左顾右盼，谁啊？

阿右！我说。

听了我的话，小月站住不走了，女人自作聪明的装模作样这时候在我的眼里很可笑，阿右是谁？

我的表情比小月更惊讶，我甚至怀疑面前站着的不是小月。你不知道阿右是谁？你是不是对小时候咬破他的脸蛋还抱有愧疚之心？

你没事吧？小月伸手在我的脸上摸了一下，我咬破的不就是你的“脸”吗？

直到这时候，我才明白小月认错人了，难怪她心甘情愿地把湿漉漉的小手放在我的手掌中，难怪她小鸟依人似的跟我来到了护城河边，原来她一直把我看成了阿右。柔软的柳枝瞬间变成了利刃，一刀刀从我的脸上划过。疼的却不是脸，而是心。还有一种酸溜溜苦涩涩的愚弄和嘲讽。大学的时候，我曾几次被所谓的女同学抛弃过，但哪一次也没有这一次这么让我义愤填膺。只有我知道，在我二十多年的交往中，只有这一次动了真情。有人往护城河里扔了一个石块，河面上绽开的水纹成辐射状次第展开，就如我心中失望的情愫。掉头离开是最好的选择，最起码可以保留仅有的一点自尊。更何况，输给阿右可以，但是不能一败涂地。我当然知道独自离去的后果，那将直接给阿右和小月创造一个难得的两人空间。自尊心促使我只能接受现实，愤然离去是避免一败涂地唯一的途径。

要说心里没有酸溜溜的感觉显得我太虚伪，回去的路上，满脑子是阿右和小月独自相处的场景，我想把他们赶出去，却愈赶愈强烈。脚步越来越快，无数次想转过身去，我强迫自己没有回头，我能做到的就是离他们远一点，再远一点。直到进了居住的房间，在灯光的帮助下，我才意外而又惊喜地发现，变了的是我，阿右没有变，还是那个和我形影不离的阿右，他并没有乘人之危，而是和我不离不弃地一起离开了小月。也就在那一瞬间，我从阿右的身上看到了自己矮下去的身影。也是在那一瞬间，我竟然又重新燃起了对小月的希望之火。

以后的日子，生活又恢复了原样，有我的地方，必定有阿右。也曾无意中和小月相遇，小月每次都面色冰冷，形同陌路。每每看着小月的背影，我又不由自主地在心里怨恨阿右，如果身边没有阿右，多好。谁的病谁清楚，我知道这是不可能的，怨虽怨，却无奈。

情感轮空，工作的事情又提上了日程。记不清发出多少简历之后，终于有一家高新区的公司同意我们去面试。西服虽是用啃老来的钱买的，穿在身上还算帅气。口哨声伴着我和阿右兴致勃勃地来到了开发区，才真正体会到了弥漫在空气中的竞争压力。看来，电视报纸没有胡说，前来面试的人从公司大厅一直排到了门外，少说也有上百人，活像某一个选秀节目的海选现场。贴在大厅玻璃上的简报告诉我们，本次招聘只要两个人。我不知道阿右看了是什么心情，反正我是从头凉到了脚。按照我的本意，是要打道回府的，重新让我鼓起勇气的是我竟然在长长的队伍中看见了小月的身影。站在队伍中的小月身穿一件红色的夹克，在众多打扮得妖娆的女性中一点儿也不出众，我却突然有了心跳的感觉，我知道那个红点一进入我的瞳孔就再也没有出来。我果断地止住了返回的脚步，心甘情愿地站在了队尾。队伍像一条蛇，弯弯曲曲地把我的心事缠绕在了小月的身上。我忙中偷闲瞄了旁边的阿右一眼，发现阿右漫不经心的目光也有意无意地在小月的身上逡巡。而我们三人站立的位置正好形成了一个等腰三角形，小月无疑成了顶角，阿右和我一副势均力敌的态势。不希望发生的事反复出现，我的眼前一阵恍惚，长长的队伍不见了，空旷的场地上孤零零只站着我们三个人，仿佛这场盛况空前的招聘会只为我们三个人而设。几天以后，我着实被自己的预感吓了一跳，进入最终面试的真的只有我、阿右和小月。

当我们三人站在人事主管面前时，小月对我爱搭不理的，却一直在和阿右偷换目光。我忙中偷闲怒觑了阿右一眼，阿右竟然一副无辜的样子，我却分明看到了埋藏在阿右眼底的那一种悠然和得意，这更让我气愤。愤怒使我不管不顾地冲到了屋外，感情的事情不能强迫，是我在大学通过实践得出的结论。实践告诉我，强扭的瓜不甜，勉强没有用。小月既然和阿右心心相印，完全用不着偷偷摸摸、暗度陈仓。知难而退的事我在大学不是没有做过。我有我的原则，我有我的个性，我自认是一个眼里不容沙子的人，你敬我一尺，我肯定还你一丈；你洒我一滴泥点，我绝对泼你一头污水。即使面对从小一起长大的人，比如阿右和小月。天空酷似我的心情，一片茫然。思绪俨然空中的雾霾，不停地在头顶盘旋。隐藏在雾霾中的一只不知名字的鸟儿屙出一粒粪便，恰巧落在我的面前，那些久远得有些模糊的记忆立刻变得清晰起来，我们应聘的是一个总裁助理的位置，那么人品就显得格外地重要。阿右在大学期间偷同学手机的事情当然是一个不能容忍的污点。这件事情在学校几乎没有人知道，除了我。当我把这件事情利用纸条传递到总裁大班桌上时，我亲眼看到那个头发花白但和蔼可亲的老头露出了惊讶的表情。

你说的是真的？总裁问。

我肯定地点了点头。

最终的结果既在意料之中，阿右顺利落选；也在意料之外，我也没有被录取。小月以绝对的优势获得了那个梦寐以求的岗位。我垂头耷脑走出那座高新区最高大楼的时候，小月从后边追上了我。

你没病吧？这次小月没有摸脸，而是用手在我的额头上摸了一把。

你才有病呢！我没好气地对小月说，诚实是做人的根本。

小月不屑一顾，诚实你别偷同学手机啊。

小月同学，我郑重地看着小月，一字一顿地说，不是我，是阿右，阿右！

阿右？小月很奇怪地看着我，阿右到底是谁？

装什么大头蒜？阿右是谁你会不知道？阿右就是那个从小和我一起长大、一起睡觉、一起玩耍、一起上学、一起吃饭、一起上厕所的男孩，就是被你咬破脸蛋的那个男孩！我几乎接近咆哮了。

那你又是谁？小月盯住我，眼珠子一动不动，一副吓坏了的样子，我咬破的不是你的右手吗？看样子你真是病了！

你才是个神经病！面对小月的装疯卖傻，我拂袖而去。高新区的车是高档的车，高新区的路是宽阔的路，眼前的车，还有脚下的路，此时在我眼里全都充满了嘲讽的意味。我刚往前跨了几步，就引起了一阵刺耳的刹车声，当然，更多的是谩骂声，你有病啊？我站在马路中间，看着被我堵住的车流，还有旁边围观的人群，喊道，你才有病呢！你们都有病！整个城市都有病！

天空灰蒙蒙的，很快就把我的话淹没了。我被满街的喇叭声逼离了街道，我没有听到身后小月疯狂的呐喊声，或者我不想听到。一个落聘的男人是没有资格回应一个赢了自己竞聘成功的女人的呼唤的。脚下的大路是给车行的，不让我走；店铺门前的小路是让人走的，我不愿意走；我想走盲道，上面停满了车，却走不通。我只能顺着这座城市的马路牙子，一直往前走去。我的身后，跟了一群和我一样无所事事的人，他们连同身后的人和车，像一座山一样，横亘在我和小月中间，也阻挡住了小月声嘶力竭而又莫名其妙的呐喊声。

只有护城河里的水给这座城市带来了一丝淡定和超然，缓缓而又无言地流淌。我坐在护城河边，睁大眼睛看着河水，河水也在无言地看着我。我想，河水和我一样，一定看不懂了这个世界。柳枝就像这座城市的“闲人”，吊儿郎当、有一下没一下地在我的脸上头发上抽打。我就是在柳枝的抽打下恢复了正常的，恢复了正常的我眼睛里一下子涌出了泪水。

你什么时候来的？我问。

我从未离开过你，阿右说，我一直和你在一起。

我的泪眼更加婆娑，你认识小月吗？

当然，阿右比小月诚实，你认识的我都认识。

我迟疑了一下，还是问道，那、那你认识我吗？

你没事吧？阿右说，看来你真的病了，连自己是谁都不知道了？

我直视着阿右，你告诉我，我是谁？

你是阿左啊。

凌乱的柳枝下，阿左和阿右并肩坐在护城河边上，一起低头向河水中看去。已现浑浊的河水里，除了婆娑的柳枝，依稀看见还有一个人坐在护城河边上无所事事。阿右说这个人是阿左，我却觉得这个人是阿右。

# 四　季　谣

## 山　　顶

站在山顶，风以为我也是山，凌厉、劈头盖脸，毫不留情。我极力地背靠山峰，想象变成一块岩石，成为山的一分子。好在离开这个世界的时候，能站成一座山的模样，得以永久留存、屹立。风却像这个世界派来的杀手，无情地把我变为被山峰拦截却又在岩壁上苦苦挣扎的一片枯叶，随风飘转又毫无还手之力。

## 兵 马 俑

春今年二十岁。

二十岁的春站在兵马俑的春天里，自然像春天一样灿烂。灿烂的不只是服饰，还有脸庞，以及二十岁的身体里源源不断喷涌而出的活力。少女的活力。活力因年轻而四射。使得参观兵马俑的人，尤其是年轻的男人转移了参观的主题，把目光从木讷的兵马俑的脸上移到了春的发上、眉上、脸上，继之曼妙的躯体上。

春已经习惯了，这样的目光如同冬天里的阳光，很受用。即使，这种目光的后面藏着一只只贪婪的手，正在一层一层剥着她的衣衫。春不在乎，春用毫不在乎的骄傲欲迎又拒地把这种目光抛在了眼外。春的眼里只有兵马俑，一个个表情顽固木讷的兵马俑。春最喜欢盯着兵马俑的眼睛看。眼睛是心灵的窗户，春一直想通过兵马俑的眼睛进入它的心里。在泥土中站立了几千年的兵马俑，该有着怎样强大而坚韧的一颗心？

春常常久久地盯着兵马俑的眼睛，痴痴想：什么时候它的眼睛能动一动！这样的愿望使得春也变成了兵马俑。秦俑馆里的人也拿春没有办法，不是由于春的固执，而是因为春是老头带来的。老头是秦俑馆里唯一活着的“兵马俑”，这么多排列整齐的兵马俑就是老头和他的同伴从泥土中发现的。而春，据说是和老头一个村的。

游人散了以后，春就有了一个特权，可以下到坑里，和兵马俑面对面地交流。那时候，偌大的秦俑馆突然空旷了，夕阳透过窗户斜射进来，给兵马俑涂上了一层金色。春独自一人，置身庞大的秦俑阵中，和兵马俑对视。看着看着，春的脸色就红了。老头经常在这时候悄然出现在春的身后。丫头，这么痴迷，你想嫁给它啊？这样的话老头已经说了很多次了，春总是咬紧嘴唇，低了头，一句话也没有。但仅仅几秒钟，又抬起头不管不顾地盯着兵马俑的眼睛。老头不再说话，烟锅在鞋底一敲，摇着头走远了。老头一边走一边说，瞧烦了上来吃饭。

站在兵马俑前的春一阵苦笑，会烦吗？真的会烦吗？

在春十几年的记忆中，只有风曾经让春心烦过。也因为，只有风爬上过她的心头。春风共度的十几年，是两小无猜、青梅竹马的十几年。风是老头的孙子。也因为是老头的孙子，风是在文物堆里长大的。风常常扮成兵马俑的模样，给在秦俑中穿梭的春一个惊喜。在春有记忆的年月里，风的呼吸无处不在。直到考上了省城大学的考古系，风像一阵风一样逃离了春的世界，无影无踪了。

二十岁的风长得很像兵马俑。兵马俑是文化的象征。文化就像在地底下沉睡了几千年的老祖宗的吃穿住行一样，是神秘而神圣的。神圣里自然透着不可知，风就在不知不觉之间刮跑了，只留下了春独自面对一具具兵马俑，还有一堆堆文化。

春常常幻想自己也变成了文化，这样，就又可以和风在一起了。

这样的时间长了，老头不再劝春了。

真的喜欢风？老头很严肃，又问。

春虽然红了脸，还是认真地点了点头。

好好看吧，老头古铜色的烟锅指了指兵马俑，没准哪天，风就从里面出来了。

春还没来得及撒娇、生气，老头已经走远了。春只好噘了嘴，把气撒向了兵马俑。兵马俑不和她一般见识，很有肚量、一如既往地看着她，笑着。

春小的时候，经常在风的眼睛里寻找自己。春不止一次地看到，自己在风的眼睛里笑得很开心。风的眼睛里盛满了自己儿时的欢乐。风上大学走了以后，春所有的欢乐也好像被风带走了。

但今天，春却分明在兵马俑的眼睛里看到了自己。兵马俑的眼睛不再呆滞，无神，目光炯炯地看着她。春下意识地想跑，但却移不开脚步。春只能大声地冲着老头的背影大喊。老头耳朵不好，没有听见似的，远去了。

春只好把惊慌失措的眼光重新回到兵马俑的身上。兵马俑的一只眼睛一动不动地看着她，另一只却调皮地一张一合地眨动着，好像小时候的风一样调皮地在向她闪着鬼眼。

快一年了，从风疯一般地复习高考，发誓要考上省城大学的考古系那天起，春就再也没有机会好好地看过这双眼睛。今天，这双眼睛终于出现了，在沉睡了几千年的兵马俑之后。

想好了？风的眼睛不再眨动，认真地盯着她。

春咬着牙，狠狠地点头。

不后悔？风继续说道，我要和爷爷一样，一辈子都不离开这里。

我知道。春的眼眶里蓄满了泪，我就要嫁给兵马俑。

春清楚地看到，自己的这句话还没有落地，风就成了一具流泪的兵马俑。

## 证 交 所

八年，也许是十年了。夏终于从围城中突围了出来。人们都说，婚姻是爱情的围城，夜深人静的时候，夏常常这样感叹——谁说不是呢？

夏已经三十岁了，还好，正处在青春的尾巴上。再不出来折腾折腾，一旦被青春无情地摔入中年，即使想折腾，也没人陪自己折腾了。

站在证券交易所门口的台阶上，夏又有了年轻时的感觉。不管社会怎样变，男人就是男人，男人的本性不会变。要说有所不同，就是变得更加肆无忌惮和赤裸裸色眯眯了。几乎每个进来或者出去的男性，不管年龄大小，不管长相丑俊，眼光都成了一条线，扯在了夏的身上。夏一直对自己的容貌和身材很自信，她有点陶醉地站着，脸上却表现得既不喜、也不恼。心中，夏对自己此次的主动出击充满了信心。

身后突然传出了一声，涨停了。人群一阵躁动。夏还没有反应过来，交易所外已经空无一人了。有几个刚刚目光带着剪刀、恨不得剪开自己衣衫的男人，冲进交易所的时候，竟然慌不择路、蛮横地把自己撞到了一边。夏回头望去，发现液晶显示屏上已经是“祖国江山一片红”了。所有的人都疯了一样，夏看不见他们的脸，只见一颗颗脑袋在自己的眼前交错、移动。

真是市场经济了，一切向钱看了。

刚刚还信心满满的夏突然觉得自己成了被人们遗弃的垃圾，碍眼而又碍事。尽管，她和他们素昧平生。

但是，这个世界随时都有意外。

真是你吗，春？一个身着花衬衫、已经发福的男人挺着大肚子站在了面前。

夏极力掩饰着内心的慌乱，我不是春，是夏。

我们暂且把花衬衫简称为“花”。

早就看见你了，不敢认？花的脸上布满了惊喜，还是那么漂亮？

夏微微低了头，用手理了理披肩长发，没有说话。

所幸花很快就转换了话题，也来炒股？

夏的脸上恰到好处地出现了一丝羞赧，第一次来，随便看看。

花还是像小时候一样爱显摆，炒股好啊，你看我，花挺了挺肚子，又用手往台阶下面的院子里有意无意地一晃、又一晃。

夏知道院子里停着花刚换的大奔，正在太阳下镜子一样反光。

你这几年，发了？夏冲着花笑了笑。

还行吧，花豪气云天地挥挥手，没雪好，但比风强。

夏又一次低下了头。

花很快转换了话题，走吧，我教你炒股。

夏听了，从尴尬中挣脱出来，笑了笑，好啊，说话算数。

好像怕花反悔，夏说完就朝交易大厅走去。

干嘛，你干吗去？花一急，像小时候一样，抓住了夏的手。

这么快就反悔了，夏没有像小时候一样甩掉他的手，你刚答应教我的。

花笑得很不屑，这种鬼地方，教你也学不会。花的手加了把劲儿，跟我走。

夏成了小绵羊，被花牵到了另一个入口，很快就上了二楼。又有一个入口，走进去的时候，花有意放慢了脚步，夏就很清楚地看见了门楣上的三个大字“大户室”。好像刘姥姥进了大观园，夏的脚步立刻顺从了许多。

“大户室”果然是“大户室”，里面虽坐了不少人，但很安静，每个人面前放着一台电脑，屏幕上滚着花花绿绿的数字。人与人之间用木板隔开，每个人都有自己相对独立的一块小天地。

夏在被花按坐在椅子上的一瞬间，瞟了一眼木格子，很聪明地想，这些隔开的木格子的数量，可能和停在楼下院子里的小轿车相当。

花说到做到，很负责地手把手地开始施教。夏却一个字也没有听进去，只是呆呆地看着自己依然白嫩的手在花胖乎乎的手掌里无所适从。

知道怎么操作了吗？花突然抬起头，问道。

夏猝不及防，满脸通红，这才想起抽回了手掌。

花的目光很快又回到了电脑屏幕上，快闭市了，花停顿了一下，要不，我们去吃饭吧？

夏有些迟疑。

走吧，花不由分说站起了身，向外走去。邻座一个很是摩登的女郎从电脑上抬起了头，余光已经扫在了她的脸上。夏急忙赶了几步，紧随在了花的身后。

来到院子里，夏很认真地数了数停在院子里的车辆，真的和自己猜想的一模一样。夏很为自己的灵机一动叫好，但来交易所和花相遇，却不是自己的一时冲动。现在的社会，就是这些有钱人在主宰。所以，当花为她拉开车门的时候，夏毫不犹豫地坐了进去。

大奔一出大门就汇入都市的车流中，坐在副驾驶上的夏很快又发现，即使在省城这样的大都市里，在满街遍野的流动钢铁人流中，拥有像花这样的“大奔”的人也不多。

花的大奔汇入车流中，就像游在水中的一条“金”鱼儿一样，醒目而又洒脱。去哪里，花没有说，夏也没有问。车里面很豪华，座垫也很舒服。冷气就像花的呼吸一样轻轻地喷在脸上，凉凉的、痒痒的，很惬意。秦俑坑里也有冷气，却远没有大奔车里来得舒适，来得充满想象力。

大奔仍然在车流中穿梭，到底去哪里？花还是没有说，夏依然没有问。

夏只知道，花有一家自己的企业，更重要的是，几个月前，花和他们这个阶层的好多精英一样，已经和原配离婚了。

再见了，兵马俑。

## 市政大楼

只有在清明节的时候，市政大楼前的广场上才可以动火。

夜色降临后，广场上热闹了起来。一盏盏路灯把广场映如白昼，马路上的车辆更是火烧火燎地穿梭。已经有人拿了纸，在广场一角点燃了。燃起来的星星火光一明一暗，使得烧纸的人一会儿清晰，一会儿模糊。

秋也在广场一角蹲了下来。秋拿出来的却不是冥纸，而是一个结婚证。结婚证一角燃起火苗的时候，正好有一对依偎的青年男女从身边经过。看着封皮上“结婚证”三个大字在火里跳跃，那对年轻的恋人先是松开了紧紧靠在一起的身体，然后把疑惑的目光落在了秋的脸上。

这已经不是一张年轻的脸了，眼角的皱纹清晰可辨。但从脸的轮廓上，依稀还能看出昔日的靓丽和不俗。这是一张刚刚步入不惑之年但有阅历的脸，脸上装满了故事。是什么故事，那对年轻的恋人不知道，但是，年轻的女孩却看到，结婚证上的照片看样子只有二十岁，漂亮年轻得如同现在的自己。燃着的结婚证发出了一阵焦臭味，难道这就是婚姻的味道。年轻的恋人不敢再看、再闻，匆匆逃遁了。秋看到，在远去的过程中，男孩试图去抓女孩的手，被女孩警惕地甩开了。

秋先用鼻子哼了一声，然后脸上不动声色地笑了笑。没人打扰了，秋拿出手机，对准还在燃着的火苗开始照相。照了几张，秋突然想起什么似的，又把手机调整到了摄像，直到那张“结婚证”在眼前慢慢地、一点一点地化为灰烬。

第二天，太阳出来的时候，秋又站在了市政府的门口。应该承认，已经四十岁的秋身材依然保持得很好，脸上虽然有了岁月的留痕，但岁月的沉淀给了秋不同寻常的风韵和气质。即使站在这座城市最有权力的地方，秋仍然是高雅、适宜的。

还没有到下班的时间，已经有人陆陆续续往外走了。秋站在下班的必经之地，毫无疑问在等人。秋穿了一身黄色的衣服，醒目、靓丽而又直挺挺地立在阳光下，活脱脱一棵果实饱满、充满诱惑的向日葵。

这样的场景当然没有逃过雪的眼睛。事实上，雪站在自己办公室宽大的玻璃墙后早就看到了秋。雪的心里有了迫不及待的冲动，但雪是一个善于控制的人。这座城市都被这座大楼控制着，而雪是仅有的控制这座大楼的几个人之一。

矜持，使雪没有急于露面。

准点下班以后，楼里面的人走得差不多了，雪才和往常一样，不紧不慢地走出了市政大楼。雪感觉到秋已经按捺不住了，不停地往大楼张望。雪却没有迎接秋的目光，而是站在了楼门口。车辆无声地滑了过来，雪钻入了车内。小轿车从雪面前驶过的时候，雪在遮阳纸后面看似无心却很认真地看了秋一眼。然后，雪发出了早就准备好的短信。

我是不是太贱了？秋走进来的时候，脸上明显有一丝不悦。

怎么想起来找我了？雪没有接秋的话。

二十年前，你会这样对我吗？秋的话不依不饶。

二十年前，你能这样对我吗？雪的笑深藏不露。

秋有些尴尬，张了张嘴，再没说出话来。

好了，想吃什么，随便点。这回雪笑得很爽朗。

这是一个两人的包间，虽然小一点，气氛却很静谧、温馨。秋低了低头，拿起菜牌的同时，调出了手机里的视频。看着那束火苗在昏暗的屏幕上开始跳动，秋把手机推到了雪的面前，开始认真地点菜。

几乎菜牌上的所有菜肴，不管是凉菜、热菜，还是海鲜、走兽、飞禽，秋都很熟悉。十年来，秋整日和它们为伍。秋知道自己想吃什么、爱吃什么，但秋却不知道雪想吃什么、爱吃什么，秋只有一边翻着菜牌，一边感觉雪的动静，雪却一直没有动静，秋甚至感觉不到雪的呼吸。秋知道雪已经看完了视频，但雪却一直没有说话。秋不知道雪心里的想法，秋只有继续漫无目的地翻着菜牌，继续翻着，直到把每道熟悉的菜肴翻得陌生，翻出满脸惊喜的表情。

这么多好吃的，我都不知道该吃什么了？秋顺势抬起头，看见雪一动不动地看着她，好像要看穿她的肠肠道道，看得秋心惊肉跳。

雪不失时机地笑了，吃点绿菜吧，绿菜环保、健康。更重要的，雪又笑了笑，安全。

这哪里还有二十年前越过墙头偷敲窗户的影子？二十年前，她就是他的天，就是他的一切。而她，似乎从没有留意过他；秋在心里叹了一口气，二十年后，他却成了她的天，成了她的一切。而他，似乎永远让她抓不住。尽管，她知道她一直是他心里的一个遗憾，他也一直在心里没有放弃过她。要不，她也没有今天的勇气了。

我知道，你有自己幸福的家庭，我不会要名分的，秋咬了咬牙，过了半辈子，我才发现，心里真正喜欢的人是你。

过去的磨难把你变得复杂多心了，雪笑了笑，饿了吧，点菜，随便点。

## 从山顶到山脚的距离

夏天的山顶，已经像冬的名字一样寒冷。何况现在是冬天。

冬独自一人，站在冬天的山顶上，孤苦而又伶仃。有风从身边吹过，风里带着透骨的寒意，袭遍全身。冬不知道自己还能坚持多久，她不甘心。

今年，冬已经五十岁了。五十岁的她已经苍老不堪。岁月像一个喜新厌旧而又喜怒无常的强盗，偷走了她的青春。五十岁，她好像已经走完了一生。一生中，她都主动地、无怨无悔地向生活敞开了怀抱，她无时无刻不想拥抱美好的生活，难道她错了吗？但生活一直在辜负她，并最终把她抛弃在了山顶上。

为什么？冬站在山顶，向山怒吼。

冬的声音传出去的力度很大,但又以同样的力度反弹了回来,为什么？

她在问山，山却在问她。一问一答之中，周围的一切都消失了，山顶陷入了黑暗中。冬有了一种绝望的感觉，虽然，从山脚到山顶是她一步一步走上来的，但真的独立无援地站在山顶的时候，冬却是那么地不忿和不舍。因为，她还有希望没有实现。

月亮恰到好处地出现了，重新把冬从黑暗中拯救了出来。冬知道自己的时间不多了，她像抓住救命稻草一样用目光紧紧地抓住了月亮，恍惚中，那个叫月的男人出现在了面前。

救我？冬冲着月大声喊着。

月是这个社会被称为完美的男人，他集知识、财富、权力于一身。看着眼前这个丑陋不堪的女人，他表现出了良好的素养。

你是谁？月的眼睛里全是同情和怜悯。

冬受不了这样的目光，要知道，三十年前，同样的眼睛里面发出的却是炙热的光。冬明白自己今非昔比，曾经有一份美好的爱情摆在她面前，她没有珍惜，所以，今天就不能责怪像月这样优秀、完美的男人也变得世俗，以貌取人。

你真的忘了，我是当年的春啊？冬的语气有些急促。

你真的是春？月很是认真地又把冬从头到脚看了一遍，还是有点不相信地摇了摇头。

我是春，是三十年前的春啊。冬极力启发着月的记忆，你忘了，三十年前，你在秦俑坑里向我眨眼；三十年前，你往我的桌仓里放过情书；三十年前的好多傍晚，你没有少敲我的窗户……

真是春？月睁大了眼睛，随即又自嘲地摇了摇头，他实在无法把眼前这个女人和年轻时自己心目中的女神联系在一起。

月很有礼貌地笑了笑，别骗我了，我心目中的春不是这样的，你不要再玷污我心中的女神了。对了，我还要开会。月一转身，就从眼前消失了。

月是冬最后一点希望了，她绝不能让他溜掉。冬向着月消失的地方猛扑过去。等到冬感觉身体悬空的时候，已经晚了。五十岁的女人冬在满山的月光中，呈抛物线状从山顶向山脚飘去。

耳边的风飕飕地吹着，但却没有秦俑坑里清爽的感觉。想到满坑的兵马俑，冬竟然莫名其妙地有了幸福的感觉。那时候，冬还是春，虽然青涩，浑身却溢满了诱人的魔力。那时候，她只喜欢风。风虽然清贫，却在她心里是文化和知识的代名词。为了风，她拒绝了花、躲开了雪、回避了月。但能怪她吗？她没想到嫁给了文化，文化却是那么地贫穷。自己一生最美好的时光全浪费在了不靠谱的文化上。

文化害死人啊。

冬的身体仍然在自由下坠，模糊的半空中，她突然闻到了花的香味。那个同样侵占了她十年青春的花衬衫又在眼前摇晃。为了这该死的花衬衫，她义无反顾地离开了她一直深爱的风——她穷怕了。冬清楚自己不是一个水性杨花的女人，在她心中，花也只不过是财富的代名词。那时候，钱虽然不是万能的，但没有钱却是万万不能的。整个社会都是如此。为了能和花在一起，她不计较名誉，整整和他同居了十年，直到他的股票被套，公司倒闭。她是想和花过一辈子的，但是他没有给自己机会啊。那时候，冬也不是冬，冬还是夏。

身体好像越来越重了，下坠的速度也越来越快了。冬在心里急促地想，我是怎么变成秋的，再不想，就永远没有机会了。去找雪是迫不得已的事情。对于雪，冬承认自己看走了眼。在自己众多的爱慕者中，雪是最不起眼、也最弱小的一个。要说有优点，除了皮肤像雪一样耀眼，基本上能留在记忆中的，就是这只丑小鸭很小就表现出了胆大妄为的性格。只有他，表面上看着不吭不哈，却总是在夜深人静的时候胆大妄为地想吃天鹅肉。他不止一次越过她家的墙头敲响自己床头的窗户。不用她动手，自己的父亲早就一棍子把他赶跑了。这能怪自己吗？不光是她一个人没有想到，所有认识雪的人都没有想到，这个吃了豹子胆的越墙小丑后来竟成了省城的父母官。经历告诉她，文化不靠谱，钱财也靠不住，说没有就没有了。只有权力，权力才是这个世界的主宰。为了这个权力，她愣是豁出了虽然四十岁但风韵犹存的女人身体，给雪当了近十年地下的情人。冬觉得自己是对得起雪的，雪和她交往了十年竟然没有任何人知道。但她虽然保住了雪的名誉，雪却没有保住自己的官位。雪是因为受贿被双规的，雪和她的关系也是雪被调查以后雪自己交代出来的。雪去了自己该去的地方，却把自己逼到了山顶。

虽然是黑夜，但因为有月光的存在，冬依稀看见了山脚下丑陋的土地，它们正静静地张开怀抱等待她的降临。冬忙中偷闲看了一眼仍在山顶的月亮，想，月是怎样一个男人呢？他看起来是那么地熟悉，却又是那么地陌生。他既现实，又虚幻，这样集知识、财富、权力于一身的理想男人，现实中有吗？

冬来不及想了，因为，她已经实实在在地感觉到自己的肉体和山脚下的土地结合在了一起。冬只有五十岁，五十岁的冬在闭上眼睛的时候，感叹道：人的一生其实挺短暂的，只不过是从山顶到山脚的距离。

## 山　脚

春风缓缓度人生，
夏花灿烂如烟云，
秋雪铸就荒唐梦，
冬月无痕落山根。

山脚，几片枯叶在风中瑟瑟发抖，苦苦挣扎，好像在怀念绿叶时的风光与活力。月光仍然站在山顶，居高临下地俯视，看不出一丝表情。春、拟或是夏，又比如是秋，还有冬，如今都幻化成了我，静静地卧在山脚的岩石旁，身体摆出了一个模糊的“人”字，像是要站起来，又仿佛被头顶的岩石死死压住。

动弹不得。

月光下，孤零零趴在岩石旁的“我”，应该是女人，但即使是男人又如何？无非就是把春夏秋冬变化为风花雪月，换一个性别重复同样的故事。现实如此，谁又能改变宿命。

我，这个女人或者男人身旁，春夏秋冬如故，风花雪月狂舞。

# 鸟　　语

那只鸟儿又叫了。

声音温柔、悠长，顺着耳孔钻进来，直戳心脏，一下，又一下。心脏先是抽缩，随之颤动，紧接着整个身体都酥了。这样的情景只在梦中才会出现。反正也睡不着，大树从床上爬起来，又往夜色黏成一团的床上看了一眼，摸黑来到了厨房。

厨房窗外，有三棵大树。高低不一，挨近窗户的最高，比其他两棵分别高出半米和一米。从楼下看，三棵树各自独立，树干笔直。站在楼上，尽管高矮不一，但枝杈相交，叶冠紧挨，酷似一家三口。大树没事的时候，喜欢站在厨房往外看，树叶上斑驳陆离，落满了大树的眼光。大树家住七层，站在窗口正好能看到最高的那棵树的顶端。每次居高临下看到紧紧依偎的三棵大树，大树觉得自己的名字简直就是对自己的一种嘲弄。这是白天的事。

现在是凌晨。也许五点、抑或六点，窗外还是黑漆漆一片，三棵树更是黏成一团，就像卧室床上一样，想看清楚却怎么也看不清楚。

但那只鸟儿还在叫着，从黑暗中冲过来，直接灌入大树的耳内。这是只什么鸟？似乎很熟悉，但又无法具象。羽毛应该是黑色，从头披到了屁股上，光滑而飘逸。有一双杏核眼，瞪得很圆，一眨也不眨，眼光很犀利。嘴巴不饶人，所以又长又尖，随时准备向目标发起进攻。此时，它应该站在右边那棵不高不矮的树上，引吭高歌。大树希望它能站在最高的这棵树上，从声音传出的方位看，显然这只是期望，或者说是梦想。

一束光从身后侵袭过来，鸟儿的声音戛然而止。大树不用回头，知道是杉杉来到了身后，但大树还是转过了身。

黑灯瞎火的，天天半夜站在厨房看谁呢？杉杉穿着苏绣睡衣，猛一看就像唱戏穿的戏服一样，蛊惑魅人。一开口说话，睡衣不摇而摆，和睡衣一起摆动的还有瀑布般披在腰际的乌发。

大树脸上挤出了一丝笑，天这么黑，想看也看不见。

看不见可以想啊，杉杉脸上全是嘲弄，想谁呢？

想你呢。大树一脸坦荡。

别感冒了，杉杉撇了撇嘴，摇摆着头发进了洗手间。

以往大树站在厨房的时候，杉杉也曾在大树的身后站过，因为没有吭气，大树也佯装不知道。杉杉在身后默默地站上一会儿，就又回卧室了。今天突然一开口，大树有点措手不及。杉杉上完厕所，进了卧室以后，大树就想，是应该回去，还是继续站在厨房？鸟儿的叫声已经没有了，大树关了客厅的灯，心里想到，如果五分钟内，鸟儿的叫声还不响起，自己就没有不回去的理由。

等待的时间总是很漫长，大树双眼盯在窗外，痴痴地想，要是杉杉也和这只鸟儿一样，该有多好。

杉杉也是一只鸟，但不是这只鸟。杉杉是孔雀，经常开屏给人看。文艺路上大剧院的舞台上，杉杉的每一次亮相都能惊艳出一阵不怀好意的呐喊声和流里流气的口哨声。但弄出这些声音的是观众，微信或支付宝转账五十元才能获得观众的资格。在秦腔大剧院里，观众有权利不怀好意和流里流气，尤其是在秦腔市场越来越不景气的境况下，五十元足以把任何一个甘于自掏腰包的人变成上帝。问题是，杉杉似乎很陶醉。台下的呐喊声口哨声越大，杉杉越是快乐得像一只开了屏的孔雀，满面红晕，妖娆妩媚。和杉杉确定关系以后，大树只进过一次剧院，一进去就看见了这一幕。大树看着灯光下像一只鸟儿在舞台上飞翔的杉杉，心里知道这时候的杉杉不是自己的，而是大家的。大树悄悄退了出来，从那以后，大树再也没有进过剧院，尽管客厅的茶几上摆满了戏票。

杉杉一直陶醉其中，只要有演出，这只漂亮的鸟儿每次都是夜幕降临了才飞回家中。回到家卸了妆的杉杉宛如脱了羽毛的鸟儿，立即原形毕露，摇摇摆摆地变成床上黑乎乎的一团。不一会儿就发出急促的呼噜声，好像在梦中又站在了舞台上。

鸟儿又叫了起来，声音愈发清脆，像是早晨萌动的声音，显得生机勃勃。天色已有了微光，大树踮起脚尖，想看清楚鸟儿的模样。眼光被层层叠叠的绿叶挡住了，依然只有声音，不见身影。大树想，这个世界就是这样，你越想看清的东西，越是看不清楚。人也一样。原来脑子中还有鸟儿的雏形，现在也变得模模糊糊了。

一只小手在拽自己的衣襟。大树知道女儿小花来到了身后。大树回过头，看见小花抱着自己的外衣，窸窸窣窣地站在身后。已是深秋了，大树这才感觉到了寒意。女儿今年七岁了，已经是小学二年级的学生了。今天是周末，不用去学校了。

爸爸，你站在这儿干什么？

大树把女儿抱了起来，听着窗外鸟儿欢快的叫声，问道，好听不？

女儿在大树的怀中缩成一团，爸爸，你不冷啊？

大树说，有宝贝女儿送来的外衣，爸爸不冷。

妈妈让送来的，女儿说，厨房太冷了，我们回去吧？

不想听鸟儿叫了？大树更紧地抱了抱女儿，爸爸一直想看看这只每天在窗口快乐地欢叫的鸟儿到底长什么样，是不是和我们小花一样漂亮？

小花从大树的胸前伸了伸头，爸爸骗人，哪有什么鸟儿呀？你是不是又和妈妈生气了？

大树避开了敏感话题，这么好听的声音你不想听啊？

女儿答非所问，这儿太冷了，我回屋睡觉去了。

女儿一走，大树真的听不见鸟儿的叫声了。窗外依然黑乎乎一片，刚刚看到的一丝微光也没有了。秋天雨多，没准今天又要下雨了。没有鸟叫声的厨房太冷了，大树打了一个喷嚏，赶紧回到了卧室。杉杉的呼噜声依旧，女儿也没有了声音，床上依然黑乎乎一团，大树钻进了被窝，用被子蒙住了头，钻入了更黑的黑暗中。

黑暗漫长，幽深，没有尽头，大树不知道黑暗要把自己带到哪里，等待自己的又是什么？大树对一切未知的东西都充满了恐惧，他拼命地挣扎，拳打脚踢、手舞足蹈，终于把盖在身上的被子蹬开了，天已经大亮了，秋雨并没有降临，阳光正在玻璃上跳舞。只是，杉杉不见了，小花也没了踪影。大树从床上起来，下意识地来到厨房，窗外的树上全是鸟儿“喳喳喳”的叫声，大树不用看，就知道树上除了喜鹊，就是麻雀，再也没有了那温柔、悠长的声音了。像往常一样，客厅的茶几上堆满了戏票。这几年，秦腔市场一直在走下坡路，大剧团早就难以为继了，好多有名的演员不得已去了满街的茶秀讨生活了。杉杉因为是团里的台柱子，还有舞台让她坚守。但也只有坚守了，她们的演出没有一分钱的报酬，只是换来了一堆堆戏票，熟人都送遍了。刚开始的时候还有人要，次数多了，要么接了过去，转过身就扔在了垃圾箱里；要么就是满脸的哂笑，川普折腾得越来越凶了，听说马上就要闹粮荒了，谁还有心思去看戏啊。当然不好意思再送了，别人可以扔，自己家不能扔到垃圾箱里去啊。自然就越积越多了。

大树却很喜欢看戏，如果舞台上没有杉杉，大树恨不能天天待在剧院。以前是只要舞台上有杉杉，大树才会泡在剧院不走。别人可以随便看，自己人只有自己看心里才舒坦。孤寂无聊地坐在客厅的沙发上，大树满脑子全是委屈：这能怪自己吗？虽说秦腔市场不景气了，但家里什么都不缺啊。年龄也不小了，为什么就不能离开舞台呢？真有唱戏的瘾，家里也可以做舞台啊，自己和小花不就是最好的观众吗？绝不会有呐喊声和口哨声。即使有，也绝不会不怀好意和流里流气（大树想起来第一次在舞台上看杉杉表演的时候，自己也曾大声呐喊、也曾吹过口哨）。

茶几上又出现了十几张新票，大树知道是今天晚上的。周末，只有周末大剧院里才有人气，大剧院也因此才有大剧院的样子。大树就是在一个无所事事的周末走进了大剧院，看见了舞台上的杉杉。看见杉杉以后，大树才知道秦腔竟然有如此大的魅力，让人看一眼就忘不掉。杉杉像一只小鸟一样，把舞台演绎成了广阔天地。舞台已经不是舞台了，成了天空、成了大地，成了江河湖海，成了青山绿水。那时候，杉杉还不是大树的杉杉，而是舞台下所有人的杉杉。大树的热血就在那一瞬间沸腾了，他拼命地呐喊，肆无忌惮地吹着口哨。吹得整个观众席上都沸腾了。后来杉杉说，你的声音咋那么响亮，你的口哨咋那么悠扬呢？演出结束后，大树冲上了舞台，送出了他作为男人的第一束玫瑰。大树看到，杉杉在接过鲜花的一刹那，脸色也变成了玫瑰色。后来成了大树媳妇的杉杉经常回忆那一刻，每次想起来杉杉的脸色都红扑扑的。杉杉说，那是她登上舞台以后收到的第一束花。

大树不用看戏票上的剧目，就知道今晚大剧院演出的正是杉杉的成名作《窦娥冤》。大树在心里嘲讽道，这哪里是扮演窦娥啊，简直活脱脱就是一个窦娥。感天动地的六月雪就不必说了，光是哪唱腔，声中带苦、苦中含悲，凄凄切切，好像受了多大委屈似的。都说艺术来源于生活，如果现实生活中没有感触，怎么会表演得那么活灵活现、富有感情呢？不认识自己的时候情有可原，结婚已经七年多了，如此做作给谁看呢？

大树清楚现在窗外不可能有鸟儿，还是来到厨房仔细地在树叶缝隙搜寻了一番。阳光挤进树枝，在树叶上挤眉弄眼。到底是个什么鸟儿呢？大树开始怀念黑夜。直射下来的阳光表明时间还早，小花肯定还在钢琴班上。这个小精灵，从懂事起嘴里就含含糊糊地哼哼唧唧，也不知道哼的是什么。口齿清楚了，才发现她一直在唱秦腔。这很让大树大惊失色。大树爱听秦腔，但大树更爱钢琴。相比秦腔的嘈杂，钢琴多优雅啊。两年前，让小花学秦腔还是学钢琴成了大树和杉杉发生矛盾的起始点。不用说，结果自然向着大树期望的维度发展。这让大树心里稍稍有了些许安慰。

大树看见厨房的窗户又让杉杉关上了，心头有一丝不快。他拉开纱窗，推开窗户，留出一个足够大的出入缝隙。晚上也一样。大树期望有一天窗外能有什么新的生灵飞进来，给这个家带来一点生机。

一个人的家里，特别安静。时间充裕，空间也大，虽然穿着软底拖鞋，大树能听见自己的脚步声。他觉得自己正在丈量人生，丈量家庭，丈量婚姻。窗外又有鸟儿的叫声传了进来，声音温柔、悠长，顺着耳孔钻进身体，直戳心脏，一下，又一下，感觉整个人都酥了。大树站在房间，一动不动，生怕漏掉一丁点声音。待到听仔细、听真切了，大树疑惑地看看窗户的缝隙，又看看茶几上的戏票，这声音分明就是杉杉唱戏的声音，但听起来，却和每天凌晨窗外传来的鸟儿的叫声一样动人。大树走进厨房，没有往树上看，也不敢看，只是紧紧地盯着窗户的缝隙。似乎那是一个天外的通道。这次传进来的声音又变了，也像鸟儿的叫声，又的确不是，那是一首钢琴曲。泉水一般，或缓或急，有波澜不惊、有急流、有飞瀑裹挟的浪花，汩汩地流进心中。这是小花弹出来的声音吗？小花每个星期天，都在隔壁单元学习钢琴，那儿住着一个钢琴家，是大树大学时期的同班同学。令大树没有想到的是，仅仅两年的时间，小花的钢琴竟然有如此的穿透力，婉转却又坚定，穿墙破壁，声声入耳，直击心坎。

大树在一瞬间目瞪口呆，这是自己的专业，整整学习了四年，也达不到这样的水准。他关了窗户，却没有阻隔声音。两种声音依然交织着撞击耳膜，敲打心脏。大树往客厅茶几上看去，那里除了戏票，还有杉杉和小花的合影，两个人在相框里笑得很灿烂。大树看着看着，禁不住热泪盈眶。

一直到夜幕挤满房间。

小花练了一天钢琴，明显地累了，回到家时嘴噘得老高，大学同学不但教琴，而且还管饭，大树突然想和小花聊聊，小花显得没有兴趣，打着哈欠进了卧室。杉杉也已经回来了，脸依然红扑扑的，满身的酒气，大树赶紧用热水烫了毛巾，杉杉已经钻进卧室去了。大树失落地站在卧室门口，屋子里黑漆漆的，夜色在床上黏成了一团，小花和杉杉都消失在了黑暗中。

大树无趣地在门口站了一会儿，走进卧室，躺在了床上。卧室安静极了，小花从小懂事、听话，自然很安静。杉杉今天也很异常，没有了以往的呼噜声。她们好像随着夜色消失在了床上。这就让大树的呼吸声异常清晰，他在黑暗中睁大眼睛，痛苦地想起了顾城：黑夜给了我一双黑色的眼睛，我却用它寻找光明？对这个家来说，还有光明吗？光明在哪儿呢？杉杉和小花都没有看到，在黑夜中，大树的泪水恣意横流。

那只鸟儿又叫了，声音温柔、悠长，顺着耳孔钻了进来，直戳心脏，一下，又一下。又一个黑夜即将结束，大树慢慢地从床上爬了起来，生怕惊醒了杉杉和小花。他蹑手蹑脚地出了卧室，来到了厨房。厨房的窗户开了三分之一，冷风没头没脑地往里钻，大树却很兴奋，伴随寒风进入的，还有鸟儿的欢叫声。虽然窗外还是黑漆漆一片，什么也看不见，但有了鸟儿的叫声，大树已经很满足了。他迎风站在窗前，闭上了眼睛，让鸟儿的叫声一丝不漏地进入身体。每次站在窗前品味鸟儿的叫声，大树都感觉幸福感满满。

这种久违的幸福感很快就被打破了，身后又传来了脚步声。尽管声音轻得好像用脚尖在走路，大树还是被影响了。大树没有回头，鸟儿的叫声戛然而止，大树知道客厅的灯亮了。从脚步声判断，肯定是杉杉又站在了身后。最近，每天凌晨，大树站在厨房的时候，杉杉都会来到身后，她一出现，鸟儿就不叫了，表面上她是来和鸟儿作对，其实针对的还是大树。

回去吧，大树，杉杉的声音是压制后的温柔，我和小花都等着你呢？

你们睡吧，我再待一会儿。大树头也没回。

你每天晚上站在窗前，是不是想你的老同学？杉杉的声音不再压抑，明显有了不悦。

大树不说话。

有一双小手拽了拽大树的衣服，爸爸，回屋吧。

小花也来了，大树坚持着没有回头。但却不能不说话了，我在听鸟儿的叫声。

别再自己骗自己了，有小花在身边，杉杉的声音又变得软绵绵的，深更半夜的，哪有什么鸟叫声？

大树在心里哼了一声，鸟儿让你赶走了，当然听不见了。

小花的声音有了颤抖，爸爸，我冷。

窗外没有了鸟叫声，只有源源不断的寒风了，大树这才知道原来鸟儿的叫声是有温度的，可以温暖自己。他不禁打了一个哆嗦。大人之间斗气，不能让孩子夹在中间受气。大树不再坚持了，他慢慢地回过头，身后已经没有妻子和女儿了，她们已经回卧室了。大树慢慢地踱回卧室，床上还是黑成一团，什么也看不清楚。但是，大树知道杉杉和女儿就在床上，被窝里全是母女的气息，一股温暖的家的气息笼罩了他。他感到很踏实，随即感觉到困意袭了上来，刚闭上眼睛，脑子里就变得迷迷糊糊的。

大树清楚地记得，厨房的窗户他只打开了三分之一，现在却全部打开了。寒风一阵接一阵地猛扑进来，刮在身上却感觉不到寒冷。窗外也不再是黑漆漆的一片，月光清亮，照亮了窗前的三棵树。那只鸟儿果然在右边的那棵树上，五彩斑斓，在浅白色中艳丽极了，酷似一幅油画，更像一曲旋律，弹奏着泉水般的乐曲。鸟儿振翅一飞，就穿过窗户，进入了房间。大树屏住呼吸，一动也不敢动，生怕惊扰了她。鸟儿似乎很熟悉房间的结构，她先是飞进卧室盘旋了一会儿，才恋恋不舍地出来了。她飞翔的速度很慢，边飞边看着屋子里的摆设。大房间、小房间、书房、卫生间、厨房，最后飞到了客厅里。大树的眼前一阵恍惚，这个鸟儿飞翔的样子，既像杉杉在屋子里忙碌的身影，又像极了杉杉在舞台上表演的样子。大树想起来她和杉杉的新婚之夜，杉杉依偎在自己怀中，嘴里喃喃自语道，从此后，我就有两个舞台了，一个在大剧院，一个在家里。大树很想看清这只像杉杉的俊鸟，除了身形，大树什么也看不清楚。她就像一个谜一样在大树的脑海中和眼中翱翔。尽管如此，大树仍然泪流满面。

鸟儿终于飞累了，落在了客厅的茶几上。脚下，是一堆散乱的戏票，是杉杉演出的戏票。有的是杉杉单位发的劳务票，更多的是大树掏钱买回来的。大树感觉到鸟儿回头看了他一眼，他还没有来得及和鸟儿的目光对视，鸟儿就消失了。大树这才醒悟过来，他扑到茶几前，看到杉杉和小花在茶几上朝着自己微笑。夜色重新笼罩了房间，杉杉和小花的笑脸也钻进了黑夜中，慢慢不见了。

大树醒来后异常冷静，他知道自己又做梦了。床上虽然黏成一团，但杉杉和小花的气息很浓郁，被窝里也很温暖，大树踏踏实实地又进入了梦乡。

第二天醒来的时候，和往常一样，杉杉和小花已经不在了。大树打着哈欠洗了一个热水澡，换上了一件干净衣服，开始收拾房间。最近太忙了，也太颓废了，屋子里有些乱，大树是爱干净的人，眼里容不得凌乱不堪。他用墩布把地板拖了两遍，直到能照见自己的影子了，才开始收拾茶几。戏票全部被夹进了相册里，大树坐在茶几前，用抹布仔细地擦着茶几上的相框。杉杉和小花都在相框里笑着，屋子里干净了，她们回到家就更高兴了。

大树忘了多长时间没有上班了，昨天单位还打来了电话，一堆工作等着他处理呢。大树心想杉杉和小花也不愿看见他一直这样下去。大树临出门前，又回头看了看窗明几净的屋子，精神抖擞地出了门。

天啦，七年了，第一次见你打扮得这么精神，老同学站在楼下，眼睛红红地问，干什么去啊？

上班去。大树说。

往前走了两步，大树又回过头，问老同学，小花应该是五岁那年跟你学的钢琴吧，练得怎么样了？

老同学没有放过一丝表功的机会，进步很快，也很有天赋，都敢碰李斯特的《鬼火》了。

大树抬起头，看了看挺直的三棵大树，树冠浓郁，在阳光下显示出勃勃生机。遗憾的是，树上却少了鸟儿的叫声。大树嘴唇一撮，随着腮帮的鼓缩，一串鸟儿的叫声从嘴里汩汩流出，声音婉转、温柔、悠长，直戳心脏。

音乐学院声乐专业毕业的老同学听了，整个身体都酥了。大树已经走出很远了，她才泪流满面地喃喃自语道，真好听啊，就像鸟儿叫的一样。

# 羊在山上吃草

你确定，是羊在山上吃草？阿探慵懒地倚在床头，镜片后的目光不屑一顾。

当然，作为作者，我自然予以肯定。

羊在山上吃草，可笑。批评家阿探显示出与自己浓密而凌乱的头发不一样的缜密的逻辑思维能力，作为小说的标题，太平庸了。

你有新鲜点的标题吗？我把球踢了回去。

当然有，阿探从床上坐了起来，炯炯有神的目光穿过眼镜片，如果非要用这个标题，那就改为，狼在山上吃草。

不，我郑重其事地说，故事里面确实有狼，但只能是羊在山上吃草。

当早晨的第一道霞光从山顶照射过来的时候，整座大山抖落掉满身的露珠，醒了。高低起伏的翠绿仿佛人身上的时装，恰到好处地勾勒出大山的身姿。氤氲在翠绿上面的气息像被刚刚抖落的露珠，晶莹清凉，闻一下沁人心脾，含一口不想张嘴。老杨坐在塄坎上，一动不动，宛如身边的青草，已然和山融为一体。只是，他的眉毛是白的，胡子是白的，头发也是白的，脸愈发显得黝黑。露珠怕黑，密密麻麻地爬在了老杨的头发、眉毛和胡子上，好像大山把身上的露珠全部抖落在了他的身上。除此之外，大山不动，翠绿不动，风不动，老杨也不动，眼睛直直地，盯在面前的“小羊”身上。早晨的青草嫩嫩的，正对小羊的胃口，小羊忽略了老杨的目光，摇着尾巴惬意地啃着塄坎上的青草。偶尔有喜鹊从头顶掠过，留下了一阵阵急促的叫声。任凭四周鸟语花香，老杨不转头，小羊未抬头，喜鹊失望地在空中变成了黑点，消失了。大山依旧，翠绿依旧，空气依旧，风景依旧。

可能有一顿饭的工夫，也许是两顿饭，小羊终于停止了咀嚼，打了一声响亮的饱嗝，慢悠悠地来到老杨身边，告诉老杨，我饱了。小羊就像一片翠绿中的一个精灵，雪白雪白的，只有上下嘴唇是黑的，好像刚刚吃的不是青草，而是墨汁。抬起头的瞬间，嘴巴更显得奇黑无比了。老杨的眼睛终于动了一下，却没有和小羊的目光对接，只是直直地盯在小羊漆黑的嘴巴上，又一动不动了。小羊顿觉无趣，使出了撒手锏，左腿跨过老杨的膝盖，身体一沉，直接卧在了老杨的腿上。说是小羊，两个乳房吹足了气似的，鼓鼓胀胀的，在老杨的两个膝盖间荡着秋千。田间不远处正在坡地耕作的老农一边舔着干裂的嘴唇，一边贪婪地看着鼓鼓胀胀的羊奶子，满目光的垂涎和不怀好意。自从深山里有了住户后，这样的事不是第一次发生了，老杨白白的眉毛在眼眶上跳跃着，抖得眉毛上的露珠滚落了下来，而眼睛，早已变成了一把利剑，直直地刺向老农的色眼。老农知道老杨发怒了，在整个山村，有人敢摸秃老歪的光头，却没有人敢和疯子老杨叫板。老农低下了头，眼睛重新埋在土地里去了。老杨又向周围看了一眼，直到没有异样情况了，才低下了头，用衣袖认真地拭去小羊乳房上的水珠，脱下了上衣，将袖管套在了小羊的乳房上。小羊咩了一声，在老杨的腿上躺得更舒服了。老杨伸出比脸还黝黑的手掌，轻轻地、慢慢地、细细地在小羊的头上、身上抚摸着。目光早已越过地头，落在了半山腰的那棵土槐树上。

山里的土槐树因为安全、自由，长得很高大，树冠像一片绿色的云朵，云朵里的树叶密密麻麻的，发着翠绿的光泽。老杨眼中的这棵土槐树长得尤为庞大，在山里众多的树木中卓然挺立，好像撑在山腰上的一把伞。既挡风，又遮雨。

土槐树下，静静地耸立着一座庙。

庙里有个老和尚，阿探说这句话的时候，又歪躺在了床上，目光斜睨着我，老和尚正在讲故事。

错，我同样斜睨着这个自以为是的批评家，庙里只有一个老尼姑，老尼姑正在扫院子。

批评家的目光瞬间焕发出了光彩，从床上一跃而起，直直地坐在了我的对面，饥渴的目光盯在了我的嘴上，就像田地里劳作的老农开小差的目光。

听山里的老人讲，老尼姑还不是尼姑的时候，有一个很好听的名字，叫小翠。小翠姑娘是在山外长大的，却像山里的青槐一样笔直、修长。尤其是胸前的那一对丘壑，要风有风，要雨有雨，即使无风无雨，也是山外的一道风景。这样的风景迷山迷水，更迷人。所以，后来发生的事情也不能全怪秃老歪。秃老歪住在山里面，一切供给却在山外。山里紧张了，秃老歪就得下山想办法，上百口黑幽幽的大嘴就像山洞，等待着食物充填。秃老歪就是在下山想办法的时候看见了小翠继而有了想法的。按照秃老歪的思维，遇见模样长到小翠这种程度的女子，没有想法还是男人吗？秃老歪自认是男人中的男人。那次下山，秃老歪的手下光顾了整个村子，小翠家的财物却一粒未动。虽然对家里的财物没有动手，秃老歪却对小翠姑娘胸前的风景动手了。村子虽然很大，小翠惊恐的叫声充满了村子的夜空。屋里除了小翠和秃老歪，还有一只小羊羔。秃老歪把想法变成行动时，传到屋外的，除了小翠声嘶力竭的哭喊声，还有小羊愤怒的咩咩声。村子里的人已经习惯了，每次秃老歪光顾，没有一个人敢动，官府每次也是秃老歪走后才出现。尽管小翠的叫喊声像血一样充满了二柱的眼球，但二柱最终还是捂住了耳朵，在墙角把头夹在了两腿间。

秃老歪最后是自己跑出来的。

跑出来的秃老歪满脸惊骇的眼神，村子里的人从来没有见过秃老歪如此惊慌失措，秃老歪从小翠家院子跑出去的时候，好多人都看见秃老歪的手上流着血，那血像一把把火把，在夜色中非常鲜艳，把村子里人的脸都烧红了。秃老歪走后，二柱第一个扑到小翠门口，屋里除了小羊的叫声，再无其他声息。小翠的门像一堵墙壁，在月光和火光下发着瘆人的光泽，把二柱和村人冷漠地拒之门外。急急赶到的官府的人也没能叫开小翠的屋门，后来小翠的屋外只剩下了二柱。月亮又一次升起来的时候，二柱终于跨进了屋门。屋内空空如也，小翠和小羊已无踪影。

村子里的人不知道是该庆幸，还是该愤恨，自从村子里没有了小翠这道风景，秃老歪再也没有下山骚扰过村民。

村子里的人还记得，也就是从那天起，痴情的二柱离开了家乡，踏上了寻找小翠的山路。

小翠进山报仇了？阿探燃起了一支烟，好像在问我，又好像自言自语。袅袅的烟雾从嘴角散漫而出，好像山中寺院的香火。

这座山名曰秦岭山，就像把黄河称作母亲河一样，人们把这座山叫作父亲山。父亲山和母亲河一起组成了山里山外这个大家庭。二柱想，小翠再没有其他亲人了，小翠很小的时候，父亲进山再没有回来，她一定去找父亲了。没有人告诉小翠去了哪里，也没有人看见小翠进了山，二柱义无反顾地踏上了山路。

秦岭山里，一峰连一峰，峰峰翠绿，峰峰相似，又峰峰不同。有的挺拔，有的俊俏，有的缥缈，有的实在，就在眼前直立立地矗着。阳光铺满山峰的时候，站在这峰，能看见那峰树叶的形状。连接各峰的，就是铺在脚下的羊道，弯曲、狭长，没有规律，更无尽头。二柱一边在羊道上趔趄、流汗，一边喊着小翠的名字。二柱喊一声“小翠”，山上就有无数个“小翠”的回声，似乎小翠无处不在。那嗡嗡的回声给了二柱无限的希望。二柱一峰一峰地找，有时候，连羊道也没有了，二柱就在山上自己踩出一条道来。渴了，所幸秦岭山上，山有多高，水就有多高，山上的小溪水一次又一次灌满了二柱的肚子；饿了，山上有数不清的野果，猕猴桃、山核桃、柿子、五味子；累了，找一块小溪边的巨石，在头顶鸟儿的鸣叫，耳旁小溪的哗哗声中进入梦乡。好几次，二柱看见小翠蹲在自己身边，像以往一样含情脉脉地凝望着他。直到每次被头顶急促的鸟叫声惊醒。睁开眼睛的时候，旁边不是盘踞着一条蟒，就是不远处蹲着一只虎，它们仿佛就是小翠的化身，只是默默地看着他，直到他起身离去。

就这样，二柱一直在山上寻找了几个月。到底是多长时间，二柱不知道。几个月后一天午后，二柱终于遇见了一个人，这是二柱进山后碰到的第一个同类，却比见了蟒和老虎还让他魂飞魄散。二柱趴在草丛中，远远地看着那个人，来到了山腰上。那双曾经沾满鲜血的手里此刻拿着铁镐，认真而又虔诚在一个小土包上培土。他好像在干一件艺术品，把那个小土包修整得很漂亮，然后弯腰把土包上的杂草一根根拔掉。那个人干完这些后，围绕着土包正转三圈，又反转了三圈，直到一切都满意了，恭恭敬敬地向小土包鞠了一个躬，转身离去了。二柱一直看到那个人在小路尽头消失了，才急急忙忙地跑到了小土包前。这时候，他才知道，这是一座坟，一座立了墓碑的坟。尽管二柱怎么也不相信自己的眼睛，但插在坟头的木牌子上清清楚楚地写着：玉女峰，小翠姑娘之墓。

看见阿探的眼睛直了，我故意停了停，问道，知道那个人是谁吗？

批评家收回出窍的灵魂，语气变得很肯定，按照故事的发展，能让二柱魂飞魄散的人只有秃老歪。可是，可是，批评家挠了挠头，这不符合生活逻辑啊？

不符合逻辑的才是生活，我从鼻子里哼了一声，真正的生活不需要逻辑！

二柱疯了。

他疯狂地刨着小土包，他不相信小翠已经死了。凝结在一起的泥土表明时间已经不短了，也就是说，当自己在一座又一座山峰上苦苦寻觅的时候，小翠已经离开了这个世界。不可能，绝对不可能，这个世界上还有二柱呢？二柱不相信小翠就这样轻易地弃他而去。手指出血了，和泥土混在一起，在二柱的身后飞溅。所幸土包不大，只是埋在了山表上，二柱终于挖出了一个小布包。看到小布包的瞬间，二柱的眼泪流了出来，那分明是小翠的衣服啊，这块布料，还是他买给小翠的。虽然两只手抖得像筛子，二柱还是打开了布包。没有想象中的骨灰，布包中包裹的，只是一块已经有点干瘪的皮肉。二柱的眼泪模糊了，在这个世界上，只有他，一个叫二柱的男人认识这块皮肉：上面的黑痣还在，乳头已经不再圆润、粉红了。二柱紧紧地把昔日小翠胸前的风景拥在怀里，在渐渐黑下来的夜色中与小翠融为一体。

二柱把玉女峰的小坟包恢复好的时候，四周已经一片漆黑。天空没有月亮，连一颗星星也没有，二柱是摸黑把小翠身体上最宝贵的东西又埋起来的。这是他进山以来离小翠最近的一次，坐在坟头的二柱渐渐从悲痛中安静下来，他的眼睛突然在黑暗中变得亮晶晶的，心里又燃起了希望之光：小翠没死，小翠还活着。二柱在黑暗中笑了，以至于笑出了声，像山中野兽的嚎叫一样，吓得树上的鸟儿扑棱棱地飞走了。秃老歪既然出现在这里，那么，他的贼窝一定离这里不远，小翠肯定落在了他的手里。二柱顺着秃老歪离去的小路走去，刚翻过一个小山包，二柱被眼前的一幕惊呆了。在伸手不见五指的深山里，几棵大树成一个圆形高高矗立着，更奇异的是，每棵树上都开满了白色的小花，在夜色中显得是那么美丽、洁白。二柱知道这几棵树是土槐树，土槐树上的花二柱也见过，不可能这样洁白，更不可能在晚上发出光来。难道是山神显灵了，二柱的头发竖了起来，山中的野兽二柱见得多了，他不怕。二柱不知道为什么，看见这些怒放在黑暗中的洁白花朵，他的身体不由得颤抖起来。屏住呼吸，二柱蹑手蹑脚地走近，居高临下地看去，发现那几棵树围绕着一座庙宇，而在庙宇的院子中，一堆篝火把庙宇和上空照得亮如白昼。火堆旁边只有一个人，这个人就是烧成灰二柱也认识，二柱知道他找到贼窝了，只是他没有想到，以烧杀抢掠为生的贼窝看起来竟是那样地圣洁、高贵。二柱心里明白，这个看似圣洁的地方住着这个世界上最残暴的一伙畜生，他们比山上的野兽还要残忍。就是他们，毁了自己和小翠的一生。二柱没有轻易靠近，他爬上了一棵树，一棵可以休息又能掩护自己的大树。目标虽然找到了，但一定要从长计议。二柱在树上想着想着就睡着了。

小翠又在梦中出现了，很奇怪，小翠穿着一件他从没有见过的长衫，远远地看着他，一声不吭。二柱往前一步，小翠移远一步，始终和二柱保持着一定的距离。二柱用尽了全身的力气，想跑到小翠身边，却一直不能靠近。二柱明白小翠还在怪罪他，这种怪罪使小翠虽近在咫尺，却无法相见。

第二天的阳光把二柱的眼睛掰开时，土槐树上奇异的花朵不见了，整个山峰笼罩在似有若无的雾气中。二柱一睁开眼睛，就看见了那只羊，那只和小翠形影不离的小羊。此时，它亲热地跟在秃老歪身后，离开庙门向旁边的那块草地走去。小羊的尾巴还没有长长，能看出来它的心情很急切，很愉悦，跟在秃老歪身后短短的尾巴一翘一翘的，就像每次跟在小翠身后一样。畜生就是畜生，心像嘴巴一样，黑了。二柱气呼呼地想。

等到秃老歪的身影远了，二柱从山坡上捡起一根胳膊粗的木棍向庙门摸去。小羊的出现，更加坚定了二柱的猜想，小翠一定在庙里，而秃老歪亲自放羊，更说明其他的山贼都不在窝里。二柱轻手轻脚地走了进去，庙门大开着，小翠一定被绑在哪个房间里。就在二柱趴在窗户上苦苦寻找的时候，身后传来了一个声音，施主从哪里来？二柱的血一下子冲上了头顶，这是多么熟悉、又让他梦魂萦绕的声音。转过身，站在二柱面前的却不是小翠，而是一个尼姑。尼姑目光沉静地看着二柱，头顶上的戒疤在阳光下闪闪发光。二柱眼前一阵恍惚，分明是小翠，看着又不像。二柱犹豫了一会儿，终于在尼姑的胸前找到了证据。僧袍虽然宽大，二柱还是发现尼姑左边胸前平平的，小翠那个长痣的乳房，就在左边。

小翠，我是二柱。二柱的眼泪流了下来。

尼姑的表情和刚才没有变化，这里没有小翠，施主认错人了。

你就是小翠，我不会认错的。二柱不管不顾地大喊了起来。

梦中的情形又一次出现了，二柱往前进一步，尼姑退一步，二柱用尽了力气跑过去，却始终赶不到尼姑跟前。尼姑始终和二柱保持着同样的距离。二柱没有放弃努力，他怕小翠又一次从眼前消失，在尼姑一声又一声“施主请自重”的警告声中，他疯狂地一次又一次地扑向尼姑，直到秃老歪横在了面前。秃老歪显然不认识他，他的眼睛瞪得贼圆，眼睛里冲出来的光能杀人。二柱禁不住全身打了一个冷战。

把这位施主请出去吧。尼姑的声音从佛堂里经乐一般传来。

是，刚才还凶神恶煞的秃老歪闻声立刻收回恶狠狠的目光，一只手伸在胸前，一只手伸向庙门，请！

二柱是被秃老歪用身体推出门外的。

胡说八道，批评家阿探满脸的不信任，你编故事的能力也太差了，尼姑如果是小翠，怎么会和她的仇人在一起？这太离谱了。

生活可以改造一切，包括人。质疑是批评家的专利，我没有搭理阿探，继续还原故事的真相。

二柱没有离开，却再也进不了庙门，秃老歪犹如佛前的护法，把他远远地拒在门外。几个月来的辛苦和努力不允许二柱放弃，进不了庙，他就用树枝在山坡上搭了一个窝，住了下来。山成了他的家，他成了山上的一个存在。几天过去了，半个月过去了，一个月过去了，两个月过去了，二柱从怀疑到疑惑，最终终于确认，庙里面除了尼姑和秃老歪，再没有其他人，昔日山外人闻之色变的贼窝真的变成了佛堂。秃老歪每天晚上在院子里点一堆篝火，把庙宇里照得亮堂堂的，下雨天也不例外。秃老歪从来没有进过佛堂，在火光的照耀下，二柱每天晚上都能看见躺在屋檐下的秃老歪睡得很香，却很警觉，稍有个风吹草动，他就一跃而起，庙内庙外地巡视一圈，俨然成了尼姑的保护神。尼姑每天诵完经，就拿一个大扫把，一遍又一遍地扫，把这个曾经的贼窝扫得干干净净的。尼姑每天扫院子的时候，二柱感觉山也静了，风也停了，整个秦岭山变成了一幅画。尼姑置身画中，缥缈、庄重，自成风景。传到耳边的，只有自己越来越急促的喘气声。二柱每天趁秃老歪放羊的时间，都要靠近寺庙，却再也没有进去。现在对二柱来说，只要每天看一眼尼姑，就已知足。观察的时间长了，二柱渐渐明白秃老歪为什么敬畏尼姑了，因为就在二柱的眼皮底下，尼姑越来越有了仙风道骨，尼姑头上的戒疤也由一个渐渐地变成了六个。这种变化让尼姑圣洁高贵，不怒自威。二柱每天都能看见尼姑飘逸的身影，到了后来，在二柱眼中，这种身影满山都是。渐渐地，小翠已经成了遥远的过去，而尼姑显然已在他的心里立成了一座山。

每月初五，秃老歪都要到玉女峰半山腰的坟堆上去培土，拔草。多少年过去了，坟堆上连一棵杂草也没有，种在坟前的那棵四季松已经长到二柱的头顶上去了。秃老歪显然已经知道了二柱的身份，对他不再凶神恶煞，只是每天从二柱跟前走过时，看也不看二柱一眼，好像二柱就像山上的青草、树木一样，就应该在那儿。二柱有一次无意中和秃老歪的目光对视，竟然发现秃老歪的目光清澈得像山里的风一样，已无一丁点的恶意与俗气。

在一个春暖花开的早晨，秃老歪终于走到了二柱跟前，把手里的绳子递给了二柱。师傅说了，让它以后陪着你吧。二柱还没有来得及回答，秃老歪已经飘然转身。二柱有些受宠若惊地紧紧把绳子抓在手里，泪眼朦胧地看着秃老歪的背影从容远去。从此以后，二柱不是一个人了，那只已经长成大羊的小羊成了二柱相依为命的伴侣。只不过，在二柱眼里，它仍然是一只小羊，永远是。

太阳升起来，又落下去；青草枯了，又开始泛绿。山里的一切都好像在变，又似乎没有改变。不管是变，或者不变，山里的日子每天都是新鲜的，虽然近在咫尺不得相见，但每天只要远远看一眼尼姑，二柱的心里就是充实、幸福的。二柱很奇怪自己竟然有这样的感觉，心里的仇恨似乎已经是很遥远的过去了，秃老歪如今在二柱的眼中已经是一个慈眉善目的老人了，杨二柱已经记不清楚十几年前发生在山下的血案了。更为惊奇的是，人迹罕至的深山里的庙宇香火竟然鼎盛起来了，寺院里又出现了很多的小尼姑。每天都有跋山涉水来进香的人，好多都是二柱村子里的人，他们也都变老了，每个人看着二柱，眼里竟然有了许多羡慕与敬畏。那些虔诚的香客，远道而来似乎只是为了看一眼寺庙里的主持和她头上的六块戒疤，然后到玉女峰上的坟堆上去磕个头。似乎看一眼，就大福大贵了；磕一个头，就冰清玉洁了。再后来，庙旁边就有了一些住户，好多从深山里搬出去的人又搬了回来，据说有好多曾经是贼窝里的山贼，那些当年被秃老歪驱散后的山贼又回来了。回来后的山贼因为不再是山贼了，秃老歪也不再是贼首了，所以不再唯秃老歪马首是瞻，只对主持仙人顶礼膜拜。

只有老杨，每天天一亮，就牵着步履蹒跚的小羊，在山里吃草。十几年被寺庙的仙气萦绕着，老杨的心里无怨无悔无恨，只是容不得有人盯着圆鼓鼓的羊奶子看。只要发现有人看了，老杨就脱下自己的衣服，将两只胀鼓鼓的羊奶子塞进自己的衣袖里。住在山里的人常常看着老杨，感慨万端：同样是人，修行不一样，修为就不一样，同样是十多年时间，寺庙里的小尼姑已经变成了仙子，而寺庙外的二柱只是变成了一只老羊。

不知为什么，老杨听了，心里却美滋滋的。

以后，即使以后的以后，每天只要山醒过来了，吃着山风的人们都会看到，在青山绿水之间，在寺庙的袅袅青烟之上，有两只羊正在山里吃草。他们吃得惬意、吃得舒心，吃得无忧无虑、心无旁骛。他们似乎已经和秦岭山融为一体，或者他们已经变成了秦岭山……

讲完了？

完了，我笑着对阿探说，其实，这篇小说还有一个名字：《玉女峰》。

阿探摇着头说，还是叫《狼在山上吃草》好。

抱歉，骗你了，故事里面只有羊，没有狼啊。

你错了，阿探的目光又一次焕发出批评家独有的智慧与深邃，狼无处不在。只是，在某种力量感召下，狼变成了羊。

作为作者，我喜欢批评家这样说话，但我觉得作为批评家，这是阿探说出的最没有逻辑的话。

# 明天是今天的药

## 一

把自己的事交给别人，烦恼就出现了。

我现在就被这样的烦恼围裹着。

我本是一个有主见的人，轻易不会受周围环境影响。但这件事情太大了，大到了关乎一辈子吃穿住行的问题，也就是说，关系到自己明天的生活质量问题，慎重点不但必要，而且必需。

如果在夜深人静、四周无人的时候，审问一下隐藏在内心深处的秘密，毫无疑问，我是喜欢林峰的。我不否认自己是外貌协会的。林峰酷似他的名字，山一般冷峻、挺拔。脸上的肌肉有棱有角，两道剑眉很硬，恨不能脱出脸庞，倒“八”字般戳到天上去。眼睛就像两个无底洞，深邃、透明，老想让人去瞅，又永远瞅不清楚。鼻子和嘴巴更不用说了，个个都是专为迷死我这样的脑残粉而长的。一次同学在华山顶上聚会，相互合影留念，当我和林峰并肩站在陡峭的山峰上，嘻嘻哈哈的同学们瞬间好像被封住了嘴，除了耳边飕飕而过的风声，周围一片寂静。绝对是寂静，我肯定。同学们的眼光聚焦在我们身上，五味杂陈。没有人赞美我们，但我从那些苦辣酸甜咸的目光中，感到了极大的满足，这种满足让我把林峰死死地藏在了心底。

问题是，你如果跟了林峰，吃什么，穿什么，住什么？赵小兰气咻咻地冲我嚷嚷。赵小兰之所以只说“吃穿住”而不说“行”，是因为赵小兰知道，林峰有一辆很霸气的摩托。曾经，林峰带着衣袂翩翩的我，从远处风驰电掣般到了赵小兰面前，硬是把赵小兰的长嘴变成了“O”。赵小兰是我的舍友，不是上下铺，而是头对头，我的心里有不少她的秘密，她的耳朵里更藏着我的隐私。

口是心非，如果把林峰给你，你要不要？我直视着赵小兰。

我有赵大呢。赵小兰躲避了我的目光。赵大也是我们的同学，没有毕业就辍学了，现在已经有了自己的公司。

如果赵大和林峰同时让你选择，你选谁？

赵小兰目光重新落在我的身上，气呼呼的，你以为人人都像你一样幸运，一大堆男人甘愿在面前变成菜市场的青菜萝卜。

别回避，是闺密就说实话。我不给她喘息的机会。

赵小兰终于投降了，在我面前老老实实地低下了头，我选林峰。

鲍翅不吃了，世界名牌不穿了，别墅不住了，宝马不坐了？我虽然这样调侃赵小兰，但我知道，赵小兰说的是真话。任何我们这个年龄的女生，在林峰这样的男人面前，要说有抵抗力，那都是假的。我们是被整个社会誉为脑残粉的九〇后，九〇后忠于内心。这不是好色，而是人性——百分之九十的九〇后对于情感都会这样宣言。

别人稀罕的，就是自己拥有和必需的。有了赵小兰的坦白，我和林峰的感情算是暂时稳定了下来。只是，在我们班，几乎所有的女生表面上都以我和林峰为标杆，内心深处却都对赵小兰和赵大充满了羡慕嫉妒恨：我们也想表里如一，但我们更看重现实。现实是，当我们疲于奔命，每月领那么一点破工资就欣喜若狂、大喊大叫着要请客时，赵小兰已经成了别墅的主人。

当然，也有貌似清高者，比如我。清高使我拒绝了赵大，而将手伸进了林峰的臂弯里。

## 二

二十五岁生日来临的时候，我丝毫没有准备。

我是被林峰叫醒的。

被林峰叫醒前，我正在做梦。梦中，我和林峰正在吵架。原因在于林峰发了工资，兴冲冲地请我吃饭。我不是四川人，却爱吃火锅。我觉得天下没有一个美食能像火锅一样涵盖了生活的味道，吃火锅就相当于过日子。这一点，我的同学都知道，林峰当然更清楚。人都说，梦是反的，梦中，我却突然不喜欢吃火锅了，非要去品尝一下西餐。学校门口有一家西餐厅，光看装修就相当地有档次。离开学校的赵大不止一次返回学校，在里面为我定好了位置，我却一次也没有去过。当然，我也没让赵大的钱白花，而让赵小兰成了我的替身，把那些据说精心准备的西餐裹进了腹内。这个世上，欠下的早晚是要还的。赵小兰在我的威逼利诱下不情愿地吃下了赵大的美食，最终却心甘情愿地把自己还给了赵大。连同思想和肉体。应该承认，当赵大第一次当着所有同学的面把自己的胳膊环绕在赵小兰脖子上却把目光投向我时，我的心里空荡荡的。所幸我的骄傲和自尊及时帮助我摆脱了窘境，第一个掌声是我的左手和右手击发出来的。突然响起的掌声不但吓了我一跳，更引来了同学们雷鸣般的掌声。也就是在那次，鼓动的手掌停下后，我突然觉得两只手没有了去处。在这个热闹的场景中，独自垂掉下去的手臂该是多么地孤单和可笑。很自然地，我的手臂在垂下去的半途果断地改变了方向，准确地落在了林峰的臂弯里。和预想中一样，除了赵大的眼光黯淡了，所有人的目光在一瞬间精光四射，林峰的目光更是欣喜若狂。我这个看起来不经意其实很经意的动作引来了更热烈、更持久的掌声……

小懒猫，快起床。知道今天是什么日子吗？

我还没有睁眼，只在床上伸了一下懒腰，林峰就敏锐地捕捉到我已经醒了。什么日子？这种制造惊喜的方式也太落伍了。一个月前我就知道了。我的生日从来不用我操心，有很多人，父亲、母亲、爷爷、奶奶、姥爷、姥姥，都在用心地帮我记着。还有一些人，不但用心地记着，而且还陪我一起过生日，比如林峰、赵小兰。只有一个人，从来没陪我过过生日，但每次生日礼物却能值我半年工资，这个人不说林峰和赵小兰也能猜到，就是赵大。今年的生日礼物赵大提前一个礼拜就送来了，是一条白金项链。想不要都不行。记得赵大送来的那天，我刚下班，正要走出办公室，赵大的大脑袋从门外挤了进来。和大脑袋一起进来的，还有满脸的笑容。下个礼拜我要出国，提前祝你生日快乐。那条白金项链就放在了我的办公桌上。虽然没有打开，我还是觉得礼物的贵重超出了友谊的范围。我已经有项链了，林峰买的。我说。打开看看，赵大收起笑容，一脸的严肃。我也故作严肃，不看，看了就舍不得了。赵大自己打开了盒子，把项链摊在了我的面前，喜欢不？不喜欢。我说。赵大没有丝毫的犹豫，直接抓起项链扔进了垃圾篓里，没关系，明天另买一条送你。说完扬长而去。我将丹顶鹤一般长长的脖子从门里伸出去，看见赵大的脚步雄赳赳气昂昂，把我们公司的楼道踩得咚咚咚直响。

赵大还挺男人的，我闭着眼睛想。

别瞎想了，林峰的声音理所当然而又理直气壮地钻进了我的被窝，快起来吧，今天请你吃火锅。

这样的口气让我很不舒服，尤其是此情此景下听起来更是刺耳。刺耳的不只是林峰的声音，还有出租屋外妇人的叫喊声、小孩的哭闹声，以及楼下小贩的叫卖声。如果耳朵能和眼睛一样闭上多好，我烦躁地用被子蒙住了头，想把林峰和屋外的嘈杂声一起挡在外面。但是，没用，被子里面除了我的酮体，全是林峰的体味，这种味道使我逐渐变得清醒起来，我终于明白了林峰的声音为什么会肆无忌惮地钻进我的被窝的原因。

既然梦里的情景重现，我索性就将梦境坚持到底。我用手撑起被子一角，不知道是想让我的声音出去，还是想让林峰的体味出去，你不知道吗？我最近上火了，还吃火锅，你安的什么心？本是一句调侃的话，今天说出去，竟然火药味十足。这句话刚出口，我就后悔了。毕竟，林峰既是大家为我的选择，也是我自己的选择。

被子外面半天没有声音。我把被子角掀大了一些，一眼就看见林峰不像原来一样俯在床前，而是站在卫生间里吸烟。有时候，房子小有小的好处，躺在床上，屋里没有死角，一切皆在掌控中。我突然莫名其妙地想，要是赵小兰和赵大闹了矛盾，赵大就是出去和别的女人私会了，赵小兰肯定还以为赵大在楼上、抑或楼下哪个屋子生闷气呢。

林峰很少吸烟，每次我开玩笑和他要分手，他束手无策的时候，才拿烟出来壮胆。今天为了一顿饭，竟然抽上烟了，可见我的话语威力还在。我索性从床上坐了起来，冲着卫生间大喊，我饿了。

林峰闻声来到了床前，我看见，他性感的嘴唇里还有残留的烟雾随着话语一起涌出来，不想吃火锅啊？说吧，想吃啥？

我见好就收，佯装可爱地眨了眨眼睛，把眼珠子在眼眶里顺时针转了一圈，又逆时钟转了一圈，终于下了决心，我想吃西餐？

我说不出林峰脸上是什么样的表情，你不是不喜欢吃西餐吗？

我一次又一次拒绝赵大请我吃西餐的事，不但林峰和赵小兰知道，我们同学都知道。要命的是，别人可以这样认为，林峰也是这样的看法就很令我伤心了。刚才是假生气，现在我真的生气了，我一生气，脸自然就拉了下来，这话你也信？我只不过不愿意和别的男人一起吃。

这是我和林峰在一起以后，说得最有哲理的一句话了。这句话的效果是，林峰没有表情的脸上瞬间充满了迷人的笑容，我明白了，我们去吃西餐。林峰从床头拿起瘪瘪的钱包，在我眼前晃着，我这一月的工资就是为你发的。这话我爱听，一个男人在乎不在乎女人，关键不看他给你花多少钱，而在于是否愿意把所有的钱都给你。这不是钱多钱少的问题，而是全部和部分的关系问题。女人把自己的一身和一生赌在一个男人身上，自然不是为了把控这个男人的一部分，而是全部。

要命的是，门就在这个时候被捶响了。这种敲门法，不用问，只有一个人，那就是赵小兰。赵小兰第一次来捶门的时候，首先迎接她的不是我和林峰，而是房东。房东是个四十多岁的女人，短发，一根根在头上直立着。每次站在门口催要房租，直立的头发在高挑的身材支撑下总在有意无意地挥扫门楣。如果年轻二十岁，这样的身高站在同样高大的林峰旁边绝对会成为一道风景，站在赵小兰面前就有点泰山压顶之势了，尽管赵小兰个子也不低。干嘛干嘛，土匪啊？捶坏了你赔啊？赵小兰虽然在高大的男人面前低眉顺眼，对比自己还要高挑的女人却一直没有好感。赵小兰两眼一瞪，拇指和中指形成了一个圆圈，食指、无名指伸直，小指弯曲，形成了一个标准的兰花指，在房东的眼前和鼻子前滑过来，又滑过去，嘴里的话语成45度斜飞上去，这种破门连个门铃也没有，还好意思出租、还好意思收房租？我今天就要把它捶坏了，坏了安个防盗门，最好的那种，我掏钱。这个世界一直流行恶的怕横的，何况房东还没有到恶的地步，遇见赵小兰这种横的，自然就落荒而逃了。后来房东总来我们屋嘘寒问暖，没少在这个二十多平方米的空间播撒笑脸。有一次终于憋不住了，背着我对林峰说，小林啊，你看别人家的房租早就涨了，我要不涨就坏了规矩了。我不像别人家那样贪心，一涨就是一百，我只涨五十。看着林峰惊愕而又为难的脸，房东也惊讶了，这点钱你还在乎？我看见上次来找你们的朋友，年纪轻轻就开着宝马呢。

赵小兰仍然捶着，一下一下好像捶在我的脑袋上，我的头大了，这一次赵小兰捶门不知带给我和林峰的是什么？我用被子蒙住头，心里暗暗祈祷房东不在家或者耳朵这一阵有毛病。幸好林峰及时打开了房门，也止住了赵小兰捶门的声音。赵小兰甩动着没了用武之地的手臂，一边往里走，一边嚷嚷，还没起床啊，今天可是你的生日，我请你吃火锅。

声势这么浩大，就吃个火锅啊。我不得不从被窝里伸出头，林峰早就定好了。

赵小兰嘴一撇，看着林峰，说，是不是订的海底捞？

林峰争辩道，她最喜欢海底捞了。

赵小兰一屁股坐在床上，身体一仰，躺在了床上，胸前鼓鼓囊囊的两个皮球就和席梦思床垫一起摇晃了起来，那种火锅也能吃？

林峰看见我的眼光移了过来，忙把目光从赵小兰身上移开，话却是对赵小兰说的，你不也订的火锅吗？

当着我的面，赵小兰从来不给林峰留面子，火锅和火锅能一样吗？你的海底捞能和我的皇家御厨海鲜火锅相提并论吗？

我突然感觉到肚子饿了，很饿，一把掀开了被子，啥都别说了，走吧。

出了屋门，才知道房东正在楼道里站着。看来，房东不但在家，耳朵也没坏。这个赵小兰，到底还是惊动了房东。我赔着笑脸，刚想给房东解释，却发现房东并没有生气，脸上因为挂满了笑容使得整个面部表情很生动，只不过不是冲我，而是对着赵小兰，一听这动静，就知道是赵小姐来了，到我家去坐坐？

赵小兰矜持地摇了摇头，从房东面前走了过去，我赶紧拉着林峰，鱼贯而过。下楼的时候，我还在心里暗暗纠结：我到底是该上林峰的摩托、还是赵小兰的宝马？因为这不仅仅是多两个轮子的问题，更是我以后的生活走向问题。

## 三

日子还得过，生活也一直按照自己的轨迹面无表情而又机械地改变着我，因为它以自己的方式已经成功改变了无数的男人和女人。哲人们说，生活是残酷的。我却认为自己是强大的，强大到面对现实，我仍然能忠于自己的内心。内心告诉我，我是喜欢一无所有的林峰的。虽然，和赵小兰比，和许多同学比，我是那么地不甘，那么地蠢蠢欲动。和林峰同居已经一年了，我仍然是她的心肝宝贝、小懒猫。我心里很清楚，对一个得到了你身体的男人来说，女人的懒是需要资本和分量的。而我，也对林峰山一般冷峻、挺拔的身体，有棱有角的面部肌肉，两道好像要飞向天空的剑眉没有消除新鲜感。一年的时间该知道的都知道了，该了解的已了解了，更重要的，能包容的也包容了。顺理成章，我和林峰到了拍结婚照的时间。我很清楚这对一个女人来说意味着什么。选择一个男人同居，只是把自己的身体交出去，选择婚姻，就意味着把自己的一生交出去。所以，我在下定决心的同时，心里还有一点希冀，那就是赵小兰住进别墅已经快两年了，她和赵大有没有走进婚纱影楼的打算？

经验告诉我，想了解别人的情况就先告诉别人自己的进度。

我的手不由自主地拨通了赵小兰的电话，小兰，我和林峰说好了，下个礼拜天去拍结婚照，你能陪我去吗？

没想到赵小兰惊叫了一声，太好了，终于等到了。

我狐疑地骂了一句，什么意思啊，怕我被剩啊？

赵小兰那边笑嘻嘻的，误会误会，我们家老赵说了，一旦你和林峰确定了婚期，我们也马上结婚。两家一起办，老赵全包了。

我的心里顿时酸溜溜的，这条路是我自找的，我知道老赵一直对我贼心不死，他曾在我面前晃动着他那颗代表财富的硕大无比的脑袋盟誓道，我会一直等着你，只要你不结婚。看来他做到了，而我，之所以告诉赵小兰，不也是为了告诉赵大吗。

有钱人就是任性，赵大说到做到，擅自做主取消了林峰预定的影楼，从而把我们两家的婚纱照片定位在了全市最好水准上。赵小兰来到出租屋兴冲冲告诉我这个消息的时候，我知道这关乎一个男人的尊严。表面上，我也嘻嘻哈哈的，用手随便在林峰岩石般的胸肌上敲了一下，我听林峰的，林峰接受我就接受。

这确实是个难题，因为我们没有这笔预算。它的价位是我们原来预定影楼的三倍。但确实价有所值。我想，九〇后虽然对离婚持开放态度，但没有一对在拍结婚照的时候就会想到还有第二次这样的机会。它是一个女人最美丽时刻的一个见证，不管在什么时候，女人渴望美丽是没有错的，女人渴望留住最美丽的一刻更没有错。没想到林峰面对赵小兰长长的毛茸茸的假睫毛，很爽快地答应了，这点，很是出乎我的意料。但我还没有来得及失望，林峰后面的话语就像岩石一般蹦了出来，小兰，你告诉老赵，我们约定，五年以后，我们两家的木婚纪念照我全包了。这句话让赵小兰有点摸不着头脑，却让我热泪盈眶。我呆呆地看着林峰，似乎觉得今天的赵大就是明天的林峰，而今天的赵小兰也就是明天的我。必须强调，不代表明天的我们变成今天的他们，只说明明天的我们一定会拥有他们今天的财富和生活。

婚纱照拍得很顺利，有了赵大的大包大揽，更有了林峰的五年誓约，今天的林峰变得就如今天的赵大一样把钱看成了孙子，也有了一些视金钱如粪土的豪气。本来很复杂的事反而变得简单起来，一切都要最好的。化妆师先要每个人选好色系。林峰有棱有角的，很骄傲地选了古铜色，赵大皮肤本来就黑，顺理成章地选了黑色，好做掩饰。赵小兰经常咋咋呼呼的，又好色，所以当仁不让地选了粉红色。化妆师看着我，笑道，这位小姐好模样，喜欢什么色系。我心里已经有了选择，却反问道，老师觉得什么色系好？化妆师看了林峰一眼，又笑了一下，浅珊瑚色配上古铜色，感觉怎么样？我表面迷茫内心赞许地点了点头。

色系确定以后，整个人就都交给化妆师了，虽然作为爱美的九〇后，每天不化妆不出门，但还是没有想到影楼的化妆工序这样冗长：清洁皮肤、润肤、营养面霜、防晒隔离霜、修颜液、打粉底、散粉、画眉、眼影、眼线、唇线、口红、打胭脂、夹睫毛、上睫毛膏。如此折腾下来，几个小时过去了，我这才真正体会到了一分价钱一分货这句话的意义。心里也就有了以前亏了这副好皮囊的愧疚感。相对化妆，试婚纱就简单多了，影楼里最昂贵的两套婚纱很快就穿在了我和赵小兰妙曼的身上。这话当然是试衣师说的。试衣服也有专门的师傅指导，可见奢侈的程度。收拾完毕的两个女人顾不得回应两个男人惊愕而又喷火的目光，迫不及待地站在了整面墙壁那样大的镜子跟前。

第一眼当然是看自己，第二眼才是看别人。我是这样，赵小兰也是。第三眼回到自己身上，第四眼又忍不住瞟到别人身上。眼前一亮是理所当然的事情，只不过看着看着，两个人心情就不一样了。赵小兰越看越兴奋，这从她看了我几眼之后就不再看，不停地在镜子面前扭动身体表现出来的。我却是愈看愈疑惑，到了最后，眼睛也不再看自己，而死死地盯在了赵小兰身上。

我和赵小兰身材一般高，都是标准的170m。胖瘦也差不多，凸凹有致，属于魔鬼身材那类。肤色也都一样地白净、细腻。差别在五官的搭配上。我是那种典型的古典美人，瓜子脸、柳叶眉、丹凤眼，外加小巧的鼻子玲珑的嘴，概括为两个字：精致。赵小兰长了一张菱形脸，上下小中间大，眼睛细长，却不圆，嘴巴的形状和眼睛差不多，面对面就能看见鼻孔，是当下流行的女汉子造型。但经过了化妆师的手，眼睛也圆了，嘴巴也小了，菱形脸也变成椭圆形了，简直和平时判若两人。就连在一起同居了两年的赵大也瞪大了眼睛。而我呢，虽然妩媚动人，但除了一身漂亮昂贵的婚纱，妆后效果和平时差不多。看着光彩照人的赵小兰，我狂热的心慢慢冷静了下来。偏偏化妆师不长眼，这个时候凑了上来，没心没肝地问，怎么样，还满意吗？我没好气地白了她一眼，向卫生间走去。化妆师赶紧托起拉在地板上的裙裾。

卫生间的镜子里映照着我和化妆师。化妆师看我面无表情，小声问，不满意啊？

我反问了一句，你觉得呢？

化妆师见多不怪，早就从脸上洞察了我的心思，是不是觉得和平时差不多，没有想象中美？

傻子才接这样的话。我没有吭气。

笑容一直没有离开化妆师的脸庞，什么是化妆？化妆说白了，就是弥补五官的缺陷，化妆师用手指着镜子中的我，你看看你长的模样，有缺陷吗？有修饰的必要吗？

这句话太暖人了，我想忍住不笑，但还是没有忍住。

化妆师继续扩大战果，任何对你五官的修饰都是对美的一种破坏。对你而言，最好的化妆术不是改变，而是坚守、是真实呈现。

从卫生间出来时，我已经和化妆师像一对姐妹一样亲热了。

后来的事都在意料之中，只是还有两个细节需要说明。忘了是谁提议的，也许是化妆师或者试衣师吧，在一大堆规定的合影之后，建议我和老赵照一张，赵小兰和林峰照一张。穿着婚纱和异性合影，这本身就很刺激，没有人反对。我和老赵先照的，我能感觉到站在我身边的这个男人身体的颤抖和咚咚的心跳。我一边看着镜头，一边在心里说，生命中能遇到这样一个痴情的男人，又何尝不是一种福气。所以，我绽放在镜头里的笑容是自然的、由衷的，由里而外的。赵小兰就不一样了，当粉红色系的赵小兰站在古铜色系的林峰身边时，平时大大咧咧的赵小兰脸上竟然出现了一丝羞涩和扭捏。这个不但我看到了，赵大也看到了，只有林峰假装没有觉察，目不斜视地对着镜头傻傻地笑着。

另一个细节成了我此生中难以忘却的一个硬伤。即使定做了一模一样的婚纱，但也不能穿到马路上。就像游泳衣只能在游泳池穿，而不能在马路上穿一样，婚纱也只能在婚礼上穿。尽管有些舍不得，拍完婚纱照以后，我们还是换回了自己的衣服。由于在一个试衣间换的装，从里到外一身名牌的赵小兰依然光彩照人，我的一身廉价货就显露了原形。不是我想和赵小兰比，两个女人站在一起，不比是虚伪的，比才是现实存在。出了试衣间，我有些委屈地看了林峰一眼，口袋里瘪瘪的林峰脑袋里却不空，适时地幽默了一句，怪了，我的老婆穿什么都是那么好看？林峰居高临下、很是夸张地拍了拍赵大的肩，老赵，你说是不是？

我们都没有看见赵大脸上的表情，只看到那颗代表财富的大脑袋在上下不停地点动。

有时候，自欺欺人就等于给了自己一个台阶，我和赵小兰手拉手有说有笑地离开了影楼。

## 四

到赵大家是被赵小兰强行拉去的。

去影楼的时候，林峰的豪华摩托没有派上用场，赵大和赵小兰早早就来到了楼下等待。回去的时候，就不能再麻烦人家了，林峰向出租车招手的举动使得一直笑嘻嘻的赵小兰差点翻了脸，非得坐出租车才能回出租屋啊？我的脸红了，林峰更甚。没办法，我又坐在了宝马的副驾驶位置上，林峰和赵大坐在了后排。赵小兰喜怒无常，见我从了，立刻眉开眼笑，驾车技术愈发娴熟、潇洒。坐着宝马回出租屋，就好比最近媒体披露的开着宝马捡垃圾一样，让人心情五味杂陈。说好是把我和林峰送回出租屋的，赵小兰却自作主张一直把车开进别墅里的车库中。从车上走下来的时候，我和林峰同时发现，赵大的车库都比我们的住房大。车库里面有一个门，打开后直接通向客厅。尽管赵大和赵小兰多次邀请，我还是第一次走进传说中的别墅。面积少说也有四百多平方米，一切摆设都和电视中的土豪一样，奢侈而霸道。就连通向二楼的楼梯上也铺着毛茸茸的地毯。我很奇怪，既然赵小兰那么喜欢粉红色，为什么地毯的颜色却酷似我今天化妆的底色：浅珊瑚色。这一点发现再一次提醒，我离梦想中的别墅并不是那么遥远。赵小兰上去换装了，林峰一进来就去了卫生间，赵大也没有闲着，悄无声息地在我的面前放了一杯茶，是我最喜欢喝的金骏眉。两个各怀鬼胎的男女相处总是尴尬的，我没有说话，眼睛盯着细小的茶叶在开水中挣扎，茶叶上布满了我的心事。赵大在我对面的沙发上很随意地坐了下来，二郎腿一翘一翘的，眼珠子和着腿的节奏，骨碌碌地转着。

本来应该是主人，现在成客人了。赵大的语气第一次这样赤裸裸。

太明目张胆了，果然是屋子大了，可以藏污纳垢。要在我那个小出租屋，放个屁，满屋子都能听到。我刚要横眉冷对这个无耻之徒，赵小兰的声音从楼上飘了下来，上来看看我的卧室。寻声望去，赵小兰俨然一个家庭主妇，正站在我的头顶上冲我眨巴着眼睛。

卧室没有客厅大，看起来却很舒服。最醒目的当然是圆形的床了，像农村老家的磨盘一样，盘踞在屋子的正中间。我还是第一次看见这种床，这样的床，本身就很随意，到处是床头，到处也是床尾。床头床尾的区分，全在主人的率性而为。赵小兰穿了一身睡衣，粉红色，真丝面料，妆却没卸，持续着妖艳。

卧室的门一关，两个人就不用遮遮掩掩了，让你的白马王子也上来看看。赵小兰乜斜着眼，对我说。

真不要脸，还没死心啊？我呸了一声，挖苦道，怪不得今天把我们绑架过来，就是想让林峰看看你的新房啊。

老赵还不是一个样，淫心不死，赵小兰撇着嘴，今天和你合影时那贱样，想起来就让人恶心。

你也好不到哪里去，站在林峰旁边那陶醉样，以为我看不见。

赵小兰竟然说，可惜只是在影楼，不是在华山顶上。

这样的调侃经常发生在我们两人之间，但在今天这样的环境中，在别人家里，我想早点结束这样的话题。

该收心了，赵大给了你这样一个窝，好好过你的幸福日子吧。

赵小兰眼睛红了，这个窝本来就是为你准备的，我愿意去住出租屋，你愿意吗？

玩笑玩成了真的，就不好玩了。

该走了。

到了楼下，赵大一个人坐在客厅喝茶。

林峰呢？我问道。

赵大用嘴朝厕所方向努了努。

事实告诉我，经常吃方便面对肠胃不好。我刚要喊，林峰从卫生间走了出来，看起来脸色和他的肠胃一样不舒服。

赵大看了身着睡衣的赵小兰一眼，说，我开车送你们吧？

林峰和我同时摇了摇头，赵大和赵小兰没再坚持。

从别墅里出来，才知道空气净化器净化出来的空气还是没有大自然的爽口、舒适。我和林峰都有些贪婪地吸了几口，林峰的脸色也好多了。

我们走回家吧。林峰的话说出了我心里的想法。

参加工作以后，我们都忙成了陀螺，美名其曰为我们的明天努力着。有了这个有力的借口，我们很少花前月下，卿卿我我了。互相想了，就直接上床，然后疲惫得像猪一样睡去。第二天睁开眼睛，又重复昨天的内容。有了今天的感受，我想，人一辈子，说是只有三天：昨天、今天和明天。但实际上，昨天+今天=明天。昨天和今天都是过程，明天才是结果。昨天、今天所有的努力都是为了明天。赵大和赵小兰的明天是什么样子，我们不知道。但我们却知道，我和林峰所有的努力就是为了让我们的明天变成赵大和赵小兰今天的样子。这样的样子是我们苦苦追求、梦寐以求的吗？

林峰见我不说话，手哆哆嗦嗦地放在了我的肩上，一点儿也没有了往日的理直气壮。这让我有点伤感，钱已经不是钱了，它简直就是男人的腰和胆啊。

城市的路很长，有时候弯曲，有时候笔直，有的地方繁华，有的地方仿若乡下。现在，我和林峰心中只有一个目标，那就是出租屋。虽然是租来的，但毕竟是个家。

只是，离家的路很长很长，还需要我们用时间去走。

今天走过去了，就是明天。明天就是赵大和赵小兰，林峰的手慢慢有了力道，走得越来越自信，我却越走越迷茫。

还得走。

## 五

赵大和赵小兰说好和我们一起举办婚礼的，结婚那天，两个人却都消失了。我和林峰问遍了所有的同学和朋友，他们竟然都是一个表情，赵大是谁？赵小兰又是谁？他们是恋人还是兄妹？我们同学中没有这两个人啊！这怎么可能？难道几年的舍友是假的？影楼的事是幻想的，那栋别墅也只存在于头脑中？

我和林峰同时从床上惊起，冷汗淋漓，面面相觑。正是午夜时分，墙上的夜光钟表已经走到了二十三点五十九分，屋内，一片漆黑。林峰惊叫道，是赵大和赵小兰。我也看到了，消失了的赵大和赵小兰站在床前向我们招手。我和林峰同时跳下了床，向着他们追去。出租屋虽小，却追不上。我们跑，他们也跑；我们跑不动了，他们又停在了那里，好像在等着我们。我们之间只有一步之遥，却感觉遥不可及。绝望中，我按亮了灯具，赵大和赵小兰随着光亮又消失了。即使我再不相信自己的眼睛，眼前还是空空如也。看着空空如也的出租屋，我意识到自己只有林峰了，我怕林峰突然之间也像赵大和赵小兰一样消失。我像抓救命稻草一样抓住了林峰，幸好，我在林峰的眼睛里找到了自己。我还是不放心，我疯了一般喊道，林峰，是你吗？你真的在吗？林峰和我一样惊慌，抓住我的手瑟瑟发抖。半天，才说，我找到我了，我在，我真的在，我在你的眼睛里。

屋内灯火通明，我和林峰相拥在床上，绝望地盯着墙上的钟表没头没脑地向零点走去。

# 似曾相识

很长一段时间了，我在办公室坐卧不宁。

对面楼里的那个人影一直盯着我，就像我一直盯着他一样。

我最近之所以一直盯着他不放，是因为我发现这个人的身影很像现在的我。

那是一座空楼，属于半成品。在我恍恍惚惚、似有似无的印象中，它应该是在我的眼皮底下一点一点升起来的。印象中要建一个五星级的酒店。现在的人都很娇贵，娇贵的身体自然也很讲究。星星少了，掉价的不仅仅是酒店，还包括下榻在里面的躯体。骨架刚搭起来，大气候就有点不允许，这是从周围炙手可热的星级酒店的变化中体现出来的。客人少是自然的事情。再高档的酒店都要靠客人养的，人少了，有些外强中干的酒店就有些沉不住气，停业了。说是装修，却看不见一个装修工人。有的干脆抹下了脸，挂出了转让的牌子。这样的牌子呈现雨后春笋之势后，对面的酒店先是放慢了建设的进度，待到封顶之后，似乎再也坚持不了了，就人去楼空，在漫天如烟似雾的尘土中留下了一个空壳子。“壳子”当然是指砌起来的砖墙，“空”表现在一个个排列整齐大小相同的窗口。就像楼房的嘴，吐故纳新。自从有了空窗口之后，那个人就好像一直站在空荡荡的黑洞里，面无表情地看着我。

我是在焦灼空虚无聊的情况下看见他的。

最近一段时间，不但我空虚无聊，我周围的同事也一样。上了班，感觉心空落落的，没有着处。表现方式就是漫无目的地东张西望，貌似无所事事，又好像在寻找已然失落的内心。

本来我的目光已经从他的身上滑了过去，但那种熟悉的身影活生生地把我的目光拽了回来。是的，太熟悉了，简直和我的身影一模一样。我空荡荡的目光开始有了着落，不再游离了。只要有了空闲时间，我就一直盯着那个身影看。我一直试图看清他的面容。就像他也想看清我的面容一样，我们在对方的眼中应该都是影影绰绰、模模糊糊的，我是这样想的。也正因为互相看不清楚，就越发想看清对方。于是，他一直盯着我，我也一直盯着他。这成了我每天上班必须的内容，他应该也一样。因为我每次抬头看他的时候，发现他都在一动不动地盯着我。

他是谁？谁的身影如此像我？

先下手为强，后下手遭殃。

下班以后，我像往常一样，开车离开了办公楼。说是离开，我只是把车开到不远处的一个停车场，然后偷偷地又溜了回来。他果然没有察觉我的心机，毫无防备地走下了空荡荡的楼房，顺着我刚才走的路线一摇一晃而去。走路一摇一晃是我小时候落下来的一个病根。跟在他的后面，我感觉到好像自己在跟踪自己，有一种很滑稽的感觉。我的家离上班的地方不远，只有半小时的路程，但却要经过三个路口，拐四个弯。经过第一个路口、拐了第一个弯之后，我的心莫名其妙地狂跳了起来。到了下一个路口的时候，我屏住呼吸，轻轻地说了一句，过。他果然想也没想走了过去；更为惊奇的是，到了下一个转弯的时候，我又轻轻地说了一句，左拐。他好像听见了我的话，很配合、很听话地向左拐去。剩下的路口、弯道已经不用我提醒，他走得很是从容或者更加自信，从容得令冷汗铺满了我的后背，自信得使我的头发一根根直立。

一切好像轻车熟路。

他很快就走到了我家楼下。好像我每次回家一样，他进了单元。为了怕跟丢，我加快脚步紧跟在他的身后。他无疑听不见我的喘息声，或者无视我的存在，几乎近在咫尺了他仍然不管不顾地推开了我的家门。我和他几乎同时进了家门。和往常一样，老婆已经坐在餐厅的饭桌旁，正在给阿宝喂饭。让人匪夷所思的是，看见我和他进来，老婆跟没看见一样。我已经习惯了，他却是个稀客。老婆就像对待我一样，也无视他的存在，这让我的心里稍稍有些安慰。餐桌旁只有两把椅子，老婆坐了一把，另一把上自然坐着阿宝。虽然没有我的座位，自然也就没有了他的座位。我随手从旁边拉了一把椅子，理直气壮地坐了下去。每次回家，我都是临时加座，今天加得更加气顺。也许是我的气势击垮了他，也许是老婆对他的到来熟视无睹，在我落座以后，他已经无声无息地消失了，好像不曾存在过一样。他不在了，我似乎少了依靠，我的腰立即在老婆面前弯成了虾米。在我面前，老婆的脸上没有笑容。老婆的笑容很珍贵，一天只有几次，全部给了阿宝。阿宝虽然非我族类，在家里的地位却比我高多了，高到在老婆面前，我和它没有可比性的地步。按一句市面上的行话来说，在这个家里，我没有一点儿议价能力。阿宝虽然是一条狗，但因为名字和国内一个很当红的歌星的尊讳一样，就成了老婆的挚爱。

老婆是那个歌星的狂粉（狂热的粉丝）。在老婆眼里，全中国，不，全世界只有一个男人，就是那个叫作阿宝的歌星。我觉得一个男人最成功的地方不在乎有多少女人喜欢他，而在于他的一言一行、一举一动，甚至一个不经意的动作，都能搅动女人的心魂，而他自己却不知道，或者说他知道了却不在乎。对于老婆的剃头挑子一头热，我没有任何的醋意，却有无尽的无奈。饭桌上没有我的位置也就罢了，半年多了，床上也没有了我的地方。原来我躺的地方，早就成了阿宝的“狗窝”。当然，这样的话我是不会出现在口头的，因为这样的话不但伤“人”，也伤己。我只能在心里一遍又一遍地诅咒。现在，我连诅咒的兴趣也没有了。

筷子一搁，老婆和阿宝同时吃完了饭，互相依偎着去了浴室。留给我的时间不多，在老婆和阿宝走出浴室之前，我必须吃完饭，收拾好饭桌。老婆是个有洁癖的人，每天都要洗澡。正因为每天都洗，所以时间就很短，因为洗只是象征性的，或者说是对心灵的一种熨帖。这些话说起来在逻辑上有些狗屁不通，但却是事实。是事实就无法回避，必须面对。

碗筷刚洗涮完毕，老婆和阿宝已经坐在客厅的电视机旁。趁着这个时间，我赶紧进了卧室，铺好了床。床上当然有一双枕头，两个被子。一个自然是老婆的，问题是另一个却不是我的。我要说人窝变成了狗窝显然是对老婆不太尊重，但我却无法更改这个事实。老婆和阿宝在床上就寝后，我随便抱了一床被子，扔在客厅的沙发上。把沙发变成床对我来说已经有一段时间了。直到关了灯，躺倒在沙发上，我才有时间继续整理下午的思路：我本来是跟踪他的，跟到了自己的家里不说，就连他是从什么时候消失的也闹不清楚。

他怎么会到我的家里？他又到哪儿去了？他真的消失了吗？该不会现

在也和我一样孤零零地躺在黑漆漆的客厅里吧！

第二天刚在办公桌前坐定，秘书科就发下来了一个预防雾霾的通知。匆匆看了一眼，无非就是少开车、戴口罩之类的老调重弹，没有一点儿新鲜的招数。最近整个城市都被雾霾笼罩了，一天比一天严重。老百姓都在骂我们不作为，我们倒是想作为，但是不知道怎么作为，从哪儿作为。整个国家都这样了，显然和我们作为不作为关系不大。不是我们推卸责任，《百度词条》关于雾霾的解释就是对我们最大的解脱：在中国最大的五百个城市中，只有不到百分之一的城市达到世界卫生组织推荐的空气质量标准……世界上污染最严重的十个城市有七个在中国……

既然关系不大，我随手把通知扔到一边，开始关心和自己有切身利益关系的事。我的目光穿过玻璃，穿过弥漫在空中的颗粒，落在了对面空荡荡的窗户上。和想象的一样，那个可恶的人影又站在那里。仍然看不清他的脸，却能看到他一动不动地站着，身影像极了我，高深莫测地看着我，也许在可怜我，也许在可怜自己。反正，他就那样一动不动地站着。只要我的目光投过去，总能看到他的身影面对着我。被人盯着的人不能有一点儿隐私，没有隐私的感觉极其不好，就像漫天的雾霾一样，对此我却没有一点儿办法。

没有新办法只能沿用老办法。

好不容易到了下班的时间，我连车都懒得开，幽灵一般钻入满街的人流。我在跟踪别人的同时，也怕被别人跟踪。预防被跟踪比预防雾霾要简单得多，只要及时有效地比别人先一步隐藏好自己就行。茫茫人海就是最好的隐身之处。

正好是周末，掩体自然比以往任何时候都多，我躲在里面，感觉到很安全很惬意也很自由。躲起来的方式反而以更张扬的姿态来体现，且比不躲更隐蔽，这种感觉本身就很具刺激性。我守株待兔地等着他走出那座空空的楼房，现在，大街上就像一个人的海洋，我在海里，他在岸上。尽管他刚一走出楼门，就站在路边，盯着人海搜寻。我仍然销声匿迹，他却暴露无遗。我想，他肯定知道我就在眼前，却不知道我到底在哪里。令我奇怪的是，即使他站在我的面前，我仍然看不清他的脸——难道仅仅是因为雾霾吗？他可能意识到这样的互相窥视对他不公平，一扭身，他也汇入了人流中。所幸我早有准备，在他汇入人海的一瞬间，我已经贴在了他的身后，如影随形。

满大街的人都戴着口罩，更有甚者，干脆装扮成了蒙面大盗，抑或蒙面女贼，脸上只有三个窟窿，一个用来出气，两个用来探路。口罩后面是什么表情，我不知道，就像他们也不知道口罩后面的我是什么心情和表情一样。走在前面的他好像戴着口罩，又好像没戴。对我来说，他戴不戴口罩只和雾霾有关，而和我无关。我只想弄清楚他的轨迹，冥冥中，我觉得弄清楚了他的轨迹也就搞清楚了我的境遇。

虽然看不见我，但他一定知道我跟着他。到了第一个路口的时候，他没有穿过马路，而是直接拐到了左边。现在的我，不管他走到哪里，就跟到哪里。我一定要知道他窥视我的目的。他走得百无聊赖，走得很无聊，这点也像极了我。我常常走到路上的时候，就是这种模样。看样子他对我很是了解，一定观察了我好长时间。这更急迫了我探究他的心情。无奈路上的人太多、车太多，我跟了不到两站路，他又一下子从我的眼前消失了，就像突然从我家的客厅消失一样，无声无息地遁于无形。我还没来得及寻找，儿子的声音喊住了我。我突然意识到我竟然鬼使神差、莫名其妙地跟着他来到了学校门口。而今天，是周末。儿子上的是私立学校，就是被社会上一些无聊的人称为贵族学校的那种。平时住校，周末的时候回家。为了跟踪他，我竟然把周末接儿子回家这么重要的事情也忘了。好在误打正着。我只能眼睁睁地看着他又一次从我的眼前溜掉。儿子对我没有开车来意见很大，其实学校离家很近，他完全可以自己走回家。但儿子却不愿意，儿子的理由很简单，他的同学回家的时候都有车接。

坐上出租的儿子脸色很不好看，一上车就将脸埋在了手机里。坐在后排的我知道，我的功能就是在出租到站的时候掏钱付费。儿子上了初中以后，对我越来越生分，当然，对老婆也一样。这一点上，儿子把握得很公平，给我笑一下，绝对不给他妈两个笑脸。但老婆还有个阿宝，我什么都没有。

儿子显然把家当成了旅馆，胡乱吃了几口，把碗一推，就进了自己的房间。从学校门口接到儿子，一直到儿子进了房间，我愣是没有逮住一次机会和儿子说话。即使在吃饭的时候，儿子的耳朵上也挂着耳机。老婆已经习惯了，抱着阿宝进了浴室，忙自己的事去了。只有我感到空虚、无聊，想找机会和儿子交流一下思想。我急急忙忙收拾完毕，鼓了几次勇气才进了儿子的房间。儿子坐在电脑前，正玩得起劲。我一看这架势，只能把一肚子的话又压回肚内。我默默地在儿子的床边坐了很久，儿子也没有回头。我只能慢慢地站起来，缓缓地走出来，轻轻地拉上门。我很清楚地听见，我刚走出门，门后的锁舌就弹了出来。锁舌和锁框撞击的声音像离弦的箭一般，带着风声狠狠地刺在了我的心上，我的心脏一阵绞痛。好在阿宝身上的毛发已经晾干了，老婆和阿宝进了卧室，客厅是我的了。我把自己抛在了沙发上，一阵自嘲：在自己家里，竟然只有客厅才是容身之处。躺在空荡荡、黑漆漆的客厅里，我突然和那个整天待在空洞洞楼里的人有些惺惺相惜、同病相怜。同为天涯沦落人，相逢何必相窥私！

可是，他怎么会突然消失呢？他到底去哪儿了？

眼睛又一次睁开的时候，阳光已经塞满了屋子。因为是星期天，家里仍然安静得如同后半夜。在我们家，只有后半夜真正属于静夜。每天晚上，老婆都要和阿宝喋喋不休到零点以后。儿子就更不用说了。现在，老婆累了，儿子困了，但他们的累和困都和我没有关系。他们现在正在家里仅有的两个房间的床上尽情伸展着腰肢，舒展着累和困。我憋屈得只能在沙发上伸伸依然困乏的身体，就这一点自由没想到还遇到了一双嘲弄的目光。阿宝不知什么时候坐在了我面前的茶几上。它屁股蹲在茶几面上，身体直立，两只前腿弯曲，收在胸前，眼睛睥睨地看着我，很是挑衅。我是一个人，人的忍耐是有限度的，一阵压抑不住的怒气蓬勃而出，我一抬腿，横扫了出去。阿宝似乎早就看透了我的心思，已有防范，在我的腿即将靠近它的一瞬间，它大叫了一声，身体同时跳离了茶几，诱使我在早晨徒自做了一回踢腿运动。老婆的声音立即从卧室传了出来，宝宝，怎么了？我知道事情闹大了，想都没想，就从沙发上一跃而起，拉开门离开了家。

老婆生疏了，儿子生分了。但天下只有生分的儿子，哪有记恨的老子？我在无处可去之时，很及时地换位思考把自己的身份也定位为儿子，我准备去看看我的老子。虽然住得不太远，但我已经有几个月没有过去了，就像我不会怨恨儿子一样，我的老子一定也不会怨恨于我。

在去老子家的路上，我竟然又莫名其妙地似乎看到了那个熟悉的背影。我知道他不在，但我却觉得他好像一直走在我的前面，给我带路。这样的感觉使我的情绪很受影响，我满脑子全是他的影子，以至于我甚至看见他竟然先我一步进了父母家门。等我去推门的时候，门却冷冷地把我拒在外面。我当然知道门不是用来推的，而是用来敲的。问题是，我敲了半天，父亲也好，母亲也罢，却没有一个人给我开门。我没有敲开自家的门，却惊开了邻居家的门。

大爷，我家没人？

早就没人了。

我妈呢？

和你大妈跳广场舞去了。

我爸呢？

打麻将去了。

您咋没去呢？

我今天要不是发烧，早就抡起来几个炸弹了。

麻将室就在小区的老年活动中心，广场舞也在小区的运动广场上，距离都不远。昨天刚看了有关雾霾对人体危害的知识，现在所有学校的户外课都停了，别人家的人我管不了，也不想管，对自己的母亲我就不能置之不理了。

没看见漫天的尘土吗？我去把她们叫回来。能这样说话说明我还能注意到邻里关系。

很多事情，想是一回事，现实是另一回事。就像我们现在如此地渲染雾霾的危害性，它却并非一无是处。那年单位组织去陕北进行红色游的时候，专门安排观看了一场有名的“安塞腰鼓”。几年过去了，留在印象中的不是鼓手的闪跃腾挪，震天呐喊，而是那腾空而起的漫天黄土，活生生地给“安塞腰鼓”增添了一份气势、一阵雄浑。处于雾和霾中的城市广场舞也一样，只有身临其境，你才能从内心深处感受到那种油然而生的虚无缥缈的豪迈情怀。偌大的广场上，雾气腾腾，如梦如幻，数百名老太太如入仙境，气定神闲，动作优雅，整齐划一，吐故纳新。唯一有点滑稽的是，一个个都戴着口罩。这些洁白的口罩，远远看去好像贴在脸上的一块胶布，醒目中也别有一番情趣。我的母亲就是她们中的一员，但具体在哪儿，我却找不到。即使找到了，我来这儿的初衷也变了。站在广场边，我装出一副欣赏的表情。我相信母亲看见了我，但母亲却没有时间、没有工夫搭理我，因为我看见在舞蹈的人中，有人向我挥手致意。虽然看不清胶布后的脸，凭感觉应该是我的母亲。我知道自己应该离开了。母子之间，有些事情其实很微妙。只要母亲知道我来过，就足矣。真正坐在一起，不一定有多少话要说，反而会徒增一份尴尬。父亲那儿估计也一样，就不去自讨没趣了。

护城河边是个好去处。

那是我从小长大的地方，我一个人坐在河边看着河水发呆。试图从里面捞回一些儿时温馨的回忆。小时候的每年夏天，我都泡在里面游泳，那时候的水很单纯，能一眼看见水底的鹅卵石。现在的水质复杂多了，再也看不到水底了。这一点虽然很是让我感喟，但却不难理解：那时候的河水简单，简单了就明了；几十年过去了，河水里堆满了各种各样的故事，装满了这座城市的变迁，还有人情、世俗的变化，内容自然丰富多了。丰富了，自然就看不清、看不透了。

只是让我没想到的是，我竟然在从小长大的护城河边蒙受到了从未有过的屈辱。那张十元的钞票落到我面前的时候，我以为是谁不小心丢了钱。我抬头刚要提醒，就看见一对相互搀扶的老夫妇同情的目光。那对老夫妇一看就是外地来这儿旅游的，年龄那么大了，还大包小包地背着，但爱心犹在。能怪他们吗？因为和我一起坐在护城河边的，是一溜乞丐。我在无意识中已经混迹于一群乞丐了，问题是，就连乞丐也不容我。因了这十元钱，旁边的乞丐已经向我投来怨恨的目光。我只有苦笑了，看来，这儿也不能待了。我站起来，从自己的兜里又拿出了二十元钱，连同刚才的十元钱一起扔给了旁边的乞丐，我在乞丐感激的目光中算是为自己找回了一点尊严。

我被这座城市抛弃了。

就在我不知道去哪儿的时候，那个熟悉的背影又出现了。我像在芸芸众生中抓住了一根救命的稻草，我突然觉得，在这个世界上，只有这个一直暗暗窥视我的人才关心我，他以另一种方式关注着我的存在。这虽然是一件很令人不堪、很具嘲讽的事情，但我此刻的心情确实是这样——我没有别的选择。

我加快了脚步，我想追上他，我不想每次都面对他的背影。我想和他聊聊，我突然有了一种想倾诉的愿望，非常强烈。

他走得并不快，不紧不慢，但我就是追不上他。他的眼睛好像长在了脑后，我快他也快，我慢他就慢，我停下喘一口气，他就站在原地不动了，不管我怎么努力，他总是和我保持同样的距离。

我觉得自己好像在梦中，梦中的他对我仍有戒备。

我放弃了。

在我决定放弃的一刹那，我看到他的背影在我的面前消失了，好像根本就不存在一样。懵懵懂懂中，我不知道是我放弃了他，还是他抛弃了我。总之我觉得我成了多余的人，整个世界好像都抛弃了我。

再到办公室去的时候，我觉得腿像灌了铅一样沉重。虽然领导在大会上反复强调号召我们尽量少开车，尤其是像我这样住得比较近的同志要坚决做到不开车，我斟酌半天，还是把车开了出来。不是我有意对抗领导，也不是我作为政府环保部门的工作人员不带头低碳，我怕我要不开车，我就到不了办公室。

办公大楼里的人和往常一样冷漠，一个个面无表情，行尸走肉一般，就像我。推开办公室门的一瞬间，我有点不相信自己的眼睛。我分明看到，我的座位已经被侵占了。这个霸占了我位置的东西长得人不像人、鬼不像鬼，他分明有着一条狗的身体，脖子上却是一个电脑显示屏，上面挂着耳机，此刻，他晃动着身体，那节奏、那韵律，活像在跳广场舞。更要命的是，我那些办公室的同事竟然对此熟视无睹，好像习以为常了。

我只能呆呆地站在我的办公桌前发傻。那个熟悉的身影根本无视我的存在，好像坐在自己的位置上一样心安理得。这是我在这个世上的最后一个位置了，如果失去，我何以安身、立命？我知道我的眼球充满了血。

这是我的位置！我大喊道。

那个怪物没听见一样，理也不理我。倒是办公室的同事，一个个神经病一样诧异地看着我。

让开！我已经歇斯底里了。

怪物仍然我行我素，陶醉似的摇着头晃着脑。

我的忍耐到了极限，我飞起一脚，踹在了椅子上。之所以踹在椅子上，是因为那个怪物竟然像我家的阿宝一样动作敏捷，在我的脚还正沿着轨迹运动的时候，他（它）已经从上面消失了。

椅子吱呀叫了一声，对面的同事一副忍无可忍的表情，好像我那一脚踢在了他的屁股上，你有病啊？对着空椅子发什么神经？

你才有病呢！我气愤地继续大喊，看不见我的椅子被人占了？

同事斜睨了我一眼，摇了摇头，不再说话，低头忙自己的事情了。

是不是不相信？我冲着同事说道，这个人觊觎我的位置很久了，很长时间了，他一直在对面的那座空楼里盯着我。

同事抬头看了看对面，又摇了摇头，再也不理我了。

这就是我的同事，一起坐了十几年的同事和好朋友，他宁愿相信一个怪物也不信任我。我一把抓住同事，用手指着对面说，你看，他一直就在对面那个窗户看着我！

窗户外面灰蒙蒙的，除了彻天彻地的雾和霾，根本没有楼，更没有什么窗户。即使我把眼睛揉了一次又一次，外面还是什么也没有。

这次不光是同事，连我自己都觉得自己有病了！

# 天　病

一切变化都是从那天晚上开始的。

那天晚上，老皮吃完晚饭，突然感觉到肚子有些难受，只好蹲进了厕所。吃饭当然只用了一顿饭的工夫，蹲厕所却足有两顿饭的时间。自然违反了他和梅媚出去散步的铁律。

每晚八点钟，两人出门散步，风雨交加也好、雪花飞舞也罢，一年四季只要天不塌地不陷，雷打不动。多年的生物钟一俟破坏，梅媚有些不习惯，高跟鞋跟先是在木质地板上慢条斯理地敲着鼓点，久等不出，就有点疾风骤雨的感觉了。虽然远亲不如近邻，但楼下还是抗议了。可能是客厅装修太好的原因，楼下的抗议是从厕所开始的。应该是拿了一根竹竿，或者木棍之类的东西，铆足了劲儿地往上捅，频率正好和梅媚跺脚的节奏合拍。虽然肚子还在继续闹着情绪，但蹲在厕所的老皮总感觉下面有一根木棍在捅着，再也蹲不下去了，只能草草结束了肚子的事情，不情愿地走出了厕所。老皮一出来，梅媚的高跟鞋无声了，楼下也安静了。老皮双手抚摸了一下已经拱起来的肚子，还想再进厕所，看了一眼梅媚的高跟鞋，想了一下楼下的木棍，放弃了。

后来老皮挺后悔，如果那天遵从了肚子的反应，继续蹲进厕所，也就不会发生那么多莫名其妙的事了。

小区外面有一条小路，看不到尽头。一踏上去，寒意冰一般往皮肤上贴，不由得身体不发抖。幸好没有风。老皮的注意力还在肚子上，满腹委屈地低着头跟在梅媚身后，嘴上没说什么，心里却在一遍又一遍地抱怨梅媚的不近情理。

梅媚说话了，皮哥快看，好漂亮。

老皮一抬头，看见了出生以来从未见过的奇观：冬天的小路上，缥缈朦胧，看不见一个人。路两旁的路灯手拉手地发着橘黄的光。路灯好像蒙上了一层纱，又好似被无数的极小的颗粒紧紧包围住，宛如显微镜下一个个飘逸的小细胞。在灯光的照耀下，黄澄澄、灰蒙蒙的，如临仙境一般。虽然是晚上了，旁边的工地上仍然灯火通明，隆隆的挖掘机声分明在和时间抢着进度。工地上空，奇异地飘浮着一朵巨大的蘑菇云。蘑菇云在空中先是东张西望，然后闲庭信步般来到了路灯下面。近距离观看，更显壮观。老皮清清楚楚地看见这个由无数相同的小颗粒组成的蘑菇云成群结队、密密麻麻地弥漫了天空，居高临下地给天空蒙上一层纱，又好似撒下了团团雾。一瞬间，老皮就有了一种路灯装在了地面上的感觉，而那些灯光下密密麻麻的小颗粒如同地上的粉尘飞起来一般。虽然一眼看去，很有气势，等到真的覆盖住了天空，老皮忽然有了一种隐天蔽日的感觉。肚子已经顾不上了，嗓子开始闹意见了：随着一阵浓烈的土腥味狂袭而来，老皮喉咙不堪重负，剧烈地咳嗽起来。自己咳嗽了，才听见周围全是咳嗽声。老皮这才知道，小路上并非只有他和梅媚两个人，只不过由于雾气太大（权且称为雾气吧），虽近在咫尺，却无缘识君。

皮哥，你在哪儿？梅媚的声音在雾气中变得惊慌不已。

好在应付这样的场面老皮很有经验。老皮曾经和友人一起登过秦岭的主峰太白山。太白山顶变幻无常，刚刚还艳阳高照，突然就浓雾弥漫。老皮和友人之间虽然只有几步的距离，却好似隔了一座山。所幸友人是太白山当地人，隔着迷雾大声告诫，站在原地别动，只要移动一步，人就丢了，再也找不到了。友人后来告诉他，每年春天来临，太白山开山的时候，都能在山顶发现几具骨骼。

老皮淡淡地笑了笑，很镇静地说，小梅，站在原地别动，一会儿雾就散了。

山顶的经验显然在城市中没有作用，过了好长时间，雾气并没有散尽，只是变得稀薄了一些，更多的雾气踱着方步笼罩在了住宅区上空。因了这份稀薄，人体的轮廓就在雾气中隐隐约约地显现了出来。根据太白山上的经验，老皮睁大了眼睛，开始寻找梅媚。更可怕的事接着发生了：老皮的眼前一团模糊，一切都影影绰绰、朦朦胧胧的，怎么看也看不清楚。梅媚的声音就在身边，身影却捉摸不定。老皮揉了揉眼睛，再看，终于在浓雾中，发现了梅媚身体的轮廓。失而复得似的，老皮一把抓住了梅媚的手，紧紧地握在了手中。好长时间没有拉过梅媚的手了，才结婚一年，整天操持家务的梅媚那双温润如玉的小手竟然变得粗糙不堪，似乎空气中的小颗粒密密麻麻布满了整个手背，摸上去疙疙瘩瘩的。只有在这个时候，只有在这样的场景下，老皮才感到对梅媚深深地愧疚。好像补偿似的，老皮用自己胖乎乎的两只手不停地在梅媚的手上抚摸。被老皮抓住的那只手先是不停地挣扎甩动，貌似想抽回去，无奈老皮内疚心过重，没有给那只手逃脱的机会。那只手实在挣脱不开，另一只手只能上来帮忙。一个重重的耳光猛地抽在了脸上，使得老皮的眼前金星四溅，脑子一片混沌。

流氓。却是一个陌生的声音。

老皮诧异之际，梅媚的声音响了起来，皮哥，你抓人家的手干吗？

另一个人影移到了眼前，梅媚熟悉的体味混杂在尘土中传了过来——老皮确信站在跟前的人是梅媚无疑，方才意识到认错了人。他又仔细地看了看，还是看不清楚。老皮犹犹豫豫地伸了伸手，想了想还是缩了回来。

梅媚没有追究，皮哥，人都走了，我们也回家吧。

回家的路已经被无数的小颗粒挤满，一片模糊。老皮找不到回家的路了，恐惧感一点一点像无处不在的小颗粒一样，密密麻麻地爬满了全身。

老皮后来是被梅媚牵回家的。

进了家门，老皮的身体愈发颤抖，客厅的灯也好像蒙了一层纱，闪着灰蒙蒙的光。灯光下，那些铺天盖地的小颗粒依然我行我素地在头顶飞舞，好似无数的黑头苍蝇在屋子里集体健身。梅媚主妇般在屋子里忙来忙去，看样子已经和平常无异。这进一步加剧了老皮的恐惧。老皮不敢向梅媚求证，更不敢告诉梅媚真相。听着梅媚进了卧室，老皮摸索进了厕所。一阵灼热传到脸部时，老皮知道浴霸的灯光已经全部打开了，现在厕所里的亮度应该是客厅的十几倍。老皮不敢大意，他先低下头，打开了水龙头，用凉水反复洗了脸，然后又往眼部泼了许多水，才慢慢地抬起头，眼光投进水池上方的镜子里。现实冷酷地扼杀掉了老皮最后一点希望。老皮不相信眼睛，不只不相信眼睛，老皮连自己都怀疑了：镜子里全是一些小黑点在蠕动，而自己，似乎被这些小黑点吞噬掉了，老皮在镜子里找不到自己。老皮不服气，睁大眼睛再看，眼前仍是一团模糊，自己似乎一会儿在镜子里，一会儿又消失了。不管在与不在，镜子里都是云山雾罩。要不是手扶在水池上，老皮真会瘫倒在地：看不见了，真的看不清楚了。家里的一切摆设，包括梅媚，在老皮眼里，都变成了一个个小黑点，模糊而又惊悚。

偏偏梅媚的声音在身后惊叫了起来，皮哥，你的头发怎么了？

老皮回头，身后却不见梅媚的身影，只看见无数的小颗粒在自由自在地飘荡。老皮只好再往镜子里看，奇迹并没有出现，头发和脑袋模糊在了一起，朦胧而又虚无。

头发怎么了？老皮胆战心惊地问。

你的头发怎么花白花白的？梅媚的声音还在。

老皮绝望地用手在头上抓了一把，手上竟黏糊糊的，手指尖似乎有细小的颗粒在动。老皮直接把头伸到了水龙头的下面。一直打了三遍洗发液，站在身后的梅媚才长长地舒了一口气，好了，灰尘没有了。

灰尘？老皮想，怎么会有这么大的灰尘。老皮觉得这件事就和他的眼睛突然模糊一样不可思议。

如此折腾了一番，两个人都累了，躺在床上，却没有一点儿睡意，想着刚刚发生的一切，两个人各怀心思。尤其是梅媚，整个身子缩在老皮的怀里，身体却在不停地发抖。老皮知道梅媚已经关了卧室的灯，但他的眼前，仍然灰蒙蒙的，一会儿像蒙了一层纱，一会儿又像蓄了一堆雾。蒙纱的时候，眼前一片橘黄；蓄雾的时候，面前一团模糊。一直到天亮，老皮的眼睛也没有闭上过。

梅媚做好了早饭，督促起床的声音一遍又一遍传进卧室。老皮一动不动地躺着，一声不吭。当梅媚的脚步声终于传进耳膜的时候，老皮知道自己应该面对现实了，小梅，我的眼睛看不见了。

你瞎说什么？

梅媚的呼吸声立时喷到了脸上。老皮知道，梅媚凑到了跟前，认真地看着他的眼睛。老皮一动不动，任凭梅媚的手指翻开了他的眼皮，在他的眼睑和眼球上审视。

骗人，梅媚的呼吸声远了，笑声却近了，你的眼睛好好的，还是和原来一样，我在你的眼睛里都看见我了。

老皮的眼泪终于忍不住流了下来，从昨天晚上到现在，老皮一直坚持着。听了梅媚的话，他的眼泪再也控制不住了：自己只有三十岁，今年刚刚被提拔为政府环保部门的副处长，他是厅里最年轻的副处级干部。眼下，由于气候恶劣，正是环保部门大显身手的时候，他却看不见了，再也看不见了。

但是，在梅媚的笑声面前，他却只能选择坚强。老皮强抑住悲痛，淡淡地说，赶快去开车，送我去医院吧。

也许是被老皮突然而出的眼泪提醒了，梅媚的手指紧张地在老皮的眼前晃了晃，皮哥，真看不见了？

眼前只隐约感觉到有一团雾气在移动，老皮没有说话，重重地点了点头。

昨天还好好的，怎么会这样？梅媚终于相信了，带着哭腔说，可咱们的车号都是双数，今天是单号行驶日。

当初买车的时候，老皮和梅媚都选了尾号为“8”的吉祥数字，以期抓住经济发展的大好形势，好好“发”一把。没想到限行以后，麻烦来了，家里虽然有两辆车，却总免不了无车可开的尴尬。情急之下，梅媚只好给老皮的朋友打电话。老皮的朋友有先见之明，家里两个车牌一单一双，什么时候都不影响出行。电话响了很久，才传来了朋友的声音。朋友不知道在什么地方，周围一片杂吵声。万幸的是，电话通了。梅媚赶紧把手机塞在了老皮的手中。

你的车在不？老皮问。

我正在买车呢。朋友的声音很亢奋。

你家已经两辆车了，还买什么车？老皮没好气地问。

装什么糊涂？朋友的话好像专门针对老皮说的，还不是你们这些在环保部门工作的人要实行限购。我再买两辆车，以免两人都有事的时候没车用。

老皮恶狠狠地摔了电话。

只能打的了。

医院大夫的声音竟然也怪怪的，你的眼睛哪儿不舒服？

老皮说，没有不舒服，就是看不清。

大夫又看了一遍检查结果，再一次拿起手电筒在老皮的眼睛里照了一会儿，嘀咕道，奇了怪了，眼睛没有外伤，眼底也是好的，眼睑、眼球没有异样，眼角膜也正常，不应该啊。

梅媚在旁边帮腔，我也觉得奇怪，看起来好好的，怎么会看不见呢？

老皮的声音很冲，我有必要撒谎吗？

大夫息事宁人道，那就住院观察几天，你们去交费吧。

收费处人很多，由于走得急，梅媚身上没带钱，幸好老皮现金不离身。老皮从钱夹里拿出厚厚的一沓钞票，有意在眼前看了一眼，虽然明明知道手里拿的是一沓百元大钞，老皮的心愈发沉重了：眼睛真看不见了，要再多的钱有个屁用！

为了方便照顾老皮，梅媚托在医院工作的同学要了一个单间。躺在医院的病床上，老皮一直不肯睁开眼睛。医院是他唯一的希望了，如果医院也没有办法，那他可能真的就没有希望了。想想以后的日子都要在一个全是小颗粒、小黑点的世界度过，老皮想死的心情都有。但老皮不是一个轻易放弃的人，等梅媚从房间出去后，老皮尝试着睁了睁眼睛，他看到的和家里没有什么两样，无数的小颗粒不停地在眼前飞舞，头顶雾气环绕。老皮有点纳闷，既然看不清楚了，为什么这些小颗粒，还有那些雾气却在眼前如此清楚？难道是这些小颗粒、雾气钻入了自己的眼睛，遮挡了他的视线？老皮不相信眼睛会这样莫名其妙地完蛋，他挣扎着下了床，摸到了窗户前。老皮是深吸了一口气之后才向窗外看的，不看还好，看了之后老皮更感觉世界末日来临了：天是什么颜色已经不重要了，重要的是连天也看不见了，只有那漫天的灰尘铺天盖地席卷而来。

重新回到病床上的老皮再也不愿睁开眼睛。老皮开始不吃不喝，任凭梅媚在旁边哭爹喊娘；老皮一言不发，他没法说话，因为不知道说什么；老皮认为自己应该好好想想，他今年只有三十岁，人生道路还很漫长，以后的路到底应该怎么走？可是，老皮还知道，现在即使他想破脑袋问破天，也不会有任何答案。但老皮只有想，现在除了默默地想，他什么也干不了。

直到朋友夫妇来到病房，才打破了比看不见更可怕的静默与纷乱。

眼睛怎么会坏了，是不是不该看的东西看多了？朋友永远是一副嬉皮笑脸的模样。可惜这种平时很令老皮讨厌的表情，现在也看不见了。

能感觉到，似乎是梅媚，也许是朋友的老婆，嘘了一声，制止着朋友。

我看看，打死我也不相信，好端端地眼睛怎么会坏了。朋友仍然我行我素地大喊大叫，丝毫也不考虑老皮的感受。

倒是梅媚，闻声哭了起来，那极力压制的嘤嘤的哭声，更使老皮心烦意乱。老皮的不悦明显地在脸上显现了出来，朋友的老婆见状，拉着梅媚出了病房。

等到病房只有两个人的时候，朋友的声音突然正经起来，哥们，别装了？我问过大夫了，你的眼睛好好的，什么毛病也没有。

他放屁，老皮脱口而出，我的眼睛我能不知道，庸医害死人！

玩可以，但不能过了，朋友的声音又恢复了嬉皮笑脸的腔调，老实交代，是不是对医院那个大夫有意思了？朋友很是不屑地叹了一口气，找个什么样的不行，偏要找一个那样又老又丑的女人，你让梅媚情何以堪？朋友接着嘲讽道，你的档次也太与众不同了。

老皮觉得说不清楚，索性不再说话。

朋友却不依不饶，你以为你不吭声我就不说你了，真是色胆包天啊，在大街上，当着梅媚的面，抓着那个老女人的手不放。也就是梅媚，要是我们家那位，早翻了天了。

老皮更觉说不清楚了，继续一言不发。

说点让你高兴的事，这一次哥们排了一晚上队，终于赶在限购前又买了两辆车，什么限行、限购啊，哥们以后自由了。朋友用手碰了碰老皮，我说，你别在医院赖了，赶快也去买两辆。以后，一人两辆，单双号齐全，想什么时候出去都打不住手了。

老皮不能不说话了，你还嫌空气中的尾气少啊？

朋友哈哈一笑，那是你们环保部门的事，再说，多了咱们这几辆车，PM 值也不会高到哪儿去。

朋友什么时候走的，老皮不知道。一直闭着眼睛的老皮在朋友的唠叨声中，渐渐睡着了。梦中，路灯下那数不清的小颗粒总在眼前挥之不去，头顶密密麻麻的雾气还在盘旋，慢慢地铁桶一般把老皮团团围住，老皮一个人站在大街上，喊天天不应，叫地地不灵。前行不得，后退不了；左边拦截，右边碰壁。老皮面前的空间越来越小，越来越少。那些充斥在身边的小颗粒，竟然一个个张着嘴，蚂蚁吞象般地一口一口地吞噬着他。啃他的目的似乎为了戏谑，它们咬一口，老皮感觉到身上的肉就少了一点；然后又吐一口，身上的肉已经变成了新的小颗粒。新产生的小颗粒刚一出生，立即义无反顾地加入吞吃他的队伍中。慢慢地，老皮身边的小颗粒越来越多，而他自己，正在一点一点地分解为无数小小的颗粒，最后只剩下了一具白森森的骨骼。最令老皮惊慌的是，这些长着嘴的小颗粒贪得无厌，把他啃完了，又向梅媚围裹了过去。而梅媚的身后，站着朋友夫妇以及无数陌生而又无辜的人群……

老皮大叫一声醒了过来，全身像被水洗了一般。幸好梅媚的声音还在，尽管身体仍是一团模糊。老皮颤抖着抬起头，那些小颗粒，那团雾气还在头顶跃跃欲试。老皮赶紧闭上了眼睛，企图把它们驱离。没用，那些小颗粒，那团雾气，比睁开眼睛还显得清晰，老皮甚至能看见那一张张小口正在冲着他张牙舞爪。原来，只有睁开眼睛的时候才有……老皮的头发直立了起来。

小梅，你在哪儿？老皮大喊道。

一双柔软的小手伸进了老皮颤抖的手掌，皮哥，你怎么了？

老皮的双手在那只温软细腻的手上抚摸了一把，突然恶狠狠地摔了出去，你到底是谁？你不是小梅。

梅媚先是一愣，接着就哭了，哭得伤心不已，皮哥，我知道我长得不像你的前女友，医院的那个女大夫才像。像不代表是，她毕竟已经离开你了，只有小梅还在你身边陪着你。

梅媚的话勾起了老皮的一段回忆，是有那么一个女人，是他的高中同学。毕业的时候没考上大学，托人开了一个垃圾场。这座城市每天要产生无数的垃圾，垃圾场却只有几个。每倒一车垃圾，就有一沓钞票进账。老皮上大学的全部费用都是她赚来的收垃圾的辛苦钱。要想赚更多的钱，就得收更多的垃圾，但垃圾场的面积很有限。所以，每到夜深人静的时候，那个女人就把收来的垃圾点燃，第二天再收受新的垃圾。女人一直在和黑夜混在一起的刺鼻的浓烟中苦苦地等待老皮大学毕业，那每夜都腾空而起的火光和浓烟给了女人无尽的希冀和梦想。可是，就在老皮大学即将毕业那年，没想到垃圾车倒下来的垃圾里，竟然有一桶汽油。老皮闻讯赶到的时候，那个女人已经被自己点燃的火烧得只剩下一具骨骼。这件被当年的媒体炒得沸沸扬扬的事件已经过去很长时间了，人们也早已遗忘了，但老皮的眼前却一直汹涌着那团火。大学毕业后，品学兼优的老皮被招进了政府的环保部门，当时老皮就觉得这既是巧合，似乎更是天意……

现在梅媚突然提起来，老皮才感觉到眼前的那团火，已经分化成了雾气，而那些被烧掉的灰烬，沸沸扬扬地升腾而起，似乎变成了一个个小颗粒，萦绕在头顶，飘飘洒洒，挥之不尽。

进医院两天了，老皮的眼病不但没有减轻，反而加重了。再住下去……老皮心灰意冷，我不住了，我要回家。老皮既对自己喊，也对梅媚说。

回到家的老皮一头钻进了被窝，身体在被子里颤抖成了一团。虽然明白睁眼和不睁眼对自己来说，结果都一样，但老皮宁愿待在被窝里，好像多了一层被子，就多了一层保护一样。不知道颤抖了多长时间，老皮慢慢地睡着了。也许是两天没有好好休息了，老皮心力交瘁，以至于一睡过去，就什么也不知道了。

老皮是被梅媚叫醒的，梅媚的声音很是小心翼翼，皮哥、皮哥，都快中午了，起来吃点东西吧。

梅媚一提醒，饥饿就像猫爪子一样一下一下地在心头挠。老皮掀开被子，看见梅媚站在床边，端着一杯牛奶，可怜兮兮地看着自己。老皮确实饿了，翻身而起，抓过牛奶一饮而尽。看着梅媚惊喜的目光，老皮才意识到眼前不再有小颗粒，迷雾也消失了，梅媚在自己的眼前也不再是模糊的一团，她清清楚楚地站在面前，身后的阳光透过窗帘照射了进来，沐浴在阳光中的梅媚显得是那样地靓丽世俗。

一阵狂喜瞬间溢满了老皮的眼眶，小梅，我看见你了，我能看见你了。

梅媚含泪不停地点头，皮哥，我看见了，我在你的眼里看见我了。

在梅媚的身上得到了肯定，老皮知道这一切都不是幻觉。老皮的目光从梅媚身上移开，贪婪地看着屋里的一切，原来在自己眼里司空见惯的摆设现在竟是那样地亲切，那么地令他留恋。老皮看了一遍又一遍，恨不能把它们全都装在眼里。屋里看完了，老皮的目光移到了窗外，那光灿灿的阳光好像在向他招手。老皮从床上一跃而起，来到了窗前。

天晴了。老皮热泪盈眶。

昨晚风大得吓人，梅媚说，雨加着雪下了一晚上。没想到天亮的时候，太阳竟然出来了。

老皮这才注意到楼下的树枝上，堆满了积雪，银装素裹，在阳光下闪光、发亮、刺眼。老皮的目光从树上挪到了天空，那一直盘旋在空中的小颗粒，还有那团雾气也梦一般地消失了，好像从来就不曾存在一样。进入老皮眼睛里的，竟然全是久违的蓝天白云。

天空干净了？老皮问。

人把天弄脏了，天折腾了一个晚上，又自己把自己打扫干净了。梅媚嘻嘻笑着说，难怪医院大夫治不了你的病，原来你得的是天病。

老皮没想到娇小妩媚的梅媚竟然说出了这样富有哲理的话，既然他的眼睛能忽然模糊、又突然清晰，梅媚说出这样的话又有什么可奇怪的？

老皮转身握住了梅媚的手，小梅，陪我去外面走走。

梅媚听了，却一脸紧张，不行，你的眼睛刚好，受不了强光刺激。真要又把眼睛晃坏了，你又有理由去医院了。梅媚的声音竟然酸溜溜的。

不知道为什么，老皮听了，表情赧赧的。

梅媚拿出了浑身本领，做了一大桌子菜，每个菜都是老皮的最爱。看着梅媚忙碌的身影，一股幸福的感觉充塞了老皮的内心。以前怎么没有感觉到呢，原来生活可以如此美好！

老皮当然吃多了，一直吃到饱嗝不断。老皮最后一个饱嗝打出来之后，天就黑了。八点快到了，两个人都对晚上的例行散步充满了期待。

穿上运动鞋吧，晚上路面肯定结冰了。梅媚说，电视上说了，今天不但路上的行人有不少摔跤的，就连满街的四个轮的汽车也都打滑，交通事故都发生了好几起。

被自己老婆关心的感觉真好，满怀柔情蜜意，老皮突然想起了朋友的话，对了，听说明天是限购最后一天，你的生日也快到了，我再送你一辆车，挂个单号，以后，你去买菜，或者做美容的时候，就不用打的了。

梅媚的脸瞬间笑成了一朵花，真的，说话算数，不许反悔。

老皮刚要拍胸脯，突然感到肚子一阵绞痛，坏了，我的肚子又吃坏了。不等梅媚回答，老皮一头钻进了厕所。

八点一刻了，老皮还是没有出来。梅媚等待不及，先是不停地埋怨，好了伤疤就忘了痛，自己的身体要自己爱惜，人的毛病都是自己吃出来的。三十岁的人了，还是那么没有记性。数落了好一会儿了，还不见老皮出来，梅媚一急，鞋跟习惯性地在木质地板上敲出了鼓点，慢慢地越敲越紧，又有点疾风骤雨的感觉了。

蹲在厕所的老皮听着满耳的鼓点，还没来得及制止，楼下的木棍呼应似的已经迫不及待地捅了上来。那木棍，好像直接捅在了老皮的肠子上，老皮感觉到肠胃一阵痉挛，眼前就冒出了星星点点，厕所里的一切又开始变得影影绰绰。老皮吓坏了，他在心里自己对自己说，这回，就是楼下的木棍把马桶捅透了，他也待在厕所不出去了。

# 哥　哥

活就要活出个人样来。

娘是站在雪地里对小虎说这番话的。

那时候，小虎只有五岁。五岁的小虎满脑子只有快乐，快乐得还不知道什么是忧愁，只是挪着已经利索的腿脚，在地上追逐着雪花。雪花很大、一个个降落伞般在天空飘转回旋，这就给小虎的举动增加了难度。一片雪花，眼看就要到手了，却又飞走了。看着漫天都是雪花，却不容易逮住。好不容易逮住了一片，把手回到眼前，却又无影无踪了，好像变戏法一般。小虎很喜欢变戏法，有时候门外来个要猴的，小虎嘻嘻嘻能从头笑到尾。雪花越是抓不到，小虎就越想抓。很快的，院子里就落满了小虎的小脚印。小虎的脚印和雪花一样，横七竖八地没有一点儿规律。没有规律的事往往是最累人的，五岁的小虎也一样。

小虎就跑累了。

累了的小虎无奈地看着漫天飞舞的雪花，不跑了，有些遗憾地蹲在了地上。当然，这一切都没有逃过娘的眼睛。小虎那时候穿的还是开裆裤，一蹲，粉红粉红的屁股就露了出来。

站起来。娘喊道。

小虎一惊，已经走了一半路的童尿就又缩了回去。小虎抬起五岁孩子的眼睛看了娘一眼，看到了他一生也忘不了的一幅画卷。是画卷，长大以后的小虎曾经这样肯定——娘站在雪地里，漫天的雪花好像娘的仆人，围着娘翩翩起舞。娘像一个仙女一样，很有曲线地站着。手里，拿着一个镜子一样晶亮的东西，放在嘴边轻轻地啜着。小虎知道，这是水缸里的冰片。每年冬天，水缸里都要结起一层冰，娘都用水瓢砸开了拿在手里“吃冰”。小虎虽然是娘的心肝宝贝，娘却从来不给他吃自己喜欢的东西。

现在，娘又在吃冰块了，一副很过瘾的样子。小虎不明白的是，娘在吃她最喜欢的东西时为什么对自己这样凶。尿意汹涌，五岁的小虎实在憋不住了，眼泪溢满了眼眶。小虎已经顾不了漂亮的雪花了，眼泪就从眼睛里速度很快地流了下来。眼泪是小虎的法宝，不管小虎做了什么不可原谅的事情，只要眼泪出来了，小虎就又成了娘的心肝宝贝了。今天，小虎的眼泪越来越没有底气了，小虎已经哭了好一会儿了，娘仍然不理小虎，仍然津津有味地吃着冰块。

娘，我要尿尿。

娘不看小虎，话语却像雪花一样飘了过来，你是男人。

五岁的小虎那时候还不知道什么是男人，小虎只想尿尿，娘，我要尿尿。小虎大声喊道。

站着尿，娘说，男人就应该站着尿。

在冰天雪地里，五岁的小虎站着，尿顺着两条腿流了下来。小虎一边尿一边哭。哭声中，五岁的小虎知道了男人就是站着尿尿的东西。

## 一

我被娘害苦了。

娘带给我的灾难是从上小学开始的。

关中农村的孩子上学晚，幼儿园是以后知道的，学前班也没有，我八岁的时候，娘让我去上村里的小学。小学位于山坡上，是个遗弃下来的破庙。屋外看起来破破烂烂，屋顶的椽子和横梁上，十八罗汉及各路菩萨却活灵活现，以各种不同的目光看着我们。庙不管多破，在农村总是神圣和寄托希望的地方。到达好地方总是要遇见一些阻力的。有一片坟地就成了必经之地。埋死人的地方当然阴森，虽然长眠在这里的，都是至亲至爱的先人。亲人也是需要经常沟通的，有的家庭一忙，就忘了先人，往坟地去得少了。先人看后人，永远是一副大人看小孩的眼光——事实上也是如此。虽然心中有爱，脸上却永远是铁青色。铁青色表示不高兴，或者发怒了。坟头就时常有鬼火摇曳。摇曳的时间长了，东家孩子的脖子歪了，西家孩子的眼睛直了，南家孩子的魂不见了，北家孩子疯疯癫癫了，走路都像跳大神一样蹦跳着。

报名的时候，别家的孩子都是在父母兄弟姐妹的层层保护下去的。我尽管流了很多眼泪——和同龄人比，八岁的我已经很少流泪了。娘坐在炕上，屁股也没有动一下。到现在我还能记得我祈求的目光，娘，求您了。也记得娘像鞋底砸过来一样冷冰冰的话语，别忘了你是男人，自己的事自己干。我是抹着眼泪从家里出来的，那时候，我对娘的怨恨就像满眼涌出的眼泪珠子一样密。走出家门的时候，我就用衣袖横抹掉了眼泪。我知道没有人和我同行，虽然不知道为什么，从我记事起，我的世界只有娘，村子里没有一个小孩和我玩耍，即使那些鬼火上身、人人躲避的小孩，见了我也扭头就跑。

我就不信，我自己去不了学校。

话虽这样说，但心头的恐惧感却很强烈。我来到离坟地不远的地方，就再也不敢往前走了。虽然身旁不停有三三两两的人通过，但我却束手无策。我也曾试图跟在别人后面，但都被怒斥声和飞过来的土疙瘩赶开了。我不知道别人为什么这样对我，我却知道这样对我就是这样对娘。我只有娘，对娘不敬的人和事我也是不屑于向他们低头的。就这样，从中午，一直到傍晚，我还徘徊在坟地之南，而学校却在坟地之北。报名只有一天的时间，晚霞很美，我知道，快到回家的时间了。晚霞也回家去了的时候，报名就结束了。我真不想上学了，但我又不敢回家。如果我没报上名，回到家的待遇和经过坟地差不了多少。

我就不信，我自己过不了坟地。

脚下的塬是个土塬，在塬的最北边，是个大坡。坡有五百米。学校就在半坡，而脚一踏入坡地，弯曲的小路旁边就是坟地。八岁的我硬着头皮走下了坡地。坡很陡，刚走了几步，我就看到了一个个土包，龇牙咧嘴地正对着我微笑。我当然不敢看了，头发在头顶直立着，有风从发丝间经过，三伏天冷飕飕的。我闭着眼睛，用脚摸索着向前探去。脚不是眼睛，自然不能当眼睛用。刚走了几步，我就摔倒了。这可能是我这一生最幸运的跌跤了。因为我一跌倒，整个身子就团成了一个圆球，速度很快地向坡下滚去。我不知道滚下去的后果是什么，但我却左右不了自己的身体。我只有按着习俗和惯性滚着。从我记事的时候起，不论我走到那里，都有人让我滚蛋。对此我常常怒目以对。今天我终于滚成了蛋，他们却没有看见。我很庆幸。因为，我不能给娘丢脸。更庆幸的是，我滚不动的时候，当我睁开眼睛的时候，半坡学校几个字竟然在头顶闪烁。除了这几个字，还有几个准备下班而瞪大了眼睛的老师。

娘说了，老师和“人”不一样，身上没有“人”的毛病。

我却不敢动。一丝疑虑和接受任何突发情况、甚至土疙瘩的准备使伏在地上的我像一只机警的兔子，随时准备躲开袭击。娘是对的，老师果然不是“人”，不是普通的人。没有唾沫星子，也没有土疙瘩，有一个还跑了过来，扶起了我。我没有姐姐，但老师第一次让我有了有姐姐的幸福。

报名吗？老师的眼睛很黑，我在老师的眼睛里看到了自己。

我鸡啄米似的点着头。

跟我来吧。老师打开了刚刚锁上的门。

叫什么？

小虎。

老师笑了，好像一朵花儿开在了脸上，姓什么？

我说，我叫小虎。

老师知道你叫小虎，像姐姐一样的老师咯咯笑了，老师问你姓什么？

姓什么？我蒙了，我巴结地看着老师，我还没有上学，回答不了这么复杂的问题。

老师笑得更欢了，在我看来，甚至有一些恶毒的味道。

你的父亲叫什么名字？老师一边理了理自己的头发，一边接着问。

我的声音小得只有自己才能听到，我没有父亲。

老师这才不笑了。对不起，老师换了一副面孔，很认真地看着我，老师不问了，老师给你报名。

我亲眼看见老师写下了“小虎”两个字以后，心头的石头才落了地。我可以回家了。可以给娘有个交代了。走出校门的时候，我才知道晚霞没有等我，已经早我一步进了家门。凉气从地底下通过裤管直往上钻。八岁的我打冷战是很正常的事了。我徘徊在学校门口，踯躅不前。我求助似的望着校门，像姐姐一样的老师终于出来了。冷风从坡上刮了下来，老师冲我笑了笑，躲瘟神一样往坡下去了。学校的大门已经锁上了，山坡上不知道名字的怪鸟鬼哭狼嚎。我真想跟着老师往坡下走去。但坡下没有娘，我只有娘了。我壮着胆子往坡上走去。滚下来容易，爬上去难。这是我很小就知道的道理。

天暗了，我还没有到达坟地。不是坡长，而是腿短。我走一步退半步慢慢地往坡上摸去。傍晚的山坡，即使睁着眼睛周围都模模糊糊的。何况我已经闭上了眼睛。身边老有东西在响，却不知道是什么东西。我更不敢睁开眼睛了。我不知道走到哪里了，可能是到坟地了吧。一个声音缥缈地传了过来：小——虎——。我的头发又竖了起来，我是不相信有鬼的，这是娘告诉我的。但我实在怕得不行。小的时候，一般都是怕极了，就闭上了眼睛。但我的眼睛确实是被吓开的。我在睁开眼睛的时候，冷汗就像毛毛虫一样爬满了全身。任我再不相信，但却分明看到坟头上坐了一个模模糊糊的东西。头发很长，被阴风（对，我确定是阴风）刮得横七竖八。看不清是什么面容，只是那个在我看来黑乎乎的洞里飘出一句又一句声音：小——虎——，小——虎——

天色瞬间就黑了，我的眼前也黑了。我把坡地当成了家里的土炕，八岁的我直挺挺地倒了下去，就像倒在了自家的炕头。

## 二

娘一直骗我，不承认我有个哥哥。但我知道，我确实有个哥哥。哥哥到什么地方去了，我不知道，我想只有娘知道。我却不敢问娘。五岁那年，仗着娘喜欢，任性的我曾经问过一次。在我们村子里，娘的漂亮是出了名的。村子里人的词汇就像手里的饭菜质量一样贫乏，都把过于漂亮的女人称为“妖精”。娘是村人眼中最标准的“妖精”。被称为“妖精”的女人一般都有一个特点：面嫩，而且艳，就像一朵花儿开在了脸上。小的时候，开在娘脸上的花儿一直是我快乐的源泉。但在我问了有关哥哥的事后，我确确实实地看到娘脸上的花儿瞬间就枯萎了。你没有哥哥，谁说你有哥哥？花儿一旦落败，就有些惨不忍睹了。我看着娘瞬间变得丑陋无比的脸庞，吓坏了。从那以后，我再也没有在娘跟前提过有关哥哥的事情。尽管各种谣言随着我年龄的增长四处滋长。

但哥哥却一刻没有离开过我的内心。

哥哥一直在我的心里偷偷地生长着。

我在放学路上遇见“鬼”的事很快就在学校传开了，同学见了我都躲得远远的，没有人和我同桌。好像我就是鬼一样。只有像姐姐一样的老师知道后，出乎寻常地关心。拉着我不停地安慰。这是我除娘以外体会到的唯一一份关怀。我很珍惜，并把它深深地埋在了心底。在学校里，只有看见姐姐一样的老师的时候，我才会露出笑脸。姐姐一样的老师说我笑起来可好看了。

我脸上的笑容渐渐多了。

我笑了，其他同学却笑不出来了。每个同学每天早晨来校的时候，小小的脸蛋都煞白煞白的。不只我一个遇见了鬼，好多同学在傍晚放学回家的时候，都看到了和我见到一样的东西。只不过同学们有时候看到的是长长的头发，有时候又是白白的牙齿。但没有一个人看清面容。坐在我桌子前面的一个老是欺负我的同学，也是村长的儿子在坟地看见不该看见的东西后，上课的时候就不好好听讲，一直看着屋顶。老师敲了几次桌子都不管用，因为屋顶上有各种各样面容狰狞的和尚像。老师宣布下课的时候，才发现村长的儿子扬起的脑袋再也低不下来了。

我却再也不怕了。

即使我也遇见了像鬼一样的东西，娘却坚持不去接送我。每天上学或者放学的时候，学校门口都开成了家长会。我仍然独行独往。上下坡经过坟地的时候，我再也不用闭着眼睛了。因为我明白，哥哥就跟在我的身后。不管周围有多少怪叫声，只要我喊一声哥哥，很奇怪的，所有的声音就都没有了。

我就这样在像姐姐一样的老师眼中成了最勇敢的学生。

每天一个人走在路上，我都在想。我的哥哥肯定和姐姐一样的老师年龄一样大，当然一副很男人的样子，高大、魁梧、有力。他的身体就像一棵树，能给我挡风；他抬起手就是一把伞，能给我遮雨；他炯炯有神的目光就像亮在我心中的灯，不但给我指路，还能给我壮胆，使我并不强壮的小腿在弯弯曲曲的坡路上迈得很悠闲、得意。

这样的日子就像一堂课一样，很快就过去了。

娘病了。

后来很长时间，我一直在想，娘为什么偏偏在那一天生病呢？

早晨起来的时候，天还黑着，我摸黑穿上衣服，一边往外走一边说道，娘，我走了。娘破天荒没有出声。我的一只脚已经踏出门外了，又回头喊了一句，娘，我走了。娘在被窝里缩成黑乎乎的一团。昨天晚上睡觉的时候，娘还很高兴地给我洗了脚。我已经有好长时间没有这样的待遇了，娘只有在目光中溢满母爱时才会给我洗脚。同样的，娘只有在生气的时候才不理我。娘不应该这样对待刚刚考了“双百”的儿子啊。我双手探索着向娘摸去。娘的额头“烫”着了我，我才知道，娘烧得很厉害。八岁的我吓坏了，虽然我比左邻右舍的同龄人懂事，但面对娘突然发烫的额头，我只有眼泪。眼泪与娘的发烧无益，反而引得娘抬起手来给我擦眼泪。娘的手就像额头一样，灼人。我只有娘了，娘病了，天就塌下来了，我当然就把上学的事忘了。

那天从学校回家的时候，我说不清是什么心情，抑或我小小的年龄本身就没有什么心情。等同学都走了以后，我才一个人慢慢地往坡上走去。天暗着、鸟叫着，阴凉阴凉的风吹着，我无知觉地走着。到了坟头的时候，我又听到了那个声音：小——虎——声音细长、飘忽，转着弯或者翻着跟头刺进了我的耳内。我默默地抬头往坟头看了一眼，仍是那个长长的头发，仍是那副看不清的面容。我知道，今天又是农历初七了。我很奇怪，我没有一丁点害怕的感觉，我甚至冲着那团模糊的黑影笑了笑，就继续往前走去。我不怕，不仅仅是我心里有个哥哥，我的身后还有一个人，那个像姐姐的一样的老师。从我上次“受惊”以后，像姐姐一样的老师每天在我回家的时候都偷偷跟在我的身后，直到我上了坡才又返回。像姐姐一样的老师之所以偷偷地，肯定是不想让我知道，我也就装着不知道了。像姐姐一样的老师跟在我的身后，还有一个原因，那就是我的哥哥。这是我和像姐姐一样的老师心中共同的秘密。秘密憋在心中是很难受的，所以像姐姐一样的老师每次见了我，就会以“脸红”的形式表现出来。像姐姐一样的老师肤色很白，一旦变红了就有了“红扑扑的羞涩”，这是我很喜欢的一种颜色。作为条件反射，每次看见像姐姐一样的老师红扑扑的脸蛋，我的脸蛋也就莫名其妙地变红了。而心中，却像吃了娘珍藏多年的“洋糖”一样甜。

回到家，门锁着。娘肯定还得一会儿才能回来，我摸黑往村口地头去了。忘了说了，我经常摸黑干这干那，我已经习惯了。这一点，我也是跟娘学的。娘怕见光、也怕见人——我也是，除了哥哥，还有像姐姐一样的老师。地头是麦地，里面有好多芨芨草，我们把它当菜吃。黑灯瞎火挖芨芨菜是我的一绝。不一会儿，我就挖了半书包。等娘回来的时候，我们就有菜吃了。

只有我们家，天黑透了以后，厨房的烟筒才冒烟。我喜滋滋背着半书包芨芨菜推开家门的时候，厨房的烟筒正冒得起劲。正在厨房忙活的娘看见我从书包里倒出来的一大堆芨芨菜，难得地露出了赞许的目光。娘虽然没说话，但我从娘愈发利索的动作中感到娘很高兴。娘高兴了我就高兴，娘为我活着，我为娘而生。

芨芨菜很快就以另一种模样冒着热气被摆在了小木桌上，趁娘盛饭的工夫，我又搬了一个小木凳，放在了桌前。在我的记忆中，五岁以前，每次吃饭的时候，娘都要多摆一个凳子、多放一副碗筷。自从我问了娘有关“哥哥”的事之后，小木桌上就再也见不到那副碗筷了。那副碗筷应该有十多年了，但一直和新的一样。我知道娘把它藏在了炕头的柜子里。今年，我已经八岁了，八岁的我已经是小学生，知道揣摩娘的心事了。我第一次未经娘的允许打开了这个被娘看得比命还值钱的柜子。那副木筷、那个瓷碗静静地躺在里面。我双手恭恭敬敬地把它们捧了出来，默默地放在了桌子上。芨芨菜还冒着热气，我夹起一大块菜，放在了瓷碗里。

娘很吃惊地看着从天而降的碗筷，疑惑地看了看我。我不看娘，超乎年龄的平静。

吃饭吧，虎儿。娘叫了一声我的小名。

我看到，一行眼泪哆哆嗦嗦地从娘的眼眶流出，慢慢地、慢慢地顺着娘晶莹的脸颊往下流去……

## 三

哥哥要是还在，今年应该有二十岁了，应该和像姐姐一样的老师一样大。但我分明觉得哥哥一直就没有离开过我，虽然娘一直不肯承认，像姐姐一样的老师也一样。一个学期还没有结束，我就成了像姐姐一样的老师眼中的哥哥。前面我说过，哥哥高大、魁梧、有力，任何一个同龄的女孩子都喜欢。也只有哥哥这样的男人才能占据像姐姐一样的老师的心。因为哥哥不在，像姐姐一样的老师就把心事用在了我的身上。每次远远地看见，像姐姐一样的老师脸上就飞起了两朵红云，好像两个太阳挂在了脸蛋上。我是这样认为的。我也就把自己当成了哥哥，脸跟着红了，是臊红。

人真是个奇怪而虚伪的东西，心里喜欢，看不见就东张西望，老想瞅上一眼；看见了，却远远躲开、就跟做了亏心事似的。我躲像姐姐一样的老师已经有好长时间了，但每天放学的时候，我总是最后一个走出校门。

这样，我就能和像姐姐一样的老师多待一段时间。尽管距离很远。暮色下来的时候，同学们都在家长的簇拥下消失了，我才慢腾腾地离开了教室，慢腾腾地往坡上走去。每天这个时候，总有一股风从坡上刮下。透着寒意。我没有回头，像往常一样，像姐姐一样的老师又悄悄跟了过来。我故意走得很慢，平时十分钟的路程我拖延了一半。那时候我还不知道我这样做后面会发生什么样的事情。

风声愈发地紧了，坟头也越来越近。四周突然静了，静得可怕。我是有意无意往坟头看的，那个看不清楚的怪物又出现了。今天不是出现的日子啊，这个念头一闪现，好像一股阴气从头浇下，我的全身瞬间凉透了。我大叫了一声就晕了过去。我在倒下去的一瞬间看见像姐姐一样的老师惊慌的眼神。

恍惚中，也好像在梦中，一个穿着土织布黑衣服的女孩慢慢地向我走来。也许太饿了，女孩走得很慢很慢。终于到跟前了，我才发现女孩饿得只剩下一副皮囊包着骨头，嘴里，正啃着一片树皮。树皮皱皱巴巴地发着黑色的光。女孩一边啃着，一边用那种很大很深的眼神看着我。我在女孩的眼睛中发现了自己。女孩刚要和我说话，一个男人出现了。男人穿着中山装，一看就是个“公家人”。公家人看了看女孩，从兜里拿出了一把“洋糖”。糖纸发着花花绿绿的光。男人不用说话，那花花绿绿的光瞬间就勾住了女孩的眼睛。女孩立即不理我了，奔着糖纸去了。我在女孩转身的时候突然冲着女孩喊道：娘……

娘拿着热乎乎的毛巾正在我的额头上擦着，听见我的声音，娘的脸上布满了喜悦的光。这种光很神圣，我想，要是放在现在，娘肯定不会被那些花花绿绿的光吸引去的。

娘在呢，虎儿。娘关切的目光罩满了我的全身，我再也不怕了。

我怎么会在家里呢？我问娘。

娘有些羞愧地低下了头。

是老师和你娘一起把你送回来的。娘的身后露出了像姐姐一样的老师的面孔。

娘和老师？从坟地？我看着娘，流着泪笑了。

娘躲闪开我的目光，好像给我说，又好像给像姐姐一样的老师说，你们先说话，我去做饭去。

娘走了。屋子里只剩下我和老师两个人。像姐姐一样的老师眼中没有了往日羞涩的光，目光直直地看着我，说，你有一个至情至爱的娘，你娘真不容易。

我的眼泪继续流着，目光也直直地看着像姐姐一样的老师，我能叫你一声姐姐吗？

像姐姐一样的老师使劲地点了点头。

姐姐，我贪婪地叫了一声，看着老师点了头，才继续问道，你在坟地看见我娘的？

老师点头又摇头，应该是你娘先看见我的。像老师一样的姐姐好像回到了当时的情形，看你倒下去了，我吓坏了，老师习惯性地用手弄了弄头发，我刚到你身边，正要扶起你，你娘就从坟地冲了过来，发疯了一样。吓了我一跳。

我陶醉在老师的讲述中。

老师却不讲了，你早知道每月初七蹲在坟地的是你娘？

我犹豫着是承认还是不承认。

老师接着说，你娘都告诉我了，初七是你爹的祭日。老师突然问我，你知道今天是什么日子吗？

我茫然地摇了摇头，脑子中却出现了那个“公家人”的样子。

今天是你爹的生日。

难怪娘今天去了坟地。

看着像姐姐一样的老师，一个念头突然闪了出来，我娘有没有告诉你我有一个哥哥？

哥哥？老师摇头说道，你娘没有说。

我确实有个哥哥，娘为什么就不承认呢？我疑惑、又很羞愧。我坚信我有一个哥哥。

姐姐，我问老师，你相信我有一个哥哥吗？

像姐姐一样的老师茫然地摇了摇头。老师也不相信，那老师为什么对我那么好呢？为什么见了我还会脸红呢。当然，这些话我没有机会问出口，娘已经把饭端进来了。我从床上爬了起来，拿出了那副碗筷，娘看了老师一眼，稍稍犹豫了一下，从柜子里面拿出了几块“洋糖”，放在了那副碗筷旁边。我只有八岁，我还是个孩子，看见“洋糖”，我的口水就流了下来。但我却不敢动一下。我知道，这个洋糖是看的，不是吃的，只有在快要“化”了的时候，娘才会把它们放进我的嘴里。娘却从来不吃，娘只是在我睡着的时候盯着它们流泪。

老师没有说话，只是盯着“洋糖”看了一会儿，就默默地端起了饭碗。

像姐姐一样的老师在我们家吃过饭以后，坟地就再也没有出现过闹鬼的事。

## 四

一转眼，好几年就过去。像姐姐一样的老师真的成了我的姐姐。姐姐出嫁的时候，娘就像自己结婚一样激动。娘终于从家里走了出来，把姐姐送到了婆家。姐姐嫁人以后，娘就开始担惊受怕了。

只有我知道，娘不是担心姐姐。

半坡里也早就没有学校了，学校已经搬到了村子里，很大的一块场地，我也已经去县城里的高中上学了。娘是在听到那个消息以后把我从学校叫回来的。娘听说，县上要修公路了，规划的路面正好要从那块坟地通过。娘是女人，一个女人是在村里没有发言权的。每个领到补偿金的村人都喜滋滋地在协议上签了字，只有娘一个人没有签。也没有人让娘签。据说是因为村里人一直就没有承认过娘和那个“公家人”的事。娘和那个“公家人”要我的时候也没有经过“村里”的同意，两个人合计着就把我的命运决定了。那个“公家人”也是在和娘的事败露以后被村子里的人群殴而死的。是娘在全村人的反对下一个人挖墓把“公家人”埋在村里的墓地里。

我不知道发生了什么事，急匆匆地从县城跑了回来。那天，娘做了好多好多好吃的，却没有让我吃一口，只是让我用担子挑到了坟地。那天，正是高速公路开工的日子，我和娘在隆隆的机器声中把饭菜放在了坟地。娘一直很冷静。

跪下。娘不看我，却分明是在对我说。

我不情愿，在感情上，我从来就没有承认过这个“爹”。

跪下。娘几乎是咆哮了。

我在施工人的目光中双膝着地。

叫爹。娘说。

我没有爹，我从来也没有叫过爹。我又一次梗了梗脖子。

叫！娘都声嘶力竭了。

我的嘴动了动，就被机器声埋没了。娘还要坚持，机器已经被不耐烦的施工人开了过来。我终于有了双膝离地的机会。我从地上一跃而起，抱起娘就躲在了路边。我已经长大了，长大了的我就像我小时候脑子中的哥哥一样：高大、魁梧、有力。尽管娘大喊大叫，尽管娘双腿乱蹬，却始终没有脱离出我有力的双臂。就在我和娘的眼皮底下，那个闹了无数次鬼的坟头被夷为平地。娘就在那一瞬间昏了过去。也许是巧合吧，娘昏过去的地方正是我两次晕倒的地方。

娘病了，一病不起。我只好转回公社的中学一边上学，一边照顾娘。娘从此再也没有说过一句话。给饭就吃，给水就喝。一不留神，炕上就有了粪便和尿水。我常常一边给娘擦洗，一边就想起娘在冰天雪地中“吃冰”时圣洁的模样。

高速公路竣工通车那天，娘去了。

二十岁那年，我终于考上了大学。离开村子的时候，我专程去了那块坟地。那里已经没有一丝坟地的影子了，就像娘一样，说没有就没有了。我坐在高速公路旁边，怀抱着娘的骨灰盒，看着来来往往的车辆疾驶而过，往事就像从脸上轻轻拂过的微风一样裹挟了全身。我一直闹不明白，为什么我没有哥哥，我却那么坚定地认为哥哥的存在？我明明有一个“爹”，我却怎么也叫不出口呢？

也许，我心中的哥哥就是那个我要称之为“爹”的人；也许，我心目中的哥哥就是今天的我自己……

我知道我一旦离开这里，就再也不会回来了。因为这里，除了那个像姐姐一样、后来终于成了姐姐的老师以外，我再也没有留恋的地方。这里留给我的，只有无尽的屈辱，还有仇恨。但是，这么多年过去了，就像这风一样，原来阴森森的，今天不就微风拂面了吗？还有，我一直想满足娘的愿望，在我离开这个地方的时候，能喊一声“爹”。

我鼓了好几次勇气，喊出的却是：娘，我们走吧。

# 二　愣　子

张一彪骑着摩托，一轰油门，屁股就冒出一股黑烟，摩托车的前轮往前一蹿，结结实实地在老夏办公室的门上一撞。门已经好多年了，虽然面上的红漆亮得耀眼，里面却已像一个风烛残年的老头一样，空了。所以就经不了几次撞击。

张一彪是第三次撞击把门撞开的。

老夏当然在里面。老夏缩在办公桌后，头也不敢抬。门被撞开的瞬间，头就垂得更低了。张一彪又轰了一脚油门，摩托车就窜进了屋子。张一彪从车上下来的时候，老夏的身子已经抖得像筛子。

张一彪就是张一彪，张一彪亮相的招牌动作就是把随身携带的两把工具往桌上一扔。这两把工具已经是第二次扔在老夏的办公桌上了。老夏不用抬头，只听声音就知道是什么东西了。

老夏赶紧说，老张，和我没关系的。

张一彪不信，和谁有关系？

老夏没话说了，身子就愈发得抖了。

张一彪不给老夏喘息的机会，给不给？张一彪把黑厚的手掌拍在了桌子上，不给我就灭了你。

老夏就从兜里掏钱了。老夏的手在兜里摸了半天，终于摸出了一卷钞票，数也没有数就扔在了桌子上，身子赶紧就靠在了墙角。张一彪看了一眼，动也没有动那卷钞票，拿出一支烟点燃了，认真地吸了起来。

张一彪不说话，但比说话的威力还大，老夏只得又掏出了一卷钱。张一彪这才把扔在桌上的两把刀收了起来，抓起桌上的钞票胡乱地往兜里一塞，转身跨上了摩托。

张一彪已经走了好长时间了，老夏还在桌子旁发抖。这已经是第二次了，再这样下去，主任就没法干了。得想个办法了。

老夏本来是不想来机加车间的，是厂长老郑非要他来的。机加车间有个张一彪，不但老夏知道，全厂都知道那是一个“亡命徒”。在厂里，传着一句俗语：二的怕愣的，愣的怕不要命的。张一彪就是那个不要命的。所以，在厂里，人见人躲。因了张一彪，机加车间的主任也没有人愿意干。因为，车间主任已经被张一彪赶走了三个。老夏原来是厂里企管科的科长，是个以管理见长的干部。郑厂长实在没有人派了，只好忍痛舍爱，给老夏任命了一个厂长助理，让他兼了机加车间的主任。

老夏来了三个月了，也没有见张一彪的人。所以，也就相安无事。车间的管理却有了质的飞跃。老夏自然就成了厂报上的常客。秀才们不吝笔墨，老夏的头上就多了许多光环。慢慢地，老夏就觉得，张一彪也就那么回事了，老夏就在班组长会上点了张一彪的名，问张一彪到哪儿去了。不问不知道，问了才知道，谁也不知道张一彪的踪迹。老夏就让行政办的人四处打听，也没有张一彪的消息。下一次班组长会的时候，老夏故意当着所有人的面问，有没有办法找到张一彪？人们当然都摇头。老夏继续问，张一彪不上班，发没发工资？行政办主任就说，按惯例，不管张一彪在不在，上不上班？工资照常发。老夏的脸就变了，这是什么惯例，从这一月起，停了。我就不相信他不露面。

张一彪果然就露面了。

那一次张一彪也是骑着摩托撞开老夏办公室的门的。张一彪一进屋，就抽出别在腰间的两把刀，扔在了桌子上。老夏当然不是吓大的，老夏怒斥道，把刀收起来。张一彪没有说话，拿起了刀，但却没有收起来，而是直接架在了老夏的脖子上。老夏的胆子就是在那一刻被吓破的。不由自主地，老夏就从口袋里掏出了一沓钞票，这是你的工资。老夏的话说得战战兢兢的。

张一彪却没有全拿走，他放下刀，认真地点了起来，后来，竟然还给老夏找了零头。我只要我的工资，张一彪临走时，这样说。

老夏是学管理的，毕业后干的也一直是管理工作。通过那件事后，老夏觉得张一彪的事不能简单地只谈管理，而不讲究“艺术”。果然，经过老夏的“艺术”处理后，张一彪再也没有找过老夏的麻烦。

今天张一彪闯进办公室，完全出乎老夏的意料——张一彪不是为自己，而是为了李小软。就像张一彪以恶出名一样，李小软以老实可欺闻名全厂。厂里传着一个笑话，说是有一天李小软去路边小摊吃早点，正好遇见了几个小学生。小学生正要付钱，看见李小软走了过来，就指着李小软对摊主说，软蛋请客；又回了头问李小软，是不是软蛋？李小软真就点了头，真就付了钱。吃完早点，李小软刚来到车间，几个女工就板了脸，软蛋，去给我们买几个肉夹馍。李小软就转了身，又回到了小摊去买馍。就是这个连女人孩子都敢欺负的李小软，干起活来却是一把好手。加工一个零件，别人需要十分钟，他只用五分钟。不但快，质量也好。因为厂里实行的是计件工资制，所以，李小软常常就一个人拿走了几个人的钱，工资高得吓人。作为管理者，老夏觉得两极分化太严重，既不符合共同富裕的政策，也不利于职工队伍的稳定。每月发工资的时候，老夏就平衡掉了李小软的一部分工资。这事已经有两个月了，李小软没有任何异议。老夏快要忘记的时候，却接到了张一彪的电话。

上次事情发生后，老夏对张一彪就特殊处理了，车间不管发什么，也不管张一彪在不在，上没上班，老夏都没有少了张一彪。时不时，老夏还让李小软买几条烟送给张一彪。所以，老夏和张一彪的关系已经处得很融洽了。没想到张一彪竟然是一条喂不熟的狗，说翻脸就翻脸了。张一彪在电话里要老夏把扣李小软的工资一分不少地返还。老夏没有答应，就又发生了张一彪大闹办公室的事。

老夏知道以后的日子不好过了。

晚上回到家里，老夏仍然闷闷不乐。吃饭的时候，老夏就很少说话。老婆就不干了，冲着老夏拉了脸，别把工作中的那些破事带回家。老夏只得把气压在肚子里，脸上赔了笑。在厂里，老夏是以管理有术出名的，但却对老婆束手无策。为了对付老婆，老夏变换着各种方式，都无济于事。老婆就一招，以不变应万变，按照自己的心情决定对待老夏的态度。高兴了，老夏不但能看到好脸，吃到好菜，晚上的时候，也能得到温存；不高兴了，老夏就在家里坐也不是，站也不对，被老婆使唤得像个陀螺。每到那时候，老夏就有一种“一屋不扫，何以扫天下”的感叹。但老夏却没有任何办法，即使有办法，老夏也不敢公开使用。否则，自己的老丈人，已经退居二线的老厂长也饶不了他。有时候，老夏觉得老婆就像张一彪一样不可理喻。老夏是个善于总结的人，老夏深深地体会到，管理艺术在权力和暴力面前毫无用处。

但老夏不是个轻言放弃的人，就像自己当初追求厂长的千金一样，在众多的对手中，自己愣是靠着小小的手腕赢得了先机，从而也因此赢得了“仕途”，很快就在同龄人中脱颖而出。表面软弱的老夏内心却很倔强，他觉得，老婆和张一彪是自己面前的两座大山，是对自己的挑战。他必须要逾越，必须把他们踩在脚下。

这样想着，老夏却对老婆笑着，是我不对，最近烦心的事太多了。不把工作中的烦恼带回家是我对你的承诺。老婆就白了老夏一眼，没有说话。老夏知道火候差不多了，急忙将碗里的饭刨进了嘴里，站起来就往外走。老婆喊，干什么去？老夏答，在烦恼出现的地方把烦恼消灭掉。老婆嘀咕，又去加班，早点回来。老夏再没有说话，走出了家门。

夜色已经很浓了，路上的人也变得三三两两地稀少了，风却很凉，让人愈发地清醒。是该去看看梅甜甜了。一想起梅甜甜，老夏就不由得挺直了腰杆。就像当初老夏锲而不舍地追求厂长的千金一样，梅甜甜疯狂地爱上了老夏。从一般男人的审美角度看，厂长千金的长相和为人都和梅甜甜没法比，但偏偏老夏是个不一般的男人。老夏觉得自己没权没势的，已经够惨了，如果不能从择偶上改变，何时出头就不好说了。尽管梅甜甜主动献爱，老夏却从没有越过雷池一步。有一次，两人都有些激动，都到了床上了，老夏突然看着简陋的房屋，停止了进一步的举动。老夏不但停止了进一步的举动，而且当着梅甜甜的面约了厂长的千金。梅甜甜因此死了心，没有多久就嫁给了一个汽车司机。又没有多久，司机发生车祸死了。十多年过去了，梅甜甜就一直一个人过，日子当然过得紧紧巴巴的。司机死了没多久，顺利娶到厂长千金的老夏就又把梅甜甜搂在了怀里。也多亏了老夏照顾，要不，工资很低的梅甜甜连房租都交不起。

梅甜甜住在离厂很远的一个村子里，因了远，就更觉得安全。老夏每次去的时候，就很理直气壮。离村子近了，路灯就少了，天就更黑了。终于，没有一盏路灯了，老夏知道到了。因为住在农民家里，门当然已经锁了。老夏刚拿出手机，准备让梅甜甜开门，就看见一道强烈的光从身上一晃而过，把黑夜撕开了一道长长的口子。老夏赶紧躲在了更暗的地方，那辆急驰而过的摩托车已经停在了门口。紧接着，那扇老夏每次轻轻闭上的铁门就被擂得山响。那声音透着野蛮、露着霸气，把黑夜搅得像白天一样热闹。门立时就开了，老夏看到，梅甜甜只穿一件睡衣站在门缝透出来的光里。那件睡衣很性感，是上次老夏去南方出差的时候给老婆买的。没想到回家后正赶上老婆生气，老夏就没有拿出来，而是偷偷地送给了梅甜甜。老夏还知道，梅甜甜穿这件睡衣时都不穿内衣内裤。老夏见了，肺都要气炸了。但他却不能上前，也不敢上前。因为他分明看到，把门擂得山响的人不是别人，而是张一彪。老夏就觉得这世界真是有点他妈的太小了。

张一彪却不知道老夏正躲在一边看着他。门开了，他就从摩托车上卸下了一罐煤气瓶，扛着就要进院子。梅甜甜却用身体挡住了他。

张哥，谢谢你了。就放这儿吧。梅甜甜说。

挺沉的，我给你搬进去吧。

太晚了。

那，张一彪搓了搓手，你让我进去喝口水吧。

梅甜甜说，改天吧，今天真的不行。太晚了。

张一彪突然不好意思地笑了笑，那你让我亲一口吧，亲一口我马上就走。

老夏明显地感觉到梅甜甜的声音变了，张哥，你再这样没个正经，以后，你就别帮着我换煤气了。

老夏想不到的是，在自己面前杀气十足的张一彪，在梅甜甜的面前竟然像只猫，好了，你别生气了，我走还不行吗。张一彪转身跨上了摩托，一轰油门，真的说走就走了。

黑夜又恢复了宁静，一切又都变得黑漆漆的。梅甜甜弯着腰，吃力地挪动着煤气瓶。老夏回头看了看，黑夜已经把张一彪完全吞没了，这才从角落走了出来。

虽然是黑夜，老夏还是感到梅甜甜的眼睛亮了。梅甜甜惊喜地看着从天而降的老夏，直起了腰，重死了，快帮我搬进去。

老夏已经好长时间没有干过体力活了，他家早就用上天然气了。要在平时，他是不屑于干的。但今天，他突然觉得自己和张一彪一样，把这种粗活看成了一种待遇。虽然只有几步路，煤气瓶进屋的时候，老夏脸上的汗还是流了下来。门已经在身后合上了，老夏看不见梅甜甜递过来的热毛巾，他的眼里只有梅甜甜的身体。老夏抓起梅甜甜的睡衣往上一提，梅甜甜就像一支剥了皮的鲜嫩的玉米棒一样立在了老夏的面前。梅甜甜里面果然什么也没有穿，这种预料到的结果更激起了老夏的欲望。

语言交流是在身体发泄之后进行的。

汗津津的老夏面对着同样汗津津的梅甜甜，语气里透着激情退后的愤懑，我才多长时间没来，你就和张一彪这个“二愣子”搞到一块了。真是闲不住啊。

梅甜甜似乎很高兴老夏的醋劲，嘻嘻笑道，你都看见了，吃醋了？

张一彪是什么人，我是什么人？老夏被梅甜甜不在乎的表情激怒了，你脑子没病吧，我吃他的醋？！

还真生气了？梅甜甜下了床，用热水烫了烫毛巾，一边擦着老夏身上的汗，一边说，张一彪没有传说中的那样坏。

张一彪不坏，厂里就没有坏人了？老夏扳正了梅甜甜的身子，冲着梅甜甜喊道，他拿着凶器已经威胁我两次了。

那都是事出有因啊，梅甜甜继续低头擦着老夏的身体，你刚去的时候，张一彪挺高兴的，觉得车间真正有希望了，管理也应该正规了。没想到，你和他们一样，也是欺软怕硬的人。张一彪才又恢复了原样。

我怎么和他们一样了，你看看今天的车间是什么样子，你再想想过去的车间是什么样子，能比吗？老夏更气愤了。

宫晓琴你知道吗？梅甜甜看了老夏一眼，我知道你没见过人，但你一定知道这个人。多少年了，她没有上过一天班，但车间什么时候少过她一分钱，梅甜甜说着也有点气愤了，就是因为她是厂长的小姨子吗？

老夏这才想了起来，确实有这么一个人，关系一直在车间，听说在外面开了一家公司，他也知道是厂长老郑的小姨子。所以，他一直睁一只眼闭一只眼。但老郑从没有给他说过。在老夏的管理艺术中，这样的照顾是只可意会不可言传的。如果这样的事也让厂长开口给他说，他还能干到今天吗？他有所疏忽的是，张一彪这个不知天高地厚的浑小子，竟然在心里和厂长的亲戚攀比。

老夏用鼻子哼了一声算作回答。

第二次是为小软的事，梅甜甜声音幽幽地说，小软是个和我一样命苦的人，媳妇得病早死了，留给他的是一对没娘的双胞胎。他既当爹又当妈，人又老实，辛辛苦苦干出来的钱无端被扣也不敢吭气。这几天，两个孩子一起住院了，他连住院费也交不起啊。多亏张一彪从你那儿要来了救命钱啊。

老夏听了，并没有被感动，他在心里说，站着说话不腰痛，李小软的救命钱有了，你的房租却没有了。我扣李小软的钱全都给了你啊。心里这样想，嘴上却说道，就算张一彪闹得有道理，你也不该和他这种人在一起啊。

我没和他在一起啊，梅甜甜委屈地说，你这个没良心的，这么多年了，要不是忘不了你，我早就嫁人了。你倒好，家里红旗矗着，外面彩旗孤零零地为你飘着，好不容易有个心甘情愿帮忙的，你还不让，你想累死我啊。

老夏想了想，梅甜甜真的等了自己十多年了，明知道这样的等待没有结果，梅甜甜还是等着。对别人来说，这是多么珍贵的感情啊，老夏却觉得这段感情因为执着就有点可怕了，他不敢想象老婆知道这段艳史后会是什么样的表现，也不敢想象多年来树起来的形象被打破后会是什么样的结果。

老夏一边揉搓着梅甜甜依然坚挺的乳房，一边认真地思考着他和梅甜甜的关系走势。一种突然闯入脑海的念头让他不寒而栗，张一彪知道我们的关系吗？老夏停止了手中的动作，紧张地问。

知道。梅甜甜被老夏抚摸得已经陶醉了，眼睛闭着，满脸幸福。

老夏却吓坏了，怎么知道的？

梅甜甜笑着说，当然是我告诉他的。

你是不是存心的，你想害我吗？老夏的汗流了下来。

梅甜甜满不在乎，没事的，张一彪追我好几年了，要没有你，我还真就嫁给他了。也许，梅甜甜说的是真的，也许，梅甜甜说的是气话，但她不知道，由于她的这一番话，最后导致了多么严重的后果。

当然，也包括梅甜甜。

那天晚上，回家搂着老婆的老夏睡得特别踏实。尽管，合法地赤条条躺在自己怀中的这个女人，他没有一丝的欲望，他的下体没有任何反应，他甚至不愿睁开眼睛看一眼，他仍然认为，自己这样做是值得的。因为，他还需要那个虽然离开了岗位但在厂里说话仍很管用的老丈人来做他向上的台阶。只要这个台阶永远地铺在自己的脚下，自己就能扫除一切前进道路上的障碍。

现在横在自己面前的障碍只有一个，就是张一彪。两次大闹办公室都以自己的屈服告终。老夏知道那只是表面上的一种现象。其实，在内心深处，他就从来没有认输。把拳头收回来再打出去更有力量，是老夏上中学时就知道的道理。他一直在寻找机会，寻找一个彻底击垮张一彪的机会。张一彪对梅甜甜的垂涎使他看到了这种机会的临近。

怀里的老婆已经睡熟了，头已经歪到了一边，嘴里发出刺耳的呓语，就像张一彪的那句“不给我就灭了你”那样刺耳。老夏觉得，从小到大，这是自己受到的最严重的威胁了。走上管理岗位后，他曾遇到过各种各样的管理难题，但都被他“艺术”地处理掉了。别人都夸他管理有艺术，只有他自己知道，不管如何艺术，归根结底只有一个原则，那就是：只要你是我的下属，就必须服从我的管理，不服我就灭了你。只不过灭的方法因人而异。

老夏觉得，自己和张一彪都想灭了对方，就看谁先下手了。

第二天，安排完工作，老夏就把李小软叫到了办公室。身材不高也不低的李小软站在老夏面前，腿不停地颤动，这才是下属应有的表现，老夏觉得李小软的腿颤得很是让自己舒服，看李小软的目光也就和善多了。

小李，听说你孩子病了？老夏的脸上挂满了关切。

是。李小软一个字也不敢多说。

住院费交了吗？

钱不够，药已经停了。李小软有了哭腔。

为什么不早说？老夏不高兴地拉了脸，有困难找单位嘛！

李小软没有说话。

老夏从抽屉里拿出了一沓钱，拿去给孩子看病吧。

幸福来得太突然了，李小软既不敢接钱，也不敢说话，只是有点不相信地看着老夏。

拿去吧，这是我个人的一点心意。老夏又说道。

李小软没有接钱，而是先跪到了地上，主任，你是我们一家的救命恩人啊。

老夏笑着把千恩万谢的李小软送出了办公室。

事情当然没有过去，老夏又给梅甜甜打了一个电话，老夏说，我是越老越没有出息了。

梅甜甜在电话那头笑得很开心，怎么了？

老夏说，想你了，越来越离不开你了。

梅甜甜说，昨天刚走，今天又想了？

不由自主啊，老夏一副无奈的口气，今晚十点去，记着留门啊。

放下电话，老夏盯着话筒看了半天，才长长地叹了一口气，甜甜，对不起你了，我也是没有办法啊。

一天的时间，老夏过得心里很不是滋味。晚上来临的时候，老夏的脸上才有了笑容。吃晚饭的时候，老夏就给自己和老婆的饭里都放了一点药，当然不是毒药。晚饭吃完没多久，两人都感觉到血液加速，身体里的一股燥热纵横跌宕，跃跃欲试。互相看对方的眼光也就很迷离了。看着看着，两口子就看到了床上。老夏神勇，老婆迎合，好象回到了新婚之夜。如此折腾了好几回，等两人恢复了体力从梦中醒来的时候，已是第二天早晨。

消息就传过来了：就在昨天晚上，厂里发生了一起大事。不务正业的“二愣子”张一彪入室意图强奸守寡多年的梅甜甜，梅甜甜誓死不从，持刀反抗，幸遇提前得到线索的公安干警。张一彪虽强奸未遂，但罪名成立，且证据确凿，已经被收监了。

上班的路上，老夏就觉得路虽然变得宽广多了，但天却是阴的，总让人的心情不是很畅快。果然，进了办公室没多久，李小软就走了进来。李小软也不说话，进了门就把一沓钱扔在了老夏的办公桌上。老夏知道事情不好了，就截住了李小软。

孩子病好了？

不看了，死了也不看了，李小软说，我不是人，我对不起张大哥。

老夏说，和你没关系的，你不说，谁也不知道。

你不该骗我的，我去问过梅姐了。是你约了梅姐，你为什么骗我说梅姐在等张大哥？

我真傻，是我害了张大哥。李小软不等老夏回答，自言自语地走了出去。老夏突然之间就感觉到一股寒气席卷了全身，彻骨之寒。

车间的管理却顺畅多了，再也没有人敢在老夏面前说三道四了。每天早上，老夏都要去车间转一圈，享受一下那种“唯我独尊”的感觉。只是没人的时候，老夏心里还是挂念着梅甜甜，他也给梅甜甜打了几次电话，却一直没有打通。

后来，关于梅甜甜的消息还是传了过来：说是梅甜甜说了，等张一彪一出来，梅甜甜就准备嫁给他。

传这话的，是李小软。

# 望　月

男人痴痴地想：六楼？它怎么老待在上面？它什么时候能掉下来呢？

男人住一楼，属于九十年代建的老式楼，房间不大，却有一个封闭的后院。后院用砖墙围着，属于半公开的私人空间。楼上的住户可以趴在窗户上探头，却不能进入。刮风的日子，楼上晾的衣服落在后院里，是要经过男人的允许才能进入的。所以说，这个后院只属于一楼的住户。这就在很大程度上弥补了房间面积不足、阴暗、潮湿以及脏乱差的缺陷。

天晴的日子，下了班，男人都要在后院坐一坐。这个癖好是一住进来就有的。坐在后院，可以看见挂在楼顶的月亮。月亮喜怒无常，高兴了，就笑圆了脸；不高兴了，半张脸就不见了；动怒的时候，大半个脸藏在了云后，香蕉一般可怜巴巴地挂在半空；遇到空气紧张，整张脸就没了踪影。男人的心情整天被月亮牵制着，时而喜、时而怒、时而哀。楼顶没有了月亮，男人的心也没了着落，脸色黑得如同暴雨前的云朵。

云朵里藏满了男人的心事。

男人刚从监狱里放出来不久，但因为是老职工了，虽然是单身，厂里照顾分了个家属楼。尽管是没人愿意要的一楼，但总算有了自己的窝。男人很看重这个失而复得的窝，下班钻进去，再看见的时候已经是又要上班的时候了。把男人吸引到后院源于一段哭声。哭声时断时续、伴着尖叫从楼上传下来的时候，已经是凌晨一点了。那天晚上，男人因为加班，回来晚了。肚子就饿了。屋子里透着黑暗和冰凉，男人却没有吃的东西。回家的时候，男人看见小摊小贩早已没了踪影，附近仅有的几个小饭馆也已经黑漆漆一片。就是有一个馒头也好，形只影孤的男人只能把自己蜷在床上，和饥饿对抗。饥饿也是一种欲望，欲望如火，赶走了瞌睡，席裹了肉体。男人被这种欲望左右着，开始在床上烙饼。哭声就是在那时候传下来的。先是一声尖锐的喊声，接着又归于沉寂了。没事可干的男人不相信尖叫之后没有下文，停止了折腾，支起了耳朵。耳朵里充满了期望。男人没有失望，哭声虽然极力压抑着，还是断断续续地传了下来。

是个女声。

那声音像一只手，一下一下在男人的心上挠。挠得男人的心痒痒的、痛痛的，活生生把男人从床上拽了起来。站在屋子中间听了一会儿，声音又没有了。没有声音比有声音更折磨人。男人待不住了，轻轻地开了门，顺着漆黑的楼道往上摸去。楼道里没有灯，无尽的黑暗在楼梯上蔓延。有老鼠不打招呼地从身边匆匆经过，惊出了男人一身的汗。除此之外，一直到楼顶，再无一点儿动静。在每一家门口，男人都做一个短暂的停留，耳朵几乎要贴在门上。有一家门里的鼾息可闻，其他几家好像没有住人，一点儿动静也没有。男人想，一定是老鼠跑动的声音惊动了人，要不就是自己的脚步声止住了女人的哭声。

虽然楼层不是很高，下楼的男人仍然觉得很漫长。他几乎是一步三回头地往下走的，每一层都充满了希望，最终又把沉寂与失望洒满了楼梯。

回到屋子的男人感觉到饥饿更甚了。夜自然更深了，困意却一点儿也没有。男人躺在床上，想强迫自己进入梦乡，没用。思绪总是在头顶萦绕，然后离开房间，往楼上翘首。

楼上却再无声音。

男人躺不住了，在屋子里走来走去，就像一只被困在笼子里的野兽。“野兽”是男人的“前身”，在监狱里因为改造突出而被提前释放的男人从走出监狱大门的时候就对入狱前的自己做了定论。

会是什么人在哭呢？男人不敢想、也不愿想这个问题，楼上住了些什么人，他一点儿没有记忆。越是没有记忆，男人越是烦躁。窗外没有月光，屋子里好像一个封闭的地窖，没有一点儿光亮。男人突然觉得很憋屈，他有一种想逃出去的欲望。

打开窗户，有风扑入。身体凉爽了些，男人身轻如燕，一跃来到了后院，从下往上看去，每个窗户都黑乎乎的。却不知道哭声是从哪个窗户传出来的。男人一直往上看着。看得累了，后退几步，让身体在后院围墙上靠实了，继续看着。看得久了，男人恨不能把目光变成手，去拍每一个黑乎乎的窗户。

天刚刚有点亮色的时候，男人睁开了眼睛。目光所及之处，正好是楼顶。在睁开眼的一刹那，男人确确实实看到有一个瘦弱却极熟悉的女人趴在楼顶看着自己。男人几乎看见了还挂在她脸上的泪痕。男人不相信眼睛似的，揉了揉眼再看，却什么也没有了。楼顶光秃秃的，充满了欺骗。低了头，男人才发现自己只穿了一条内裤，神经失措似的站在后院，丑陋不堪。幸好窗户还开着，男人逃离似的钻入了屋内，关上了窗户。床上没有一点儿睡觉的痕迹。

上班的时间快到了，男人刷了牙、洗了脸，却不想去上班。男人重新上班以后，好像换了一个人，话不多，工作却很负责任，不按时上班还是第一次发生。男人屋子的门是用木板拼成的，时间久了，板与板之间就有了很大的裂缝。从里面可以看见外面；趴在外面的门上，也可以看见里面。外面是光天化日，不用从门缝里看，开着门可以光明正大地看。里面却是男人的世界，不能让别人偷窥了。有一天男人睡不着，躺在床上想女人。想得急了，身体就憋得难受。男人当然是个正常的男人，自然在自己的空间就做出了不雅的举动。男人刚把引得自己胡思乱想的根源骗出体外，就听见门外有响声传入。从那以后，男人就从车间拿了几张过期的废报纸，从里面糊了个严实。也把自尊留给了自己。男人想，自己可以不从门缝里往外看，别人也别想从外面知道自己的秘密。今天却不行了。男人急于想知道楼上住着的每一个人，尤其是女人。女人自然不能直愣愣地看，特别是像男人这样一大把年纪了的老光棍。男人只好在楼上的人还没有下来前，把糊在门后的报纸收拾干净，好把门缝的宽度重新找回来。

陆续有人从门前经过，一个个嘻嘻哈哈地出去了。男人觉得每个人都很陌生，每个人脸上也都看不出夜晚的“动静”。男人想，也许是门缝里看人、把人看扁了。确认再没有人下来，男人悄悄出了门，一层层地走上去，仍然没有发现丝毫蛛丝马迹。一扇扇门紧闭着，透着冷漠和寂静，一副拒人于千里之外的感觉。不知为什么，男人没有走到楼顶就退了下来。退下来的男人脸色煞白。

男人只好去车间。直到看见家属院传达室的时候，男人的脑子才电光一闪，急忙拐进了门外的小卖部，买了一包烟，重新走了进来。传达室里坐着一个老头，也许是晚上值班累了，正坐在椅子上打盹。听见有人进来，老头抬了抬眼皮，又合上了。男人长舒了一口气，看来老头确实不认识自己。

什么事？老头问。

男人不抽烟，急忙把买来的烟扔在了老头面前的桌子上。烟落在桌上的声音撑开了老头的眼皮，老头的眼睛不再合上。

有事？老头的脸上有了笑容。

男人急忙点了点头。

说吧。老头已经打开了烟点燃，贪婪地吸了一口。

我们楼上晚上老有人哭？男人走前了一步，我想问问您老，这屋子不会有什么问题吗？

老头瞥了男人一眼，你住几号楼？

四号。

四号？老头狐疑地看了男人一眼，不应该啊？多久的事了！

是个女的，每天晚上断断续续地，在哭。男人说。

也许是两口子吵架了，老头不耐烦地把剩下的烟扔了回来，快去上班吧，已经迟到了。然后，又眯起了眼睛，不再说话。

男人又问了几句，老头一副睡着了的模样。男人把烟放在了老头的桌上，走出了传达室。就觉得背上有东西砸了一下，虽然不痛，却吓了男人一跳。男人转过身，隔着玻璃看见老头仍然在昏昏欲睡，刚才放在桌子上的烟却躺在了脚下。男人低头捡烟的时候，又看了老头一眼。发现老头也在眯着眼睛看他。那目光异常锐利，看得男人心惊肉跳。

整整一天，男人心神不定。干活也心不在焉，老是出错。好不容易干完了，男人坐在车间外面，盯着头顶的太阳挥动着手臂，好像要把太阳赶走似的。吃完晚饭，男人早早就坐在了后院，等待着月亮升起。暮色上来的时候，男人看见楼顶有个女人的面容出现了，虽然模模糊糊的，但男人却觉得看得很清楚，女人的脸盘就像一轮圆月，皎洁而高贵，只是有一种说不出的清冷。男人站了起来，想看得更清楚一些，才发现只有月亮挂在楼顶，淡淡地洒着清辉。到了后半夜的时候，就有一种若有若无的哭声慢慢地浸透下来。男人竖起了耳朵，确认哭声是从楼顶传下来的。那种哭声，给了男人无限的想象力，勾得他不能不有所行动。男人回到了房间，拉开门走了上去。楼梯里黑洞洞的，男人怕惊跑了哭声，脚步很轻，一步一步往上挪去。哭声没有了，一阵脚步声却在幽长的楼道里次第传来，男人的头发竖了起来，他硬着头皮迎了上去。一个分不清是人是鬼的黑影冲着男人而来。迎面而过的一刹那，男人突然觉得这个人正是家属区传达室值班的老头。男人松了一口气，刚要打个招呼，却看见老头目不斜视，没有看见他似的，面无表情地飘然而过。男人愣了愣，还是决定上去看看。只有在晚上，男人才敢登到楼顶。结果和他想象的一样，楼上没有哭声，只有一扇扇紧闭的屋门。

难道老头发现了什么，回想起白天老头的表情，男人浑身颤抖了一下。下楼锁了门，男人来到了传达室。传达室里黑乎乎的，男人刚靠近，一个声音从屋子里冷森森地传了出来，这么晚了，还不睡觉？

只要有了人声，男人的心就回到了肚里。男人笑了，大爷，睡不着，来您这儿聊聊。

屋子里只能看见烟头在一明一灭，不再有声音传出。男人知道老头不欢迎，刚要离去，传达室的灯亮了，老头坐在桌前，无声地看着他。男人走了进去，看见桌子上放着一瓶酒，没有菜，只有几个馒头。那馒头，在灯光下发着白亮亮的光，剑一般刺向男人的眼睛。男人急忙移开了目光。老头拿起酒瓶，看着男人，喝一口？却把馒头往自己的身边移了移，好像怕男人抢去似的。男人接过酒瓶，一大口酒下了肚，老头脸上的敌意明显地少了些。男人急忙拿出烟，还是昨天买的那一包，老头没有推辞，接过来就点燃了一支。直到烟雾弥漫了房间，两个人却都狐疑地看着对方，不再说话，只是抽几口烟，就一口酒。酒本来只有小半瓶，很快就喝完了。男人站起来看了看老头，说道，走了？老头没有点头，也没有摇头。男人走出去的时候，感到老头的目光一直盯在自己背上。这种感觉，使他毛骨悚然。

回到屋子，男人又来到了后院。月亮很亮，就像是眼睛在楼顶默默地俯视着他。男人伸了伸手，好像要把月亮抓在手中。月亮高高地挂着，居高临下地审视着他。男人收回手臂，回到房间找了个黑色的塑料盆，端了满满一盆水，放在了后院中。立时，盆里就出现了一个月亮，很圆很大，就像老头桌子上放着的大大圆圆的馒头，在水里清棱棱地晃动着。男人看着看着，觉得满盆的水都成了月亮的眼泪。

以后的日子，男人每天晚上都能听到楼道里的脚步声。不用出门，男人知道传达室的老头又来了。每天在传达室遇见的时候，老头都是一副笑眯眯的模样，只有在深夜的黑漆漆的楼道，老头一直目中无人。男人几次随着脚步想和老头打个招呼，或者想请老头来屋里坐一坐。老头既看不见他的人、又听不见的他的话似的，自顾自地去了。时间长了，楼道里再有脚步声响起的时候，男人就不再出去了。他只是屏住呼吸，任那孤独而又沉重的脚步从心上踏过。脚步声响起前，楼顶老是有断断续续的哭泣声漫过，脚步声响后，楼顶、楼道就都寂静了，寂静得比深夜里的哭声还令人恐怖。

就像楼道里传下来的断断续续的哭泣声一样，男人的脑子里也断断续续地浮现出一段已经很久远的记忆——可能是在二十年前吧。老头原来是有一个女儿的，女儿在家属区门口摆了个临时摊位，向家属区内外的人兜售馒头。据好多买过馒头的人说，老头女儿出售的馒头并不怎么好吃。但是由于人长得靓，买馒头的人就络绎不绝。男人那时候还很年轻，年轻的男人对馒头情有独钟，所以就把馒头当成了主食，成了馒头摊最大的主顾。谁都知道男人的心事不在馒头上。事情后来的发展和人们猜想的一样，女孩不再卖馒头了，而是成了家属区里面的住户。衣服也变得光鲜了起来，只是，女孩不再是女孩了，而成了女人。女人脸上不再有笑容。每天晚上的时候，家属区里面总是有哭声传出。据说和女人结婚的是一个很孤僻的刚刚离婚的年轻人。年轻人长得一表人才，只是到了晚上的时候，总是折磨自己的女人。女人不从了，年轻人就会下重手。有好多人看见年轻人把卖馒头的女孩、也就是自己的女人头朝下地吊在六楼的窗户外。一楼的住户也多次看到，年轻人把女人蒸好的馒头从楼上天女散花般撒下来。馒头就像女人脸上的泪珠一样一个一个砸在一楼后院的草地上。楼下的住户想吃馒头了，就开玩笑说，楼上今天怎么安静了。

终于有一天，楼上扔下来的不再是馒头，而是卖馒头的那个女人。女人是头朝下跳下来的，奇怪的是，脸上却干干净净的，没有一点儿污秽。趴在一楼后院的草地上，脸部洁净得好像一轮圆月。看门的老头是在女儿死了好长时间以后才不知道从什么地方出现的，那时候，女人已经火化了。年轻人也已经被公安部门带走了，听说判了无期徒刑。老头的嘴嗫嚅着，却一句话也说不出来，只是不停地流着眼泪。厂里为了息事宁人，给老头找了一个看门的活儿，老头儿一直看到了今天。

男人也才知道，重新回到单位的自己为什么没有费多大劲，就分到了这间住房，原来是因为死过人，没有人愿意住的。那个卖馒头的女人，就是在男人现在的后院死去的。

这种记忆一旦复苏，就勾起了男人无尽的想象和奢望。男人总有一个奇怪的念头，那个女人没有死，要不，楼上每天晚上的哭声是从哪儿来的？

夜深的时候，男人老是发愣，眼前老是晃动着那个女人模糊的面容。一会儿在房间，一闪即逝；一会儿又在后院，站在窗前面无表情地看着他。房间、后院都没有了，男人就站到后院，盯着挂在楼顶的月亮发呆。看着看着，月亮就变成了女人的脸，满脸泪光。男人一边看着，一边用拳头砸自己的头，眼泪就挂满了脸颊。

男人知道女人原来住在六楼，只有在晚上的时候，男人才敢上去。借着手电筒的光亮，男人看见楼上已经挂满了蜘蛛网。看样子已经好久没有人来过了。

白天，男人却一次也没有上去。几次走到一半了，又退了回来。退回来后，男人就恶狠狠地盯着太阳龇牙咧嘴，恨不能活活把太阳吞下肚去。在男人的眼里，有了太阳，就没有了女孩的哭声。哭声也是一种存在。

男人越来越怕见传达室的老头了，每次从传达室经过的时候，男人都有些心虚，总是鬼鬼祟祟的伺机而过。晚上楼道里响起脚步声的时候，男人再也不敢出去了。男人只是坐在后院，一会儿看看头顶的月亮，一会儿又看看盆里的月亮，看着看着就泪流满面。

一个没有太阳、阴雨连绵的白天，男人在屋里实在待不住了，走了出来。楼梯像山一样横在面前，楼外的风声、雨声给了男人勇气，男人咬着牙往上走去。每离楼顶近一步，男人就觉得自己的头发慢慢地立了起来，面容也狰狞得如同魔鬼一般。男人知道，这才是真实的那个已经忘记了以前的自己。他一直向六楼走去，走到五楼，他再也走不上去了。他听见了女人的哭声，接着他看见了一个年轻男人——

那年轻人把那女人头朝下吊在顶楼的窗户外。男人紧张得心都停止了跳动。他死死地盯住年轻人的手。年轻人两只手分别抓住女人的两个脚腕。突然，他松开了右手，只用左手抓住女人的左脚腕。女人的右脚踢腾着，拼命地寻找大地，但那上面只有空气和灰蒙蒙的天空。男人的眼睛直了，因为他分明看到年轻人左手上的五根指头，一根一根正在缓缓地、缓缓地松开……男人飞了出去，他想抓住那正在往下坠落的女人。他抓住了女人的胳膊，胳膊脱落了，他抓住她长长的头发，头发脱落了，女人的脑袋也从脖子上脱落了，她突然间失去了所有的皮肉，变成了一具残缺的正在散落的枯骨。

第一个发现男人摔死的人是传达室的老头。

“他一定是从五楼上摔下来的！”

这是一栋五层的楼房，根本就没有六楼。

# 扫帚树

村子位于深山之中，树木就密，密不透风。黄土高原不像云贵高原、东北平原沉得住气，黄土也就没有红土、黑土金贵，脚下无根，就很轻浮，给满山的树叶化了浓妆。雨水当然少，因少更显得贵重，有时候几个月才来一次。村子虽然被绿色环绕着，头顶却总是灰蒙蒙的。村子里的人就很憋气，尤其是村子里水灵灵的女娃们。尼姑整天就被这样的心情围裹着。

早晨的时候，尼姑喜欢坐在门前的树墩上发呆。村子里的人还沉浸在梦乡，村子上空清新、纯净。空气也很好闻，凉凉的、软软的、酥酥的，直往尼姑的肺里钻。钻得尼姑的眼睛湿湿的、润润的，女娃娃的心事也像树叶上趴着的毛毛虫一样一拱一拱的，在心里留下了一条条痕迹，把心鼓捣得热热的，痒痒的。尼姑手就闲不住了，把满腹的心事都抚摸在了花花的身上。花花是小花花，虽然小，却懂心思，伏在尼姑脚前，一动不动。把尼姑积攒了十八年的柔情蜜意统统接纳。

那时候，村子上空总是氤氲着层层雾气。雾气似动非动，朦朦胧胧地延伸、纵容着尼姑的心事。尼姑就痴了、醉了，抚在小花花身上的手因激动而颤抖起来。小花花不失时机地轻叫两声，算作回应。

大花花就出现了。

村子里的肮脏就是从大花花的出现开始的。一直以来，尼姑都把村子里肮脏的根源归根于大花花。大花花一露身，尼姑就“醒”了。清醒过来的尼姑收回潮乎乎的目光，厌恶地盯一眼低着头的大花花，吐一口唾沫，花儿一样摇进了屋里。小花花从地上站起来，回头看看尼姑的身影隐在门内不见了，就摇一摇尾巴，欢天喜地地冲着大花花跑了过去。大花花却不领这份情，好像看不见似的，理也不理小花花，仍然低着头，挥动着大扫把，一下一下认真地扫着。小花花一副“小人不记大人过”的气度和风范，仍然摇着尾巴，围着大花花跑来跑去。大花花身后，尘土已经赶走了雾气，天空重归于灰蒙蒙一片。

很快就扫到了尼姑家门口。

村子里的人依山势而居。山多变化而无定数，村子里的土路就逶迤弯曲而又细长。大花花是从村外的东面往里扫的，尼姑家正好住在村子的中间（说是中间，是按路的长度而定的，每个家的屋后都是村外），每次扫到尼姑家门口，大花花总要停下脚步，伸展一下酸困的腰肢，擦一擦满头的汗珠和露珠。伸完擦过，大花花就支棱起耳朵，看看门里还有没有话语传出。门内静静地，大花花就接着继续往前扫。有时候门内就会传出一声，没水了。大花花高兴地“哎”一声，扔了扫把，拎起水桶屁颠屁颠地走了。这样的待遇能让大花花通过扁担把欢乐摇满山路。

等大花花挑水回来，鸡就叫两遍了，一个个脑袋从一户户门内探出来。人一动，整个村子就动了。轻飘飘的黄土就从脚下浮起，罩在了村子的上空。遥远偏僻的小山村，这时候才真正地脏了。

“老和尚”总是最后一个走出家门。站在门口，一锅旱烟吧嗒完了，两只手在鼻子上一捏，然后在鞋底一抹，拿起发黑的草帽扣在头上，背着手独自走了。大花花赶紧集中心不在焉的目光，抓起干活的家什，忙中偷闲再往屋内瞄一眼，跟在“老和尚”身后，往田地里去了。小花花紧跟在大花花身后，正在摇头晃脑地跑着，屋内传出一声“花儿”，小花花不情愿地停住脚步，回过头就又摇着尾巴跑回屋里了。

“老和尚”当然不是和尚，而是“尼姑”她爹。“尼姑”当然也不是尼姑，而是“老和尚”的女儿。深山偏僻，远离人群，连日本人的炮火也没有找到。村里曾经有两个人出山贩盐，一个带回了满脸的血污和惨无人道的消息，一个再也没有回来。从那以后，村子里再也没有人出去。幸亏和尚庙里有神赐的盐巴定期发放。村子里从此过上了与世隔绝的世外桃源般的生活。只是山村没有医院，甚至连个赤脚医生也没有。村子里不论人畜，都靠神灵照应。按照村里的习俗，神灵都不灵了，就是寿终正寝，该去“享福”了。

离村子不远的地方，有个老虎沟，老虎沟里有个和尚庙，庙里的老和尚一直照应着村子里的人。在村人的心目中，庙里的老和尚就是神灵。神自然是令人神往的，和尚也就成了萦绕在村人心头的光环，神圣而不可亵渎。为了一保平安，村里人最大的心愿就是生个男孩了，能起名叫“和尚”；生个女孩了，能起名叫“尼姑”。“和尚”“尼姑”不能乱叫，要靠庙里的老和尚来赐。据说，只有老和尚赐下的名字才有灵气，才能保得人畜兴旺、四季平安。因此，一年四季，老虎沟香火不熄，供奉不断。

每年正月初七，是村子里最神圣的节日。这一天，世代受到恩惠的村民都要去老虎沟和尚庙里去还愿。按照村子里世代流传下来的风俗，和尚庙只接善女，不见信男。家家户户只要有了成年的女娃娃，就有了受到恩赐的机会和可能。平时舍不得穿、压在箱底的衣服就在这一天派上了用场。山村里大年初一可以不穿新衣，每年的正月初七却是一定要穿的。在山里长大的女娃娃一个个打扮得孔雀一般,为的就是能给全家带来永久的平安。山里不论贫富，平安就是福气。从小有点孔雀模样的女娃娃还没有成人的时候，就成了全家的宝贝。田地是万万不去的，弄脏了手就玷污了神灵。如果在田地里看见成了年的女娃娃，那一定是在很小的时候，五官偏离了方位。在这里，播种耕田只是男人们的专利。

田地都在老虎沟周围。人们干活前，不管身在何方，都要先朝老虎沟方向双手合十，顶礼膜拜。只有大花花例外。小花花是狗，大花花却是人。大花花是个孤儿，从小是在老虎沟长大的，和寺庙内的老和尚相依为命。本来大花花是一直待在和尚庙里的，自从在庙里遇到了“尼姑”，就和老和尚不辞而别了。那时候，尼姑当然还没有资格叫尼姑，村子里的人都叫她小翠。小翠姑娘就像山里的竹子一样修长、摇曳多姿。小翠姑娘一般不出门，白天的时候只待在家里。偶尔有急事走出来，村子里就静了，静得能听见竹子拔节的声音。再好听的鸟儿也停止了叫声，整个村子静默成了一幅水墨画。小翠姑娘是在今年正月初七去了老虎沟的。十八岁姑娘的心事稠得如满山的尘土，飘飘洒洒浮满了村子的天空。晚上落了，白天又起，折磨得小翠姑娘只能依靠神灵的法咒。随同小翠姑娘一起去的小花花被小和尚拦在了庙门外。小翠姑娘第一次走进老虎沟，心儿就像落了小鸟的树梢一样上下晃悠。小翠跪倒在老和尚面前时，满山的芍药花已经爬满了粉嫩的面孔。一直闭着眼睛、手捻念珠的老和尚不由瞪圆了眼睛。半炷香的时间了，老和尚的眼里才恢复了慈祥的目光。老和尚的目光在小翠身上看了一会儿，终于移到了小和尚的身上。那目光如剑，一下就把小和尚刺到了门外。蹲在庙门外的小和尚，想跟老和尚一样闭合双目，却因定力不够，不停有露珠一样的东西滚出眼眶。小和尚脸上的露珠是被一直候在门外的小花花用舌头舔干的。小和尚就在那时候和小花花成了朋友。

小翠离开老虎沟的时候，已经不叫小翠了。小翠变成了“尼姑”，不但小翠变成了“尼姑”，小翠她爹也变成了“老和尚”。这一点，是庙里的老和尚后来当着全村人的面宣布的。村子里的人不知道是先有的老虎沟，还是先有的村子，或者说自从有了老虎沟和村子，还没有一次先例一户人家一次得到两个封号。这个破天荒的事更把小翠演绎成了村子里的孔雀。孔雀从老虎沟飞回来时，身后除了小花花，还多了一个人。这个人就是从小和老和尚相依为命的孤儿。孤儿原来是有名字的，叫小和尚。小和尚和老和尚一样，一直受到村里人的敬重。自从见了小翠，小和尚不愿当小和尚了，而变成了尼姑家的大花花。

大花花和小花花一样，尼姑赶也赶不走。那一年的正月初七，太阳只照在了尼姑一家人的身上。成了老和尚的尼姑他爹得到消息，一直迎着阳光站在门口，下巴颏上的山羊胡子一翘一翘的。脸上的皮肉因为绷得太紧，皱纹也少了许多。因为迎着太阳，眼睛就不太好使了，一起光屁股长大的伙伴离得很近了，他也看不清楚，目光直瞪瞪地只瞅着天上。刚开始看见小和尚的时候，尼姑他爹的脸上习惯性地布满了笑纹，但只笑了一半，那笑容很快就从已经僵化的脸上褪去了。

去，拿着扫帚扫扫院子。站在田地中的尼姑她爹不止一次看见小和尚拿个扫帚在和尚庙里扫地。

哎！小和尚应声而去，高兴地抄起了扫帚。

尼姑她爹很满意自己的表现，他在一瞬间就进入了他在梦中常常希冀的情景，不但完成了他从小翠他爹到老和尚角色的转换，而且顺理成章地就把小和尚使唤成了大花花。

只是，从小和尚转换成大花花、挥动扫帚的那一刻，村子里就脏了。

大花花在尼姑的房门口搭了一个棚，每天晚上和小花花躺在一起。天不亮的时候，就挥动了扫帚，尘土带着大花花的情绪在村子到处飞扬，常常把薄雾之中坐在门前的尼姑的心事污染得一塌糊涂。每月初七，是尼姑去老虎沟还愿的日子，那一日，按照惯例，村子里的人都不上工。每家每户的村民都躺在屋子里睡觉，村子里死了一样安静。只有大花花，疯狂地挥动着扫把，好像要把村子扫“醒”。

黄土飞起来，又落下去。村子就在这一起一落中恢复了宁静。多少年了，村子里一直这样宁静。村子里的人也希望一直这样宁静下去。这种宁静里面，透着安乐、祥和；溢着平安、饱暖。

打破这种宁静的，是天怒。暴风雨来临的时候，伴随着电闪雷鸣。巨大的山洪倾泻而下，把村民苦心经营的庄稼夷为平地，居住的房屋也岌岌可危。这是多少年都没有过的事了，日出而耕、日落而息的村人惊慌地发现，老和尚家的尼姑不知从什么时候起再也不去老虎沟了。这种异常的变故让村子里的人惶惶不可终日。每个人出门都抬头看天，预防着大祸再次降临。

村子里的人是在一天晚上涌入尼姑家的。那天晚上，天空连一颗星星也没有。

老和尚蹲在屋角，面对突然而至的邻居，没有了往日的威仪，低头脱了脚上的鞋，用鞋底不停地在自己的脸上来回抽动。尼姑惊慌着身体躲在大花花和小花花身后，却怎么也掩盖不了已经隆起很高的腹部。村民们在那一刻都有了一种被愚弄的感觉。面前的尼姑哪里还有一点山中孔雀的样子。

谁干的？怒吼声惊天动地。

尼姑低头不停地哭泣，老和尚挥动鞋底的速度更快了。

说！无数双瞪圆的眼睛成了一个个小灯笼。

尼姑吓得把大花花往前推了推，以便更好地藏在大花花身后。

我，大花花的声音像佛经一样动听，是我干的。

屋子里所有的人都长长地舒了一口气，老和尚也停止了鞋底在脸部的摩擦。舒气之后的人们重新愤怒起来。多少年了，村子里也没有出过这样的丑事。愤怒的村里人摸黑把罪魁祸首大花花捆了起来，绑在了村外的大树上。早就有人在树周围堆满了黑乎乎的柴火。柴火横七竖八，似一把把尖刀，团团困住了大花花。大花花面无惧色，鄙夷地看了看村人，然后冲着老虎沟方向喊出了一声令村里人魂飞魄散的话，老和尚……

村人面面相觑，拿着火把的手忘了点燃柴火。一声“阿弥陀佛”从天而降，村人诧异的瞬间，老虎沟的老和尚飘然而至。老和尚双手合十，微微低头诵了一句“我佛慈悲”，旁若无人地解开了大花花身上的绳索，带着大花花飘然而去。

整个村子睡死的时候，已是后半夜了。后半夜燃起的大火，把整个村子都映红了。村子里却没有一个人发觉。后半夜出现在村子里的，除了火光，还有小翠的哭泣声。

天亮了，上地的村民照例向老虎沟膜拜时，看见老虎沟成了一堆废墟，到处是燃而未尽的灰烬，以及还残留一角的太阳旗。村人不知道那是什么东西，双膝着地，头颅争相没入泥土。

直到第二年，老虎沟里长出了一棵树苗，村里人悬在嗓子眼的心才落了地。那树苗很是奇异，见风便长，见雨就蹿，很快就长成了一棵大树。上地的村民开工之前，仍然对着大树参拜。只是，双膝着地的村民把头从泥土中抬起的瞬间，总看见那大树旁边有一条狗围着树身不停地转圈。那树傲然而立，满身的叶子清清爽爽地抖动着，远远看去，活像一把扫帚。

村子里从此就干净了。

# 看不见的蚊子

女人就是这样，刚刚还感性得如胶似漆，马上就理性得咄咄逼人。

男人两只脚还未踏进出租屋的门，手机短信像一颗子弹，嗖的一声，让他浑身一颤。随即，又是一声“嘟”的警示声。在公园柳枝下卿卿我我的时候，手机就不停地提示电量不足。男人看了看桌子上的插座，决定先看女人的短信。生活经验告诉男人，人的感情，可以无穷尽地反复折腾；手机比人娇贵，一个月就得将电池里的电全耗完了再充，才能延长寿命。

也是累了。

男人躺在床上，在手机的警示声中，打开了信息。女人这次的信息很短，凡事总有因果，你告诉我，为什么在 ABCD 中，你一个也看不上，单单选中了我这个 E？这确实是个很难回答的问题。女人已经无数次这样问了，每次都在缠绵之后。男人也无数次这样想过，却一直没有答案。ABCDE，貌似主动权都在自己手中，最终结果却是 E，这个问题怎么回答都觉得是个阴谋。

是啊，到底为什么呢？

问题没有解决，手机却耗尽了最后一点电量，自动关机了。该充电了。

男人从床上爬起来，刚用充电线将手机和插座连接起来，屋子里的灯突然灭了。男人在黑暗中探头望了望窗外，整个世界都陷入了黑暗。楼道中偶尔传来一两句叫骂声，撞击一下黑暗，又很快被黑暗吞没了。屋顶的风扇苟延残喘了几下，也不动了。屋子中瞬间除了黑，就是静，一丝丝热气蒸馒头似的，扭扭捏捏地熨帖在了一丝不挂的皮肤上。身体立即有些发胀、发热，打开窗户是唯一的选择。果然，有风进入。除了风，还有光。微弱的光，但已足够。

男人的目光有了去处，一直盯着窗外的光。光像现在的自己，有些茫然，也很无助，在黑夜中。渐渐地光消失了，男人没了目标，就有了困意，闭上了眼睛。有些事情，睁着眼睛看不见，一旦闭上眼睛，平时看不见的，就一幕一幕地出现在了眼前——

有一只大蚊子从窗口翩翩而入。蚊子全身金黄，光灿灿的，似透明而未透明，就像一潭湖水，看似清澈无比，却怎么也看不到底。原因未知。未知就透着神秘，充满捉摸不透的意味。况且大蚊子的两只眼睛很亮，发出锐利的光，是那种能刺穿人心的光。男人有些心虚，开始躲避大蚊子的目光。但是，没用，大蚊子落落大方，很是优雅地落在男人的床头，开口说道，我姓金，你可以叫我小金。男人在心中嘀咕了一句，你不说，我也知道你姓金。你要是个人类，肯定是这个社会上人人羡慕的金领中的金领：有房，却没有房贷；有车，不是宝马，就是保时捷。工作之余，不在外滩日浴，就在咖啡馆沉思。手指细长，有淡淡的指甲油，虽然白皙，食指和中指间却常飘逸着袅袅烟气。一举一动，优雅、妥帖，连同抽烟的姿势，都是一幅工笔画。这种女人，由于出众，因而强势。不在外表，而在骨髓。脸上带笑，目光却习惯性地有些居高临下。男人庆幸自己躺着，否则，就直不起腰来。

大蚊子扇动了一下自己金黄金黄的翅膀，幽幽地说，每个人都有一些隐私，不愿意告诉别人，甚至自己都不愿意承认。那么，你呢？

男人疑惑地眨了眨眼睛，一脸更加茫然的表情。

大蚊子又笑了一下，满脸的真诚，你该不会不知道这是谁说的吧？见男人不好意思地躲开了目光，大蚊子宽宏大量地说，弗洛伊德。

男人是学工的，只知道弗洛伊德是性学家，却不知道他竟然说过这样莫名其妙的话。不知道就不能冒充知道，免得更难堪。男人不再和大蚊子犀利的目光对视。

大蚊子叹了一口气，语气重新变得慢悠悠的，不要对别人要求太高，不要指望别人会同你一样对你那么感兴趣。这句话像对自己说的，说完又看了男人长达一米八、有八块腹肌的躯体一眼，忘了告诉你，这是英国哲学家罗素说的。

大蚊子说完，见男人没有反应，本不打算废话了，想了想还是说道，人不能只为自己活着，还要为社会尽责，比如我，就资助了五个困难学生。

男人只觉眼前一道金光，大蚊子已没了踪影。男人刚刚喘了一口气，偏偏有一句话从黑暗中传了过来，可惜了一副好皮囊。男人顿觉满脸臊红，浑身又燥热起来：自己还在尘世中挣扎，人家已经走到精神的高度了。

男人下意识地拉开被子，盖住了肚皮。无奈太热，又烦躁地用脚将被子蹬在了一边。

让“上甘领”给羞辱了吧？一个幸灾乐祸的声音在耳边响起。男人抬头，不知什么时候，一只白光闪闪的大蚊子站在床头，戏谑地看着他。这只蚊子全身雪白，只有翅膀是金黄色，虽然停在了床头，却不停地扇动翅膀，一副随时准备飞走的态势。男人知道这次来的是“白金领”，虽然比不上“上甘领”，但显然身价不菲，这点从不停扇动的金碧辉煌的翅膀上可以看出来。男人只能低下了头。

我喜欢猫屎，你呢？白光闪闪的大蚊子一开口就切入了主题。对她来说，时间就是金钱，就是生命，无谓的浪费时间就是浪费金钱和生命。何况，她的生命比这个世界上大多数人的生命都要金贵。

猫屎？男人虽然疑惑，但却实话实说，我和你不一样，谁的屎我都不喜欢。

白光闪闪的大蚊子同情地看了男人一眼，振翅欲飞，看了看男人棱角分明的脸庞，觉得长成这种模样的一个男人，不应该孤陋寡闻，更不应该不学无术，没有品位，她觉得自己有责任、有义务给这个男人普及一下相关知识。

不知道还是没听说过？

既不知道也没听说过，男人说。

这是世界上最昂贵的咖啡，产地印尼，原名麝香猫咖啡，说穿了，就是麝香猫屙的很稀有的一种粪便。

男人觉得不能被动下去了，开始反驳道，再稀有也是粪便。

白光闪闪的大蚊子真的觉得是在浪费时间了，扇动翅膀的频率更快了，一道白光一闪，已经走了的大蚊子又折返了回来，她在空中继续扇动着金色的翅膀，看也不看躺在床上的男人一眼，好像对着屋子里一切无知的东西或者物件说道，麝香猫肠道里特殊的细菌为咖啡豆提供了独特的发酵环境，经过麝香猫肠胃发酵的咖啡豆，特别浓稠香醇。当然，也特别昂贵，不是什么人都知道的，更不是什么人都能享用的。

懂吗？白光闪闪的大蚊子说完，无影无踪了，把不屑和嘲讽留满了整个屋子。

男人有些沮丧，心想应该看看皇历，今天是不是不宜见客？男人闭上了眼睛，想用睡梦把难堪和不适驱赶掉。越是想睡，却越睡不着，屋子里静得能听见呼吸声，还有热气，即使躺在床上不动，汗珠也从皮肤上面贼头贼脑地探出头来。

更要命的是，额头上突然一阵痛，针刺一般，接着就奇痒难耐。男人伸手去挠的时候，发痒的部位已经鼓起来了一个大包，越发地痒。以前，男人在黑夜里也曾被咬过，却从未有这般痛，这般痒。看来今天遇到的都不是善茬。男人觉得自己今天够倒霉的，待在自己的家里，躺在自己的床上，没招谁，更没惹谁，精神上被一次次羞辱不说，肉体上也未幸免，遭到了突然袭击。

男人有些不高兴了，毕竟，在这里，自己是主人，这个站在床头上全身发黄的大蚊子是入侵者。

为什么咬我？男人问。

让你清醒清醒，黄色的大蚊子竟然满脸诚恳，看那表情，她张口咬了你，你不但不应该恼她，反而应该感谢她。

好男不跟女斗，虽然男人不知道自己算不算好男，但最起码自己是男人。男人没有继续质问，他开始认真地打量这只近在咫尺的大蚊子。这只蚊子大小和前两只差不多，所不同的是，这只蚊子从翅膀到躯干，都是清一色的黄色，就连眼睛也是黄色的，就像黄金的颜色，金灿灿的喜人：奢华外露，又不乏真诚。

我承认，我是个颜值控。黄灿灿的大蚊子很认真地说，从第一眼看见你，我就喜欢你了。原来我不相信一见钟情，直到见了你，我信了。说着，还不忘看看男人满身的疙瘩肉。

看着大蚊子太过直接的目光，男人感觉自己成了菜市场案板上的肉。虽没有跌到任人宰割的地步，但却任由挑选，尊严全无。

男人冷冷地看着大蚊子，沉默不语。沉默的男人有力量，黄灿灿的大蚊子收回了贪婪的目光，以变换主题的方式表达着诚意，自我介绍一下，我有一套房，十五年房贷；也有一辆车，虽然只有二十多万，但足以代步了。

男人说，我没房。

我有啊。

男人又说，我也没车。

我的就是你的。

男人笑了，你是无所谓，可我是男人，我什么都没有凭什么和你在一起？

黄灿灿的大蚊子默默地看了男人半天，她显然没有考虑过这个问题，就像她不断告诫自己不要有女权思想一样，她也不希望男人有男权意识。很显然，这是个较真的男人，较真的底气来源骨子里那点可怜的自尊。她不喜欢较真的男人。男人一较真就和一毛钱也不值的尊严扯上了关系。男女关系，只要较起真来，就注定是一个既头痛又说不清楚，也没有答案的问题。

黄灿灿的大蚊子没有打招呼，就消失得无影无踪了。她想，虽然不舍，但在这样一个只有胡歌容貌没有胡歌内涵的男人性感的额头上留一个记号作为回忆，足矣！

夜色越发浓了，让男人疑惑的是，天越黑，他的眼睛却看得越发清楚。浓稠的夜色，在他眼里，就像白天的空气一样，是透明的，没有给他造成丝毫视觉上的障碍。一连串的打击，使得男人不想再睁开眼睛。不管是光灿灿的，还是白中透金的，抑或金灿灿的，带给自己的都是羞辱和对男人尊严的践踏。但是，没用，不管他睁开眼睛，还是紧闭双目，眼前都是一片清明、透亮。

床头成了大蚊子的落脚点，男人看到，又有一只大蚊子突然出现了。这只大蚊子全身洁白得吓人，连翅膀也是白色的。如果说和前面的几只有什么不同，除了颜色，那就是她很安静，连翅膀也没有抖动一下。看得出来，这只大蚊子的心态不错，不像前几只那么浮躁。男人想，天本来已经热得燥人，心再烦躁，这日子还怎么过？男人莫名其妙地对这只很白却不透明的大蚊子有了一种好感，她的安静和纯净，给了男人一种真实感。更让男人爽心的是，她看男人的目光是羞涩的，现在有羞涩能力和羞涩意识的人都不多了，何况是蚊子。

你好？男人第一次主动开口说话，我的情况你了解吗？

了解，纯白的大蚊子羞涩地笑了笑，不了解我就不敢来。

同样是说话，这话让男人听了很有感觉和底气。

我还是自我介绍一下，男人说，我虽然工作五年了，但还没有买车。

大蚊子笑了笑，你上班坐地铁？

不，男人有些不好意思地说，我跑步去的。

大蚊子这才看了男人的身体一眼，信服地点了点头。最关键的是，男人在大蚊子的眼睛中，看到了赞赏和惊喜。

我也没有攒够首付？男人说。

加上我的就够了，大蚊子又是羞涩地一笑，房子是一笔很大的投资，两个人一起供，住在里面才舒心、安心。

这句话好像专门对男人说的，男人也好像一直在等待这句话。因了这句话，男人几乎已经认定，上苍终没有负他，此生自己的缘分终于来了。男人知道，这种缘分是可遇不可求的，男人从床上坐了起来，面对着白得令他惊喜的大蚊子，一字一句地说，我没有任何问题了，你还有什么要求？

大蚊子的目光中也涌出了一份热望，别的没有什么了，就是有一点要说明一下，我是单亲家庭长大的，我妈为了养我吃尽了苦头，所以我还希望陪伴自己一生的人要有孝心，以后买了房能不能把我妈接过来一起住？

茫茫人海，芸芸众生，这个世界上总有一款姻缘属于你。男人忘了这是从哪本书上看到的话，男人却知道这句话真真实实地应验到了自己身上。等待虽然漫长、艰辛，一旦等到了，所有的付出都是值得的。眼泪几乎要夺眶而出了，男人抑制住感情，说出了心里话，应该的，我们有了房子后，我也想把两个老人接过来一起住，加上你妈，我们就是五口之家了。那样，虽然挤点，但我们就没有后顾之忧了。

屋子里除了黑，有了瞬间的安静。

这样子啊？白白的大蚊子尴尬地笑了笑，可能是资料搞错了，你的父母都在啊？

男人疑惑地点了点头。

白蚊子又客气地笑了一下，依然是满脸羞涩，光顾和你闲聊了，我都忘了，一会儿我还有一个约会，已经浪费不少时间了。

男人眼睁睁地看着白色的大蚊子飞走了。一边飞还一边回头看看，撒下了和男人一样的说不尽的惋惜和遗憾。男人一直盯着那雪白雪白的身段远去，但也就除了白，男人什么都没有看见。大蚊子虽然全身雪白，却并不透明，男人觉得自己一下子从云端跌了下来，瞬间变得全身冰凉。

屋子里除了黑，还很安静。

依然热。

在这个酷夏的夜晚，只有热和静对自己不离不弃，一如既往地陪伴着他。男人不再感觉到热了，他从内心对热也没有那么反感了。他只想在这个热气腾腾的夜晚，静静地想一想，想想自己，想想这些光彩夺目而又自由自在、在自己面前飞来飞去的大蚊子。她们每一个都把自己的床头作为暂时休憩的一个场所，而自己，对每一只飞来的大蚊子都心生暗羡，在夜晚做着白日梦。

是该清醒的时候了。

你好？一个怯怯的声音，犹犹豫豫地从床尾方向飘了过来。

男人没有回答，他不知道怎么回答。他不用回头，就可以看见床尾。但目光所及之处，清清爽爽的，什么也没有。

你还好吗？那个声音又飘了过来。

男人瞬间吓出了一身的汗，你是谁？

我是小蚊子，那个声音说，一只微不足道的蓝色的小蚊子。

既是蚊子，我为什么看不见你？

因为现在是深夜，屋子里又没有灯光，你当然看不见我了。

不对，男人反驳道，为什么其他的蚊子我都能看得见？

床尾沉默了一会儿，终于说道，和站在床头的那些精英们相比，我的能量太小了，所以没有办法让你看到我。

男人还没有来得及回答，就听到床头传来了一阵哄笑声。声音似曾相识，男人不由得回过头，看到在床头，一字排开四只大蚊子，她们或黄得透亮，或白中带黄，或清一色的白色和黄色，不管什么颜色，一个个都亮晶晶的，在黑夜中闪闪发光。她们以自身的光彩证明自己就是这个世界上的强者，如果她们是女人，就应该叫作女强人。

这些蚊子界的女强人如果按照收入排序，还有另外一个称号，依次叫作上甘领、白金领、金领、白领。小蚊子说，而我，只是一个可怜的蓝领。

知人者智，自知者明。胜人者有力，自胜者强。你能有这番见识，可见孺子可教。上甘领幽幽地说完，不忘补充一句，前面是老子说的，后面是我说的。

品质是一切生活的保证，包括情感。白金领很严谨地说。

我虽然痴迷外表，但我也重内在，金领语重心长地说，内外兼修才称得上一个好男人。

白领鼓着圆圆的眉清目秀的眼睛，羞涩地看了男人一会儿，才小声小气地说道，无可奉告。

看着四只大蚊子说完了，男人回过了头，懒洋洋地躺在床上，正在琢磨怎样回答，屋子里的灯突然亮了，黑黑的屋子瞬间亮如白昼。几乎就在来电的同时，男人发现，床头空空如也，连一只大蚊子也没有了，更看不到她们身上的光彩了。更为奇怪的是，床尾的那只小蚊子却突兀地出现在了面前，身上发着蓝幽幽的光。男人看到，在自己赤裸的身体面前，小蚊子满脸绯红，不好意思地低下了头。男人赶紧抓过被子，盖住了裸露的身体。

你想好，趴在床尾的小蚊子眼睛一闪一闪地看着男人，我只是个底层打工者，和这些站在床头的白富美没法比。

男人又看了一眼床头，床头依旧空空如也。男人玩笑道，她们都不在了，你没必要作践自己。

不，小蚊子说，她们都在床头看着你，只不过你在灯光下看不见。

任是男人胆子再大，看着空荡荡的床头，也被吓得魂飞魄散了。

当然，也把男人从睡梦里吓醒了。醒过来的男人浑身是汗，发现屋子里亮堂堂的，电不知什么时候已经来了。黑暗都被赶到窗外去了，屋子里没了黑，也不再静了，头顶的电扇吱吱吱地转了起来，落下来的风比窗外的凉爽。手机也响个不停，男人拿起来一看，里面全是女人发来的信息。虽然每一句话都相同，但每一个字都像子弹，一颗一颗射向了男人，老实交代，为什么 ABCDE 中，你单单选定了我这个 E?……

我喜欢能看见的小蚊子，男人回复道。

# 东　西

开会的好处在于，上午能知道下午的事情，今天能知道明天的安排。这不，时间还在上午的长河里溜达，议程上已经清清楚楚地标明了下午的去向。

小东坐在这座城市最高档最现代化酒店的会议室里，眼睛盯着眼前的桌牌发呆。主席台上发言的人还陶醉在远古时代，眼睛缥缈却又口若悬河，胸前的红领带激动而又尴尬地左右飘荡。这是一个由甲骨文出发探讨人类情感起源的研讨会，每一个发言的所谓的专家感情充沛而又丰富，酒店的灯光效果不错，不时从嘴里喷出来的唾沫星子星光四溅，和台下睡觉的人嘴角流出来的哈喇子相互成趣，形成呼应。坐在小东身边这位美得好像从西方历史中走出来的姑娘正在酣睡，但这并未影响发言者的情绪。会议气氛庄严、肃穆，更显得前排就座的嘉宾面前的桌牌很精致，质地几乎和那块最醒目的“请勿吸烟”的牌子能媲美。参加会议的人不少，但不是每个开会的人面前都有一块桌牌，小东面前就有。与无趣的从几千年上空飘过来的会议内容相比，小东觉得自己好像专门是为了面前的桌牌而在这里坚持着。

议程表上显示了下午的去向：参观景点。身处人间天堂，连小孩子也知道最有名的景点是西湖。小东看着面前的桌牌，不由得会心一笑，那笑容，有些贪婪，有些神往，就像身旁打盹的这位瓷娃娃一样的女孩，睡着睡着，突然伸出舌头，把已经流出嘴角的涎水全部卷进嘴里，然后，更香甜、更惬意地睡去，满脸的心满意足而又媚态百生。一般会议，重要嘉宾面前的桌牌都是用电脑打的楷体，很少有手写的桌签。况且，况且还是甲骨文。甲骨文的美妙在于使得名字的每个笔画看起来都很有想象力，比如小东名字中的那个“东”字，笔画既规律又飘移，远看像极了西湖的流水，既摇曳生姿，又波澜不兴地向他流来，活生生地流进他的心里；近看却像一只硕大的蜘蛛，静静地趴在那里，似乎在织一张网，又似乎在等待着一种情感归宿。

是那棵树先进入眼帘的，还是小西先吸引目光的，一直是个没有统一答案的问题。小西的眼睛一眨一眨的，满脸的调皮，这也能成为问题，当然是小西了。小东佯装出满脸的委屈，我也觉得应该是小西，但事实却确确实实是那棵歪脖子树。

西湖远看是白色的，亮晶晶地刺眼；走近了才发现是绿色的，墨幽幽地勾人。那棵树就长在西湖边上，大腿粗细，青筋密布。离地不到两米处，树干突然成九十度向湖中弯曲四五十厘米，然后又直直往天空伸去，酷似歪着脖子低头凝视湖水。小西站在树旁，身着一袭墨绿色的连衣裙，树干一般纤细。微风一吹，亭亭玉立却又衣袂翩翩。小东眼前有些恍惚，不知道是树迷住了眼，还是人颤动了心。只是觉得，树也熟悉，人也熟悉。自己和那树那人，好像已有了数千年的缘分。

应该是脚步声惊动了佳人，面对西湖正在陶醉的小西忽然回过了头，湖水般的眼睛从小东的身上滑了过去，也许略有停顿，也许没有，尽管视点不在小东身上，小东只觉整个人都酥了。微风又起，连衣裙随风飘动，搅起满湖的涟漪。人似乎在动，身旁的树却一动未动。动静之间，小东的心似乎荡漾成了一池湖水。脚已经不听使唤，犹自前行，将小东带到了歪脖树下，小东在树旁站成了另一棵树。

小西再没有回头，眼睛沉浸在湖水中。好长时间，两个人都没有说话，小西不说，小东不敢说。树成了两个人的纽带，一东一西连接着两个人。

还得说话，虽然，小东第一眼看见她，就有一种似曾相识的感觉。但这种“好像在哪儿见过”作为男女搭讪来说，显然有些老套了。好在，小东面向小西的时候，小西也侧过身，眼睛湖水般静静地看着小东，没有一丝惊讶，或者陌生的感觉。那神情，好像面对的是从小一起长大的发小。还是小西先开的口，好奇怪，我们好像在哪儿见过？

不是在梦中，小东不失时机地展示了一下自己的幽默，我们天生就熟悉，只是一直没有谋面。

小西闻声笑了，笑开了满湖的涟漪，我叫小西。

我叫小东，小东露出了两排牙齿，小西从哪里来？

既叫小西，自然是从西而来，小西说完，有点忍俊不禁，小东该不会从东面而来？

正是自东而来，小东努力不使小西误认为自己在开玩笑，满脸认真，小西到哪里去？

自然向东，小西眨了眨眼，小东肯定志在西方？

两个人都笑了。笑声中，小东在小西的眼中找到了自己；而小西，也发现自己的笑容正在小东的瞳孔里绽放。东西相向，歪脖树下既是必经之路，又是相遇之处。东西茫茫，大路条条，相见即是缘分。小东偷偷地用手在腿上掐了一下，疼痛告诉小东，自己不是在梦中。只是小东一直在心里嘀咕，很奇怪，自己和小西虽是第一次见面，却没有一点儿陌生的感觉。不但没有，反而好像认识了几千年似的。俗语云，眼睛是心灵的窗户，通过小西的眼睛，小东知道小西和自己的心思一样。

那么，小东问，小西站在湖边看什么？

小西的目光很狡黠，你猜？

湖面上金光闪闪，好像一粒粒玉米粒在跳舞，小东说不出为什么，反正就是这种感觉，就笑了，该不是来看玉米的吧？

一丝惊异从小西的眼中掠过，小东怎么会有这种想法？

小东又笑，干脆把臆想进行到底，我是来西湖种玉米的。

在湖水里种玉米？小西歪着头，亏你想得出。

不相信？小东手指向湖水，看见了吗，已经种好了。

墨绿的湖水中，摇曳着一个模糊的影子，低头看去，真的像一株玉米。那株玉米纤细、修长，随着水波不停地变幻。细看，小西才发现是自己的影子。小西第一次看到变成了玉米的自己的影子竟然如此耐看，她痴痴地看着自己的身影随着水波摇曳，先是呆了，然后脸才红了。

在许愿？虽然没话找话，却总算是有了一个台阶。

小西借机点了点头。

可以分享吗？

小西从湖水中收回目光，脸色绯红却又调皮地一笑，变被动为主动，你再猜？

小东极力使自己的语气显得淡淡地，你想吃玉米？

小西不再笑了，她静静地看着小东，就像看自己的影子一样，半天，没有说话。

小东却没有看小西，肚子告诉他，小西和自己一样，饿了，而湖水上方，一直似有似无地飘荡着清新的煮玉米的香气。有一艘小船靠在了岸边，不等艄公开口，小东就拉着小西跳上了船。船在水中一阵颠簸，小东的心也开始晃悠起来，我们真的很熟悉吗？怎么刚见面就有了如此亲昵的举动，而且，他拉得是那么自然、那么随意，小西也好像心意相随。要知道，我们可是刚刚从远古的甲骨文时代走出来的？！抑或我们在那个时期就熟悉？

艄公是个很年轻的小伙子，上身只穿了一件背心，前心后背上的肌肉鼓得像一只只小兔子，好像随时都要从背心里跳出来，脖子上的青筋条条暴起，四周却缠绕着一条红色的领带。这种穿着背心打领带的方式就好像站在现代论古代，总给人一种极其荒谬的反差。趁着艄公不注意，小西碰了碰小东的胳膊，小声说，这条领带应该在哪儿见过？小东回应道，是有些眼熟。小船在墨绿的湖面上割开了一条水路，晃晃悠悠地前行，艄公低头摇橹，鲜艳的领带在空中跳跃。近处的桥、远处的塔，都静默成了一幅山水画。小东和小西都有一种船在画中游的感觉。两个人还没来得及欣赏四周的美景，一曲突兀的歌声就从艄公的嘴里钻了出来，愣生生地打破了画面感——

不要问我从哪里来，

我的故乡在远方。

为什么流浪，

流浪远方，

流浪……

歌声透着莫名其妙的高亢，曲调却像被小船撞破的湖面，溢起了满湖的波纹。小东听着揪心，遂转移了话题，向小西逗趣道，你听，这腔调像不像会场主席台上发言人的声音？

还有那条领带。小西说。

小东和小西从歌声中走了出来，笑了，笑得小船重新摇晃了起来，笑得艄公闭上了嘴巴。歌声停了，船自然就快了，小船很快把两人送到了湖心岛上。

湖心岛好像西湖的心脏，搏动得很起劲。岛上人来人往，热闹异常。小东和小西惊异地发现，湖心岛上竟然也有一棵和湖边一模一样的歪脖子树，树下，果然有一个穿绿裙子的姑娘正在叫卖热玉米棒。小东跑到跟前的时候，听到姑娘对围在旁边的人说，没有了没有了，卖完了。看到小东，姑娘意味深长地冲着他笑了，从盒底拿出了一个冒着热气的玉米棒，说，最后一个了，专门为你留的。小东顾不得多想，急忙把热玉米抢到了手里。刚要付钱道谢，姑娘已经汇入了人流，转眼间不见了。没有了热玉米的吸引，四周的人群也瞬间消失了，歪脖树下只剩下了小东和小西两个人。歪脖树下一片空旷，歪脖树上香气萦绕，小东兴冲冲地把热玉米塞进了小西的手中，完成了一桩心愿似的，长长地舒了一口气。

小东第一次来到西湖，他觉得西湖就应该是这个样子。站在西湖中心看西湖，俨然已经和西湖融为一体，雷峰塔巍然耸立，断桥横卧一方，只有湖水缓缓地流淌，宛如心中的情愫，源源不断。湖水之上，塔与桥遥遥相望，含情脉脉。歪脖树下，小东和小西相对而坐，小西认真地剥着玉米粒，一颗一颗地剥着。剥一颗留在手心，再剥下一颗。小东惊异地发现，小西拿在手中的不是普通的玉米，颗颗玉米粒都被一层厚厚的稃壳包裹，这种有稃玉米就像中国的甲骨文是文字的祖先一样，竟然是传说中的玉米的祖先。这种玉米虽然有五千年的历史，但传入中国不到五百年，而且传入的时候已是进化过的物种，怎么会在人间天堂的西湖出现？小东瞎想的时间，稃壳已被小西熟门熟路地一层层剥去，玉米粒带着丝丝热气，跳跃在小西的手中。不一会儿，小西的手心就被玉米粒占满了。小西用另一只手认真地把玉米粒中的穗儿捡干净，把手伸到了小东的面前。小东觉得，小西的手好像是从五千年前的时空伸过来一样，幽深而遥远，情深又意重。小东才忽然明白了自己在看到小西第一眼就莫名其妙地想到了玉米的缘故。

我不吃，小东摇摇头，给你吃的。

小西湖水般的目光望着小东，小巧的手坚定地举在小东面前。

小东又摇头，你吃一粒我再吃。

小西的目光转了一下，好像湖水起了涟漪，一起吃。

小东和小西坐在湖心岛上，你一颗我一颗地吃着金灿灿的玉米粒。他们吃一颗，在湖水上跳跃的玉米粒就少一粒，仿佛他们不是在吃玉米粒，而是在吃着金灿灿的光阴。一粒光阴一寸金，两个人都吃得很慢，好像怕吃完似的。身旁，春天的阳光已经西斜，湖面上泛起的金色的光已经变得星星点点。小东和小西沐浴在晚霞中，好像没有了躯体，只剩下一个金灿灿的轮廓。小东看见了小西脸上金黄的茸毛，而小东耳朵上的汗毛也落入了小西的眼中。不管是脸的轮廓，还是耳朵的弧线，一切都是那么地灿烂，又那么地虚无。两人都有一种不真实的感觉。

湖面上泛起雾气的时候，小东的目光越过小西的肩头，落在了断桥上；

小西的目光也从小东的头顶穿过，在雷峰塔上变得痴痴呆呆。在情男痴女的怨艾中，时间老人迈着矫健的步伐，不一会儿就把雷峰塔和断桥在他们的眼中变得和心里一样，朦朦胧胧的，感觉有，却说不清，道不明，看不见。景区管理人员的催促声越来越近了，没有理由再待下去了，再不上岸，没有了船，就上不了岸了。小西收回目光，看着小东，一声不吭。小东知道小西的想法和自己一样，期望永远这样坐着，就这样坐着。却无法再坐下去，宛如人生，相遇是偶然，分离却是必然的。就像眼下，即使他们再肆意厮守，景区也不允许。回到船上的时候，小东看到小西的眼角有一行泪珠爬成了蚯蚓，在月光下亮晶晶的。小东感觉到口腔里一阵苦涩，他把眼泪吞进了肚子里。艄公还是那个艄公，和先前判若两人，只是低头摇橹，一声不吭。湖水也成了阴阳脸，前一会儿还亮得刺眼，好像一粒粒金灿灿的玉米粒在湖面上跳动，这会儿却黑得什么也看不见，只有小船无声地在月光下穿行。黑夜来临，是为了送走一个白天，更是为了迎来另一个白昼。只是，迎来的还会是那个送走的白昼吗？如果生命真是一个轮回，干吗还要执意往东面去，难道就为了一个说不清道不明的原因？小西一直在心里反复问自己；小东在暗夜里恨得直咬牙，为了那一个叫作工作的归宿，自己却不能不奔西面去。生活中有许多无奈，摧毁你情我愿也许只是无奈的一种，即使无奈到心痛，却必须忍受。就如这湖水，即使再留恋岸上的风景，从东面来，终究要往西面去。人们只看见风景依旧，湖水依然，殊不知却已经物是人非。说不出为什么要去，但却不得不去。

湖边歪脖树下是最后的分离场所，小东在西，小西在东，两人分立在树的两边，默默地看着湖水。湖水已经没有了声音，累了一天，显然睡着了，但却没有停止流动，它们从小东和小西的眼睛里流出来，源源不断。

能不走吗？小西看着湖水，问。

小东摇了摇头，摇响了满树的叶子。

其实小西知道问了徒生伤悲，她自己何曾不是如此，即使小东愿意滞留，她自己能不往东去吗？人的一生有许多未知，但却不得不去做。如果小东这样问她，她和小东的答案必然也是一样的。所幸小东没有再问。夜晚本来很短，况且已经过去了一半，两个人都知道离分别的时间很近了。此地一别，相见遥遥无期。两个人都想让时间停止，但却无能为力，无能为力到虽然近在咫尺，只有一树之隔，却无法跨越，只能四目相对。

我们在树上刻个字吧，小东说，以纪念我们曾经相见、相识！

下一个轮回的时候，它是我们上次见面的证据，小西补充道。

又一个白天来临的时候，各奔东西的时间到了。两个人又看到了湖水默默流动的样子，他们突然很羡慕湖水，为什么它们能从同一个地方来，又往同一个方向去！小东的眼前只有泪痕，已经没有了眼泪；小西从小东的胸前抬起头，眼睛也干巴巴的。她的眼泪全部留在了小东胸前的衣服上，眼睛里也已经没有泪了。只有歪脖树上，留下了两个字，一个“东”，一个“西”，既是两个人的宿命，更是人类所有男女的归宿。

这是定数。

远处传来了一声断喝，惊开了两个人。不远处，一个胳膊上有红袖章，显然是景区管理处的人正疾驶而来，两个人只能作鸟兽散，各奔东西……

小东是被热烈的掌声震醒的，睁开眼睛的时候，会议发言人已经结束了冗长的关于人类情感命运的论述，主持人活生生地把人们从远古时代拉回到眼下，正在提醒下午关于游览景区的注意事项。主持人说，我们用了整整半天的时间从甲骨文入手，充分探讨人类异性情感的起源和归宿，以及由此引申出东西方文化差异，就是为了说明文化也好，还是情感归宿也好，在于珍惜。那我们为什么要进行这方面的研究，目的很明确，是为了应用。我们要把我们研究的成果应用于实际工作和生活中，让它指导我们的文化内涵和情感取向，具体到下午的游览，我们要爱护、珍惜景区的一草一木，一山一水。主持人突然提高了声调，刚刚接到景区管委会通知，就在今天上午，有的游客就很不文明、很不友好，竟然在西湖岸边的歪脖树上刻字留念。留念就留念，你就好好写字，像孙悟空一样，逛了一个地方，认认真真地写上“大圣到此一游”也情有可原。他们倒好，竟然在歪脖树上刻了一只蜘蛛和一张蜘蛛网，你是蜘蛛吗？想跟许仙和白娘子一样，在西湖边上安居乐业是不是？

在众人的哄笑声中，会议结束了。小东站起来的时候，看见邻座的漂亮姑娘睁开惺忪却又像湖水一般幽深的眼睛看着他的胸前，小东低头一看，脸色不由得发窘。刚才的梦历历在目，只是做得太投入了，不知是泪水还是哈喇子把胸前都打湿了。之前还在心中嘲笑别人，没想到自己也一样。会议室的人都走完了，偌大的会议室瞬间显得异常空旷，只留下了小东和身旁这个叫作小西的姑娘。两个人看了看各自面前的桌牌，竟然发现真像主持人说的一样，一个活像蜘蛛，一个酷似蜘蛛网。两个人的脸都红了。

你从哪边走，小西问小东。

小东指了指小西身后，你呢？

小西同样往小东的身后指了指。

会议室有两个门，一个在东，一个在西。小东和小西收拾好东西，擦身而过，向着各自的方向走去。

# 杨 柳 结

车一上原，绿浪翻滚着扑入眼帘。一条双向四车道的公路在碧波中刺刀一般发着白光，通向近在眼前却又远在天边的家乡。清凉的空气由窗而入，沁人心脾。大杨娴熟地操控着方向盘，徜徉在绿色的海洋中。原下的压抑感一扫而光，阳光随风潜入五脏六腑，心里敞亮、舒坦了许多。离家越近，愈发忐忑，大杨佯装兴奋地对坐在旁边若有所思的大柳说，快看？

大柳满脸凝重，看什么？

大杨说，我看见小杨在柳树下快乐地疯跑。

大柳斜乜了大杨一眼，我看见小柳在杨树下伤心地痛哭。

时间虽然已经抹平了心灵上的创伤，但伤疤却永远留下来了。大杨收了想法，随即关上车窗，车速也变得小心翼翼了。

河水一头冲出鸟鼠山，恣意狂奔。及至中游，流速变缓，开始左顾右盼：渭河南岸，是一道原，天下闻名的五丈原，一代智圣诸葛亮陨落的地方；北岸，也是一道原，名曰积石原。三国时司马懿屯兵的地方。两军隔渭河对垒，河床的泥沙里埋满了历史。大杨高考落榜后，走进了这个尘封着历史烟尘的故事中。在一起淘沙的民工中，只有大杨是高中毕业。高考失利并没有影响他对公元234年的那一段历史故事的熟稔和发挥。大杨一边淘沙，一边向同伴们挖掘着泥沙里的往事。每每讲到激动处，大杨觉得自己不是在淘沙子，而是在淘故事、淘历史。尘土飞扬的泥沙有了厚重的历史作铺垫，淘沙的工作也因此变得神圣起来。大杨干得很满足、很起劲、很快活。那时候，大杨还不会想到，不久之后的一天深夜，他和大柳不得不沿渭河东蹿，逃离了家乡，把自己和大柳的故事也埋在了渭河的泥沙里。大杨沉稳地掌控着方向盘，目光坚定地驱车从自己的故事中碾过，沿着巨蟒一样的盘原公路把五丈原抛在了身后，丰田霸道霸气地冲上了积石原。积石原上平坦如砥，墨绿的农作物随风摇曳，酷似一个一眼望不到边的千年老潭，潭底深不可测，大杨感觉自己刚从一个故事中走出，又进入另一个故事中。

小杨一头冲出村子，在柏油路面上狂奔，耳旁的风呼呼地叫。身后的老杨手持木棍，像匹骄傲的公马一样乘胜追击在乡间狭窄而又细长的公路上。小杨不用回头，也知道老杨满头的乌发马鬃一样飘扬，双脚马蹄般轻盈、有力，踏得路面嘚嘚嘚直响。老杨四十多岁了，却比刚满二十的小杨还要硬朗。小杨拼命地甩着两条胳膊，恨不能把吃奶的劲儿都还给老杨，还是感觉到身后老杨的脚步声越来越响、愈来愈近。小杨拼命地逃，老杨玩命地追，逃的自然理亏，追的当然有理。在夕阳即将西下的乡间公路上，小杨逃得气喘吁吁，老杨追得气贯长虹，一边追还一边挥舞着木棍。小杨知道老杨又像往日一样，觉得自己不是在路上跑，而是骑在了马上。骑在马上的老杨把手中的木棍挥舞成了马鞭。粗硬的鞭子在空中力道十足地横冲直撞，把头顶的空气砸得四分五裂，积石原上的空气碎片变成小杨的汗珠纷纷坠落。

车窗玻璃可以挡住微风，却遮不住阳光。阳光活似记忆深处年轻饱满的手，从车窗外伸进来，抚摸着大杨，也抚慰着大柳。大杨仿佛进入画中，眼前一阵恍惚：宽阔的马路两边，青杨矗立，垂柳婆娑。不知是有意，还是无心，一棵棵青杨之间，总被一挂挂垂柳隔开；而一挂挂垂柳之间，又被一棵棵青杨分离。杨与柳之间，虽近在咫尺，却好像隔着千山万水。大杨看见大柳的目光扫了过来，急忙把目光移到了树木上方，没话找话地发着感慨，真白啊。大柳挪动目光，抬眼一瞥，埋怨道，这么多年过去了，看问题还是抓不住重点？大杨夸张地眨巴眨巴眼睛，却不说话。大柳接着说，重点是天，你却只看到了云。大杨不服，天也很蓝啊。是很蓝，但你说话的主次不对。你应该先说天很蓝，然后再说云很白。大柳抬了抬手指，没有蓝天哪来白云？这样的语气一出来，大杨清楚大柳心里又起了疙瘩，大杨再次小心翼翼地看了看大柳的脸，大柳的脸色异常平静，没有一点儿回归故里的喜悦和感叹。

村子里的路面坑坑洼洼的，即使穿着鞋子也能感觉到路面对脚底的侵袭。天色已经黑了，这种黑是小杨期待的。从工地一回到家，小杨就有些心不在焉。他端着大海碗站在家门口，瞪一眼仍在苟延残喘的夕阳，吞一口又宽又厚的裤带面，好像把光亮吃在了嘴里，然后咬牙切齿地咀嚼着。夕阳就这样让小杨一口一口吃掉后，整个村子沉浸在黑色中。趁老杨不注意，小杨猫着腰从家里溜了出来。积石原上一马平川，没有遮挡，凉风在夜色中肆无忌惮，撩拨得小杨的脚步疯疯癫癫的。小杨拐了几个弯，来到村口的小路旁。小路两旁，两排黑黝黝的树木组成了两道围墙，从小在这里长大的小杨知道，一边是杨树，一边是柳树。杨树和柳树就像两条平行线，只能相望，永远没有相遇的时候。小杨走入了围墙中。围墙上空，没有月亮、没有星星，但围墙里站着小柳。娇小的小柳柳条一般飘荡过来，缠绕在小杨的身上，声音急切切的，你爹咋说的？小杨说，老腔老调，除非杨树上长出柳枝。你娘呢，也和原来一样？小杨问。小柳在小杨的胸前点了点头，话越发过分了，既然杨家的树上飘不出柳絮，把泥瓦房换成楼房也行。两个人都不再说话，人缠绕、树相望，把黑夜都变得沉重万分。

左边一片绿色，右边绿色一片，丰田霸道从北向南，缓缓而行。不停有树枝的阴影从车顶上扫过。车窗玻璃上方，蓝天白云，每一眼都在变换着不同的画面，每个画面，都和记忆中家乡的风景不一样。大杨又看了看大柳的脸色，感觉到貌似平静的面孔只是大柳的伪装色，大柳和自己一样，目光贪婪地看着车外，就像十几年前看他的眼光。大杨把车靠在了路边，这么多年了，大杨对大柳比自己还了解。车刚停稳，大柳急不可耐地跳下了车。立即，一股清新的凉风包围了她，风中裹挟着久违的家乡泥土的味道。鼻子已经不够用了，大柳张开嘴狠狠地吸了一口，让清甜的凉风通达五脏六腑。新鲜吧？大杨并肩站在了身边，大柳的脸色融化了，重重地点了点头。大杨一边伸展着胳膊和腰肢，一边又问，家乡美吧？大柳没有说话，大杨看见，大柳的目光又直了，脸色一下子变得很难看，呼吸声也粗了，这种美丽和我们有关系吗？大杨顺着大柳的目光看去，看到了那个土崖。土崖下方，是深深的土坑，足足有十多米深。从小，村子里的长辈总是提醒顽皮的晚辈，哪儿都可以玩，就是不能去深坑边玩。谁家的孩子不听话了，家长也总是拿深坑说事，再不长耳朵，就把你扔到坑里去。积石原上的这个土崖，是每个在原上长大的孩子心里的禁地，而那个深坑里，塞满了小杨和小柳的甜蜜。

小杨感觉腿不是自己的了，已经不听使唤了。他想再加快一点脚步，老杨的木棍已经带着风声从头顶掠过，只是没有落到自己的脑袋上。这是老杨惯用的伎俩，小杨上小学的时候，老杨经常带着他去给生产队拉粪，村子北边有个大坡，每次上坡的时候，拉着一辆车外加一大一小两个人的那匹骡子就开始闹情绪。小杨就在那时候看见老杨挥舞起了手中的鞭子，鞭梢带着哨声抽向骡子，快到骡子耳边时突然手腕一抖，一声炸响灌进了骡子的耳朵。骡子闻声，立即精神抖擞如履平地地把车和人拉上了陡坡。小杨清清楚楚地看到，老杨的鞭子并没有碰到骡子的头上或者身上任何一个部位。木棍带着风声翻飞着不停从头顶上掠过，小杨有一种被当成骡子耍的感觉。但小杨也知道，木棍随时有落在脑袋上的可能，只要老杨想。雨后的空气没有给奔跑的小杨带来一丝清新的感觉，小杨在几乎绝望的时候看到了那个土崖。土崖边上还冒着丝丝热气，热气极其妖娆地扭动着腰肢，小柳一般诱惑着小杨。小杨没有犹豫，用尽最后的力气冲到了土崖边上。小杨的这一突然举动有效地止住了老杨的脚步，老杨不但停止了追赶的脚步，还下意识地后退了几步。

你回来。老杨远远地挥舞了一下木棍。

你不同意我就从这儿跳下去。小杨上气不接下气地说。

你跳下去我也不会同意的，老杨手里的木棍直直地指着小杨，你跳，不跳下去你就不是我的种。

小杨弯腰坐了下去，两只脚垂在崖边上，那天，天很蓝，云很白，地里的庄稼却很贫瘠，没有力气似的匍匐在土地上。小杨看着蓝天和白云，头也不回地说，你别过来，你再过来我真跳下去。小杨的话震住了老杨，老杨手里的木棍变成了拐棍，拄在地上直喘气。你也有累的时候，小杨不再看老杨，把目光移到了崖下的窑洞里。那个窑洞很多年了，里面有他，也有小柳。小杨想，真跳下去，死在自己的记忆中，未尝不是一种解脱。脑中有了主意，心里就没了忐忑，小杨信心满满地回过头，想再对老杨说几句底气很足的话以壮行色，却只看到了老杨的背影。那根刚才还在小杨头顶耀武扬威的木棍被老杨拖拉在了身后，慢慢地往家的方向走去。那时候，阳光和小杨的目光一样，狠狠地砸在老杨的背上，把老杨的腰都砸弯了。

我再问你一次，你真是自己跳下去的？大柳从崖底收回目光，盯着大杨问。大柳每次有疑惑的时候，都用这样的目光戳进大杨的眼睛里，把大杨的花花肠子戳得惊慌失措。虽然这样的问题已经回答过无数次了，但在事故的发生地回答，十多年来还是第一次。

大杨躲开了大柳的目光，看着崖底说，当然是自己跳下去的。

不是你爹推下去的？

同样的话不知道说了多少次，大杨只有苦笑，我是亲生的！

正因为是亲生的，想想才后怕呢。

也许是腿的晃动加速了崖土的松动，或者是经过一夜雨水的肆虐，崖土本来就松动着，等到小杨感觉到屁股和腿一样开始晃动时，已经来不及了。事情发生得太突然了，小杨到现在还清清楚楚地记得，刚开始自己是坐在崖土上面的，泥土就像天空的云朵，驮着他一个俯冲，就从崖顶到了崖底。小杨动弹不了了，泥土紧紧地围裹住他，有一小块泥土落在了脸上，散发着既腐朽而又浓郁的味道。小杨以为自己掉进了地狱里，睁开眼睛的时候，看到的却是小柳悲痛欲绝的泪脸。

是不是你爹把你推下去的？大柳依然不依不饶的。

给你解释了多少次了，是滑坡、滑坡。大杨感觉到大柳有些不可理喻，没事找事。

其实，你怎么掉下土崖的并不重要，重要的是眼看着你掉下了土崖，你爹竟然扬长而去。

我亲眼看见的，大柳幽幽地说，这样的家还值得留恋吗？

村子往北十多里，有个周公庙，历史书上说是卷阿之地，是公元前一千多年前周公旦制礼作乐的地方。最初的五礼早就销声匿迹了，但日日不熄的香火仍然显示着其往日的鼎盛和辉煌。周公庙里有个签筒，成了方圆百里谋事行事的法则。小杨和小柳同在一个村，光屁股的时候就扮演过夫妻。高中毕业后，两人都想把偷偷摸摸的想法搬到光天化日之下。没想到却遭到了老杨的坚决反对。老杨当年结婚后，一直没有儿子，是在周公庙里太姜娘娘面前许愿之后才有了小杨的。老杨虽然姓杨，家里却没有羊，只有一头猪，是全家准备过年用的。老杨觉得有了小杨，每一天都是过年。老杨赶着猪走了十多里路，去庙里还愿。后来老杨又走了十多里路，把猪牵了回来。老杨的猪连庙门都没有进去，所以老杨一直觉得愧对列神列仙，尤其愧对太姜娘娘。老杨于是在家里天天给太姜娘娘烧香。有了太姜娘娘的护佑，小杨像村口的杨树一样挺拔了起来。没有媒妁之言父母之命，小杨擅自和小柳好的时候，老杨最初也是睁只眼闭只眼，只是在心里觉得小柳真像村口柳树上的柳枝一样，太瘦弱了。除此之外，小柳家和自己家一样、也和村里其他人家一样穷。每家每户都一样了，谁也就不弹嫌谁了。直到老杨有一次无意中看到小杨和小柳钻进了土崖下面的窑洞里，老杨才知道事情闹大了。第二天，老杨就拿着小杨和小柳的生辰八字去了周公庙。周公庙里藏神卧仙，除了送子娘娘太姜，当然还有周公旦这个精通易理、可以洞悉未来的主角坐镇。老杨磕了三个头，从签筒里摇出了一支签，签上的内容老杨看不明白，但上面“下下签”几个字老杨却认识。老杨犹豫了半天，没有掉头而去，把最后的希望寄托在了坐在一旁解签的老道士身上。老道士前面说的话老杨没有听懂，也没有记住，但老道士最后几句话却刻在了老杨的脑子里：

杨是杨，柳是柳，

杨柳生来不同根。

柳非杨，杨非柳，

柳杨自古分道走。

老道士说这句话的时候，脑袋摇晃成了风中的柳枝。

我不信，小柳缩在小杨怀里，眼泪汪汪。

我也不信。小杨不停地抹去小柳的泪水。

但我娘信。小柳眼泪更多了。

我爹更信。小杨眼泪也下来了。

杨树上不会长出柳枝，更不会飘出柳絮，小杨看着小柳，我们放弃吧？

蹲下，小柳抹掉眼泪，又一次踩在了小杨的肩膀上。夜晚的积石原，是风的天下。风从看不见的地方袭来，把柳条裹在了小杨的脸上，也拂在小柳的身上。小柳随手抓起一把柳条，试图缠绕到青杨树枝上。已经好几个晚上了，抓到手里最长的柳条也够不到杨树枝。小杨乌青的肩膀有点扛不住了，小柳还是没有一丝放弃的意思。小柳满怀希望地想，杨树和柳树的距离是不变的，只隔着一条小路，而杨树枝和柳条每天都在长。只要不放弃，总有一天杨柳枝会连接在一起的。

直到村口飘满柳絮的时候，这些柳絮也没有和杨树发生关系。杨树和柳树之间好像隔着一条跨越不了的河，无论怎么努力，也只能相望，不能相会。每次见面都得偷偷摸摸的，白天见了稍微眼神不对，就会传来村人的风言风语，这样的结果每次都能促使小杨的爹操起棍子，小柳的娘挂起上吊的绳子。小杨和小柳渐渐成了村里的笑话，按照老杨和老柳的说法，他们每次下地，只有把脸装进裤裆里才敢出门。

别看了，大杨用手在大柳的肩膀上捏了捏，马上到家了。

大柳从窑洞口收回目光，看着大杨，我不想回家。我们先到周公庙去看看吧。

大杨理解大柳的心情，离开家乡十几年，两个人相依为命，虽然早就同吃同住在了一起，但直到现在，两个人也没有领结婚证。每天晚上两个人相拥而眠的时候都有一种做贼的感觉。不是他们不想领，而是老杨不允许，老柳也丢不起人。据村子里年龄最大的老人回忆，自他有记忆时起，村子里一直民风淳朴，温良恭俭让一样不缺，还没有出现过一次因情私奔的丑事。大杨拉开车门，待大柳在副驾驶上安静了，才启动了车辆。积石原如今早就变样了，路宽了，两旁竟然也装上了路灯，一个个村庄就像一个个小城镇，楼房林立、田野里庄稼迎风摆动，好像在欢迎他们归来。大杨知道，离家容易归来难，他和大柳人回来了，心什么时候才能回来呢？尤其是大柳，当初离开，大柳还是小柳的时候，一步三回头，脸上挂满了一枝枝柳条。离开时的心路有多不舍，归来时的感受就有多艰难。

周城拔地而起，横亘在了周公庙的门前。大杨和大柳的目光同时被周城恢宏弥古的建筑和浓烈的文化气息所吸引，两个人手拉着手漫步其中。偌大的毛公鼎、何尊傲然矗立，显示着这块土地昔日的文明。徜徉其中的游人多为本地人，个个眉毛上翘，把文明张扬在了脸上。“明堂”迎城门耸立，向每个入城的游人敞开着怀抱。我喜欢“明堂”，大柳把大杨的手握得更紧了，大杨感觉到她的手心里全是汗。大柳只有在心动的时候手心里才会出汗。大杨说，我爹没有骗我们，你娘更没有骗我们，家乡真的变了，变得走心了。大柳看着紧紧依偎在一起的一对年轻情侣，问大杨，你说，如果我们年轻时像他们一样，我们还用背井离乡吗？大杨答非所问，天快黑了，回家吧。

车辆往家行驶的时候，路灯亮了，大杨和大柳看着宽阔的马路，看着照亮他们回家路的两排灯光，感觉到刚刚消失的太阳没有落在山后，而是落在了两个人的心中。回家的路亮了，心就亮了，夜晚的家乡，比白天更迷人。两个人把车停在了村口，十多年前，他们就是从这儿逃离家乡的。大柳看着两排整齐的树木，已经没有一棵杨树，也没有一棵柳树了，取而代之的是两排绿意盎然的松阵。杨树和柳树没有了，心结应该打开了，大杨又把手放在了大柳的肩上。

真能打开吗？大柳的肩膀在大杨的手下颤抖着。

你看，他们来了。大杨的手从大柳的肩膀移开，指向了村里。大柳看到，从街道上跑过来一男一女两个年轻的身影。男的是小杨，女的是小柳，或许是村子里和小杨小柳一样的年轻人，不同的是，大杨大柳离开的时候，两个人都是泪流满面；这两个青年男女，脸上看不见一丝悲伤，他们似乎不愿再多看从小长大的村子一眼，沿着水泥铺就的平整的路面，挥动胳膊迈开双腿拼命地想把家乡甩向身后。而在他们身后，是一栋栋整齐的楼房和空荡荡而又黑灯瞎火的房间。

大杨和大柳相互看了一眼，两个人手拉手不约而同地堵住了出村的路口，远远看去，就像一棵杨树、一棵柳树互相连接，并肩迎风而立，虽然风声飒飒，但却岿然不动。

# 圈　子

早晨醒来，右眼皮没有和我商量，自作主张而又莫名其妙地跳动起来，惊扰得积累了一夜的眼屎滑过脸颊落在了枕头上，皮肤一丝微痒。我的脑子一阵懵懂，一时想不起来右眼皮跳是灾还是财？从床头摸出手机，刚在搜索栏输入“右眼皮……”，手机铃声没有眼色地响了，“牧皮”两个字活像两只大大的眼睛，在屏幕上直勾勾地盯着我。我对“不速之客”的骚扰一向没有有力的应对办法，只能无奈地摁下按键，把牧皮的声音放了出来。

老言，牧皮的声音吃了春药，兴冲冲地蹦了出来，床上春光无限，还是形只影单？牧皮没打算听我回答，声音继续活蹦乱跳，一个人了赶快爬起来，有好事。晚上睡觉，我喜欢脱得光溜溜的一丝不挂，这样可以毫无阻碍地把乏困和无聊交给床铺。此刻，被子象征性地搭在肚皮上，隐私一览无余。我急忙让脚帮忙，把不该公示与人的裸体藏在被子下面，才懒洋洋地说，别烦我行不，能不能留我一个安静惬意的礼拜天？

可以，牧皮在电话里笑得很是善解人意，你不来正好，我和凤鸣一人一个？你要来了，我们三个还得打架？

牧皮的话阴险地赶走了我的一部分睡意，那两位是谁？

牧皮拖出了一个很长的音调，答非所问，人在天涯哪。

光线已在窗外拍打玻璃，提示我现在不是睡觉的时间。脑子一激灵，睡意全溃逃，我一脚蹬掉被子，冲着手机大喊道，不地道，有这好事不早说，我马上到。

“老磨油饼”是我们经常聚餐的地方。在这个讲究的时代，一切都在斤斤计较。我、牧皮、凤鸣三个人的住所构成了一个标准的等边三角形，“老磨油饼”位处三角形的中心地带。如果我们三个人同时从家里开车出发，常常会发生争抢车位的战争，“老磨油饼”有点存心，很少能同时有三个或三个以上的空车位。

打冲冲、打冲冲，我边踩油门，边喊着打冲冲的名字，破旧的“马 6”很善解主人的心情，拖着三十万里程的身躯苟延残喘着向前冲去。风挡玻璃外边，一个阳光娇嫩的青春面孔激荡着我热乎乎的心脏，我仿佛嗅到了源自打冲冲身上的气息。这种气息芬芳四射，只凭想象就让我痴迷，电线杆上摄像头的“迎头一击”也没能让我松开油门。为了早一眼看到打冲冲，“罚一百扣三分”我乐意。

“老磨油饼”听名字就是个“农家乐”，里面的菜品却不仅仅让农家乐，而是让大家都乐：天上飞的、地上跑的、水中游的，全都抛弃了地域差别，集中到菜单上开会。自从楼堂会馆进了“四风”活动的黑名单，“老磨油饼”这个粘了土气的名字成了香饽饽，到那里吃饭，实惠不说，更重要的是安全，没有被手机拍照上网的后顾之忧。何况那个地方还有打冲冲。心情好了，运气就好，我驱车赶到的时候，不多不少还有一个车位，这更让我觉得这次超速物超所值。

“老磨油饼”是个圆形的建筑，远看，酷似一个没有长大的天主教堂，近观则庄严神圣，像极了一个巨大无比的蒙古包。包间随着圆形内墙分布，中心位置也别出心裁地设立了一个圆形的包间，包间外边环绕着一个圆形的水槽，槽内流水潺潺，清澈见底，令水中各种颜色的鱼儿忘了危险，兀自嬉戏。一座木桥搭在水槽上，直通包间。胖胖的服务员看见我，欢笑得似水中的鱼儿一般，腰肢扭动成了鱼儿的尾巴，带着我穿过人声鼎沸的大厅，踏上了木桥。我跟在服务员身后，一边欣赏着服务员圆圆的屁股左右摆动，一边问道，来了几个了？服务员笑道，两男两女，四个。我闻声放弃了服务员的腰肢和美臀，一个箭步，把服务员丢在身后冲进了“人在天涯”包间。

和我想象中一样没有出息，屋子里的两男两女正在苟且：牧皮的头和鬲融的头组成了对对碰，说着不想让别人听见的悄悄话。只有打冲冲把头埋在手机里，模样盎然。凤鸣则坐在离打冲冲不远不近的位置，手在菜单上，眼睛却在打冲冲的脸上鬼鬼祟祟。我知道打冲冲的脸上没有菜谱，但我却特别理解凤鸣。经常，趁人不注意的时候，我也常常在打冲冲的脸上寻找菜名。不是所有的东西都能分享，有的东西，自己可以偷看，却不想别人多看。朋友也不例外。我用手挡住了凤鸣的目光，揶揄道，看偏了，咱可是在人民解放军的大熔炉里锤炼过的人，含蓄点。我的话很有杀伤力，先是牧皮和鬲融的头分开了；再就是听见声音，打冲冲的眼睛从手机里跳出来，兴冲冲地移到了我的身上。凤鸣满脸地不高兴，把菜单往我面前一扔，有意迟到，罚你点菜。我们五人有个规矩，谁点菜谁埋单。我虽然支付宝里并不单薄，但今天是牧皮攒的局，不能次次都当冤大头。我用手一拨，菜单听话地向着牧皮滑去。也许因为早晨没有吃饭，力度掌握得不是很好，菜单稳稳地停在了打冲冲的面前。牧皮看着打冲冲，满脸坏笑，今天你埋单，别怪言语，天意。老天通过老言的手表达了自己的圣意。言语是我的名字，平常我很喜欢牧皮喊我老言，今天听了，心里很是不爽。尤其在打冲冲面前。言语就是言语，我有那么老吗？嘴里不服气，手下也没饶人，我的手指加了一点儿力，菜单大摇大摆地来到了牧皮的面前。要赖，牧皮是镇政府办公室主任，这样的场面见得多了，一副不慌不忙的德行，请顿饭小意思，但我今天要请了，就等于纵容了不正之风。一直没有说话的鬲融把菜单拿到了自己面前，意图掩饰脸上的红色，我的课题费批下来了，今天我请。牧皮脸色严肃了，拿出了政府工作人员的做派，义正词严地说，不行，这不是一顿饭的问题，这是立场问题。几个人还在贫嘴，谁也没注意打冲冲走了过去，把菜单抓回到自己的座位前，冲着包间外喊了一声，服务员，点菜。我敏锐地捕捉到了凤鸣的意图，卡在他身前把菜单抢在了手中，冲着打冲冲说道，你一个在校大学生，即使有奖学金也轮不到你请客。

我一翻动菜单，尘埃就算落定。“老磨油饼”绝非浪得虚名，菜硬、价低、量大，飞禽走兽、海鲜蔬菜，应有尽有。尤其是坐在“人在天涯”包间，胸中自有一番豪气。在我的眼睛在几个硬菜之中游离的空隙，牧皮说话了，今天我们收到了一个密级文件，上面说到了在校大学生患艾滋病的比例，真是不看不知道，一看吓几跳。牧皮说完，见没有人吭气，又自言自语地感叹道，我刚和鬲教授聊天，才知道现在的大学校园外的出租屋，天天爆满，这次离开的时候就得预定下次的房间。你们说，现在的在校大学生，离开校门的时候，还会有处女吗？凤鸣看着鬲融，有没有处女，鬲老师是大学教授，应该清楚。鬲融脸又红了一下，直接把球踢了回去，我是大学老师，又不是大学女生，你们这些男人知道我也不会知道。

虽然鬲融不是有意的，有时候话赶话，大学教授也会没了逻辑。皮球在包间上空飞了一会儿，落下来的时候砸在了打冲冲的头上。形势逼人，打冲冲不得不说话了，是不是处女，很重要吗？打冲冲把手机扔到了圆桌上，目光依次在每个人脸上滴溜了一圈，大叔，都什么年代了，头脑里还残留着可悲的处女情结。打冲冲虽然是大学生，鬲融是大学老师，但由于两个人不是一个学校的，打冲冲的目光没有忘记招呼鬲融，鬲老师那一代女生都是以处女为荣的，我们这一代以处女为耻。打冲冲的话刚一落地，和平年代，硝烟弥漫。我是O型血，捍卫和平义不容辞，关键时刻我把菜谱啪地合上，望着一众目光庄严说道，最近经济很不景气，根源在于川普有些操蛋，好好的搞什么贸易战？具体到今天的饭局，就是天上飞的飞了，水中游的溜了，只剩下地上跑的无处可逃，被我逮个正着。我有意停顿了一下，说道，菜点完了，今天大家将就些。我的良苦用心，遇到凤鸣这个愣头青，没有起到任何作用。凤鸣没有搭理我，仍然揪住打冲冲的话不放，也就是说，咱已经不是了？

任是打冲冲再无所谓，脸也红了。打冲冲本身皮肤白净，脸一红，就把广告语变成了现实：白里透红，与众不同。我喜欢打冲冲红脸，好看。打冲冲却没有给凤鸣好看，是不是和你有关系吗？部队没教你要尊重别人隐私吗？

我们这五个人，本来相互都不认识，工作生活上也没有交集，让我们发生关系的是网络。也不知道是哪个人闲着没事，建了一个“人在天涯”的朋友群。刚建起的时候，群里很热闹，每个进群的人都在忙着拉自己的朋友，队伍壮大了，互相之间却没人搭腔，好像每个人都憋足了劲，等待别人招呼。都是“天涯沦落人”，相逢照样不相识。群里安静了一个月，还是没有人说话，群主也似乎把这个群忘了，就有人开始退出了。后来，连群主也退了，群里只剩下了五个人坚守。五个人的昵称很有意思，我因为在区委从事党建工作，所以起名“一颗红心”；另一个人估计在政府上班，而且还是个领导，网名叫作“执政为民”；还有一个人应该是个军人，名称很是直白“我是一个兵”。认识之后才知道，凤鸣曾经是个兵，已经退伍在民营企业打工了；其他两个从选择的头像上就能看出来是女性，一个名为“书山有路”，另一个叫作“女人就是天”。我没事的时候，就盯着群里的其他几个人瞎想，这都是些什么人，靠不靠谱？有一天周末，雨下得很大，满屋子的寂寞出不去，我就在群里发了两个字，好吗？瞬间就收到了三个“好”，只有那个叫“书山有路”的答复，好，也不好。我问，为什么不好呢？书山有路答，因为天气被严重污染，每天都生活在毒气中；为什么好呢？我又问。因为下雨了，天气有可能好转。有人带了头，其他人也都开口了，群里的字蹦得急得就像屋外的雨。于是我们开始骂雾霾，最后又一起骂政府无能：头顶的事情都解决不好，最终还得靠老天自己解决等等。有了共同的好恶，五个人很自然地结成了联盟。这样海阔天空地聊了一段时间，后来就聊到了饭桌上。大家一见面，“一颗红心”成了“言语”，“执政为民”变成了“牧皮”，“我是一个兵”大名“凤鸣”。“书山有路”戴副黑框眼镜，文质彬彬地说，我是“鬲融”，在高校任教，立时就把牧皮的眼光拉长了。“女人就是天”还没有开口，已经把我和凤鸣的目光黏在了脸上，我叫打冲冲，军校在校学生。虽然职业不同，年龄有差异，彼此之间却没有陌生感，聊得很是投缘。相逢是缘，相识是福，缘分是这个世界上最奢侈的东西，由于凤鸣不会聊天，现在这种机缘有被打破的危险，从事组织工作的我，决不允许这种事情发生。

我用抓了十几年哑铃的手掌一把拍在了凤鸣的肩上，直接就把昔日军人的腰杆拍弯了。冲冲说得对，我的脸上布满了气愤和诚恳、主要是诚恳，很认真地对打冲冲说，部队确实没有教会他尊重别人隐私，但却教会他保护别人隐私了。打冲冲闻言，看着我一本正经的样子，吃吃笑了。剑拔弩张的气氛在笑声中瞬间缓解，凤鸣低头擦汗的狼狈模样只配进入我的眼角，我看到鬲融和牧皮同时向我伸出了大拇指，打冲冲更是把手机扔在了台面上，眼光辣辣地冲着我说道，言哥，在你面前我没有隐私，吃完饭我们一起去看《战狼》好不好？我不想轻易树敌，佯装挠了一下头，凤鸣果然不长眼，抢着说，好啊好啊，言语肯定有事，别为难他了，我陪你去。打冲冲看也不看凤鸣，继续盯着我，言哥，你为难吗？我说，不为难。打冲冲又问，你有事吗？我说，没事。陪我去看电影好不好？我把手从头上放了下来，坚定地说，好。

这顿饭吃得很沉默。鬲融和牧皮好像有一肚子的话要说，但也只用目光交流。凤鸣的目光很坦荡，恶狠狠地看我一眼，咬牙切齿地啃掉一大块牛筋，然后再把恶毒的目光投放到我的身上，节奏感和韵律感都控制得很好。我谁也不看，只低头吃菜。我一边吃一边想，这次是我埋单，我得多吃点。只有打冲冲好像什么事也没发生似的，一边挑肥拣瘦着满桌的饭菜，时不时还不忘给我夹一筷子。这种有意激化人民内部矛盾的简单做法我一眼就看穿了，我相信鬲融和牧皮也看穿了，可惜凤鸣看不明白。凤鸣咀嚼牛筋的声音声声入耳。这让打冲冲很有成就感，“人在天涯”包间不时飞出打冲冲银铃般的欢笑声，引得那个胖胖的服务员把胖乎乎的圆脸伸进来，然后又把屋子里仅有的欢笑声固化在脸上，带出包间。

我很绅士地拉开了副驾驶室的门，手护在门框上，把打冲冲请到副驾座位上，自己才上了车。我开车离开“老磨油饼”的时候，明显地听到后风挡玻璃砰砰直响，我知道，那是凤鸣目光撞击的结果。为了避免更大地刺激凤鸣，我有意没有选择直通电影院的路径，而是反其道而行之，造成送打冲冲回学校的假象。打冲冲刚开始不停地嚷嚷着矫正道路，车辆拐了一个弯，高大的楼房把“老磨油饼”罩住之后，打冲冲突然安静了下来，开始变得一言不发。这条道路直通军校，即使要绕道电影院，也得从打冲冲的学校门口经过。打冲冲的沉默让我没有了从学校门口加速通过的底气。快到学校门口时，我减慢了车速，满心却期待听到打冲冲反对的声音。偏偏打冲冲的头已陷入手机中。车刚到学校门口，打冲冲突然抬起头，送给我一个迷人的笑脸，这么快就到了，谢谢。说完就推开了还没有停稳的车门。打冲冲直到身影消失在校门后，也没有回一下头，我只得收拾起满怀憧憬的心，驶离了学区。我没有和打冲冲去看电影，我觉得应该让凤鸣知道。找了一个没有摄像头的路段，我把车靠在了路边，开始拨打凤鸣的电话。凤鸣的手机一直占线，记不清具体拨了多少次了，凤鸣的手机始终处于忙碌的状态。我突然意识到我可能已经进入凤鸣的黑名单了，同时有了一种“人在天涯”要散的感觉。我把目光放在车外，天空灰蒙蒙的，像极了我的心情。有辆车缓缓地从我的心情中穿过，我看到驾驶室里牧皮正在和鬲融有说有笑。他们陶醉在自己的小情绪里，当然无视了路旁落寞的我。望着牧皮车后排出的尾气，我痛心地想起刚刚从支付宝消失的一千元钱。自己掏钱，成全别人，活该。我对自己说。

一千元让我一直心痛到第二天早晨，十年来我第一次上班迟到了。在“人在天涯”，我是组织者，在单位，我是被组织者。我经常无缘无故地被科长组织。组织科长的名字出现在手机屏幕上时，我还在被窝里做着灵与肉分离的梦。我的肉体慵懒在床上，思想还在电影院里堕落。是科长的电话把我抛锚的思想挽救回来的，我不管你在哪儿，也不管你现在在干什么，马上到我办公室来。科长的声音像往常一样威严，每次这种声音在耳边响起，我的思想和肉体立即进入高度集中状态，条件反射般地涌现出一种“必须服从”的冲动。我光溜溜一丝不挂的肉体冲出弹力被的束缚，重新让衣服裤子束缚起来。就这样以“拎着裤子”的速度赶到科长办公室，科长威严的已经不仅仅是声音，还有仪表。

昨天干什么去了？科长拿出来的是给我们开会时的腔调和表情。

昨天是星期天，我在家休息。面对科长，我不得不构筑好防御体系。

非要让我说破？科长冷冷地说，难道我不知道昨天是星期天？你休息了吗？你是在家吗？

即使我不在家，昨天也是由我自由支配的时间。科长对于我，只是周一到周五有效。现在是周一，虽然询问的是无效期的事，却是在有效期间的，心里不高兴，笑脸还得有，科长，出什么事了？

不见棺材不落泪，科长从抽屉里拿出一张照片，推到了我的面前。不得不承认，照片拍得很漂亮，角度精确，瞬间的表情抓拍得恰到好处。车门半开，打冲冲一只脚将落未落，娇嫩的面容白里透红，两只又黑又大的眼睛调皮地正对着镜头。驾驶座上的我在打冲冲的身后很专注地盯着她的背影。由于有了风挡玻璃的阻挡，给我的身影蒙上了一层面纱，不熟悉的人只能看见打冲冲身后有一个人，却看不出那个垂涎三尺、猥琐的男人就是我。要命的是，车牌号却拍得像打冲冲的脸一样清晰，那是我的车号，全科人都知道。我不承认都不行。

我也没打算否认。

茫茫人海相逢的一个朋友，一起吃了几次饭，饭后送到了学校，虽说年龄上有点差距，甚至心灵深处有些蠕动，也不至于被偷拍啊？

您……偷拍的？昨天到达军校门口的时候，我的脑海里确确实实出现过科长的影子，因为科长曾经在办公室炫耀过，他的宝贝儿子上的就是这个学校。

我偷拍你？科长的脸气得通红，这是今天早上放在我办公室门口的举报照片。

举报？我竟然笑了一下，举报我什么？

这还用问，明摆着是男女作风问题。

我不置可否地又笑了一下。

真傻还是假傻？科长嘲弄地看着我，你别忘了，你当副科长的事明天就要考察。

皮肉在脸上扭动了一下，我再也笑不出来了，科长，你要相信我，只是一个普通朋友，我们之间真没什么。

知道着急了？还不只这些，你真的相信那个女的是军校的大学生？

科长这样问，就是在告诉我，打冲冲不是军校的学生，一串汗珠蚯蚓般从额头上爬了下来，爬进了嘴角，既咸又涩。我眼巴巴地看着科长，希望科长把没有说完的话都倒出来，以解我的疑惑。

科长不但是科长，更是个直性子，不说出来，自己也憋得难受，我一看照片，就知道是军校门口。你知道，我儿子就是这个学校的。我把照片用手机发给了儿子，一句话还没问，儿子电话就追了过来，反问我怎么会认识这个女的？儿子说，这个女的经常在他们校园里出入，已经引起了学校的注意。现在，这个女人的照片就贴在学校门口的值班室里，已经被禁止入内了……

科长还说了什么，我都听不到了。打冲冲的面容是那样地清晰，清晰得似乎近在眼前，触手可及。怎么会是骗子呢？没等科长说完，我就离开了科长办公室。门外已经聚了好几个人，看见我的瞬间，脸上堆满了尴尬。现在应该尴尬的人是我，我低着头，一头扎进了厕所。确认里面无人后，我插上了厕所的门。有些事，心里已经确认了，还需要往南墙上撞一下，我现在就是这样的心情。我拨通了打冲冲的手机，当那熟悉的声音传过来的时候，我差点流下眼泪。

冲冲，你在哪儿？

我在学校啊。

我在你们学校办事，咱们见个面吧？

打冲冲的声音明显地犹豫了，我在上课呢。

没关系，我尽量让自己的声音和平常一样，我在你们学校值班室门口等你。

电话挂断了，是打冲冲挂断的。我再拨打的时候，打冲冲已经关机了。我的脸上布满了嘲讽，嘲笑自己。我给打冲冲发了一条微信，我骗你呢，我没在你们学校，我在我们单位的厕所里。

从厕所出来，我不想进办公室，我不愿让同事们受罪，也不愿让自己难受。出了单位的大门，拦了一辆出租车，我向牧皮所在的城郊小镇赶去。我有一肚子的话想要倾诉，现在，我想倾诉而又愿意听我倾诉的只有牧皮了。

镇政府大门口的保安身体挺得笔直，是个很英俊的小伙子，只是脸上的表情过于严肃。我刚一靠近，他的目光就落在了我的身上。虽然没有说话，但比说话的威力还大。

我急忙说，我找牧主任。

保安把目光从我脸上离开了，目不斜视地说，镇政府没有牧主任。

牧皮，我急了，镇政府办公室主任？

保安又把目光移到了我的脸上，镇政府没有姓牧的。

真是大白天见了鬼，我后退两步，有意站在保安身边，拨通了牧皮的电话。哥们，你在哪儿呢？牧皮的声音永远那么阳光，那么温暖，我在上班啊。我握紧手机，说道，我在你们单位门口呢，保安不让进，你给保安打声招呼。我硬气地把手机伸向了保安。保安不接我递过去的手机，很是奇怪地看着我。牧主任要和你说话，我对保安说。保安严肃的脸上终于挤出了一丝笑容，受骗了吧？

我这才发现手机早就挂断了，这是我今天第二次脸色有点臊红。我按了免提，再打过去，传出来的却是服务小姐体贴的声音：您所拨打的用户已关机。我没敢再看保安的脸，低着头钻进了路边一辆出租车内。司机看着我的脸色，声音小心翼翼地，师傅，去哪儿？随便，我说。司机没有再问，启动了车辆。窗外的法国梧桐一个个招手而来，又一个个挥手而去。阳光从茂密的树叶中洒下来，窗玻璃上斑驳陆离，就像我的心情。当理工大学的牌子进入眼帘的时候，我让司机停下了车。我没有下车，看着代表这座城市教育水准的校牌，我不敢上前去问，说实话，我怕鬲融和打冲冲、牧皮一样，突然消失。我也不敢打电话，刚在保安面前成了笑料，我怕又在出租车司机跟前变成笑话？好在我还有一个同学，在这个学校人事处工作。我曾问过鬲融是否认识，鬲融的回答很肯定，她是我们学校人事处副处长，还是我的闺密呢。

于是，坐在出租车里，我给鬲融的闺密、我的同学发了一条微信：你们学校的鬲融副教授今天上班没？她手机关机，我有急事找她。同学立即回了过来，她是哪个系的？不知道，我老老实实地回道，你不认识啊，她不是你的闺密吗？同学回过来的微信我没有再看，我没有勇气看，也不想看了。我对出租车司机说，师傅，送我回家。我一到家就把自己脱得光溜溜的，钻进了被窝。我太累了，我想认认真真地睡一觉。人睡着了，也就消失了。我想让自己消失。

电话铃响起的时候，已经是第二天中午了。科长打来的，科长永远那么直截了当，你的副科长民主测评的时候，没过。我拖着懒洋洋的腔调说，知道了。还在睡觉？科长质问了一句，又说，可以理解，好好休息几天，缓过劲了再来上班，算你公休。

挂了电话，我把头又缩进了被窝。被窝里真舒坦，以前竟然没有发现。我让自己躺得更舒服些，刚闭上了眼睛，电话铃声又响了。看来，还不算太惨，有人挂念总是好的。我拿过手机，这次是媳妇打来的。我和媳妇两地分居，结婚十年了连个孩子也没有。不是不想要，而是没有条件。媳妇一直不愿意回来，她的话也有道理，咱们家总得有一个人赚钱养家，你哪怕当个副科长也行。你当上了，我马上辞职回家给你生儿育女。媳妇的条件不算苛刻，她已经是科长了，收入是我的好几倍。

我接通电话，不等媳妇询问，主动招了，副科长泡汤了，你男人人缘不好，民主测评没过。媳妇沉默了一会儿，说，没事，那我们再辛苦几年。媳妇后面的话我没有再听，我挂了电话，又把头缩进了被窝。这次进被窝，我断了后遗症，直接把手机关了。

我又迷迷糊糊地睡了过去，我睡得很香，连一个梦都没做。以前睡觉，我一直在梦里逍遥。那时候，我就感觉到，梦里的日子比现实生活丰富多彩多了。我不知道睡了多长时间，不是不想睡了，而是肚子饿得影响了睡眠的美好。我睁开眼睛，感觉神清气爽。第一件事当然是打开手机，立即就蹦出来两条短信。第一条是凤鸣的，语气和他的人一样，言语，你打电话的时候，我正在车间干活。等到看见回你，你又关机了。找我没事吧，是不是又想喝酒？这次我请客，我们这一月奖金大增啊。我立即回了一条，最近事少，哪天去你们单位转转？凤鸣立即回复道，别哪天啊，就今天吧，我等你，不见不散啊。这个世界就这么令人丧气：想见的已无踪迹，不想见的却确确实实存在着。第二条是媳妇的，语气永远是那么地体贴：海峰，没当上就没当上，以后还有机会，不要那么垂头丧气。

我看着“海峰”两个字，意识到这是我的名字。我自嘲地问自己，如果我叫海峰，那“言语”是谁呢？如果打冲冲、牧皮、鬲融来到我所在的单位，找一个叫“言语”的人，遭遇会不会和我一样呢？我不好意思地笑了，笑出了满脸的阳光。

我一脚蹬掉被子，给光溜溜的身体穿上衣服，头顶沐浴着阳光，踏上了上班的大道。走进办公室，同事们和往常一样，都冷漠得很正常，并没有人幸灾乐祸。只有科长看见我，脸上露出了久违的笑容，两只大手使劲地拍着我的肩膀，活过来了就好，好好干！我坐到自己座位上，发现桌面上很干净，没有一丝灰尘。我感激地环顾了一圈，同事们冷漠依旧，我收了心，也一脸冷漠地扎进了工作中。

生活恢复了常态，日子宛如挂在城墙门楼上的灯笼，在寒夜中摇摇摆摆，既冷又暖。时间过得真快，不知不觉就立冬了。又是一个礼拜天，雪花不安分地在空中东飘西荡，我待在屋子里无聊地翻看手机，翻着翻着，就看见那个“人在天涯”的群，“聊天信息”显示五个人都在，每个人还都是当初的网名。我看了半天，终于鼓起勇气，把“一颗红心”改成了“海峰”，然后在里面输入了两个字，在吗？

立刻，我就收到四个一样的字：在……

# 梦 十 八

春天说来就来了。

天就暖了，厚厚的棉衣有些累赘了，太阳毒的时候，一件衬衣也就可以出门了。蚊子却多了，不时在耳边盘旋，一不小心就来一口，有些烦人。人来到世上就是受罪的，这边好了，那边肯定有些不顺。就像工作，忙的时候晕头转向，总想着闲下来，好好休息休息。这不，刚休了两天，又没有事干了，心就闲得难受，老想找点事做。人到中年的舒凡就是在这种情形下想起了水中笑。水中笑当然是个女人，而且是个很漂亮的女人。舒凡刚想起她的时候没有很明确的目的，总觉得没有事做，那么，就给水中笑打个电话吧。

手机一拨，水中笑的声音就传了过来，清楚得好像站在跟前等着似的，有事吗？

没事。舒凡懒懒地说了一句。

没事有什么事？

问问你忙什么事呢？

没事，水中笑一副无聊的语气，闲得难受着呢。

没事就找点事吧。

找点事就找点事吧。

出来坐坐?

也行，去哪儿啊?

要不就梦十八吧。

也行，水中笑说，反正闲着也是闲着。

梦十八是这座城市最大的浴场，里面喷洒着健康之水，也是这座城市唯一没有小姐的娱乐场所。设施却很齐全，除了一楼的池子，二楼以上全是客房，按摩是有的，都是正规的，没有乱七八糟的东西。舒凡在一楼简单地冲了一下，换了浴场的浴服，上了二楼，要了一个房间，躺在了床上。打开电视看了一会儿，没有什么意思，就按了按床头的服务铃。房间的电话马上就响了。电话那头问，请问先生有什么要求?舒凡说，来个技师吧。那边又问，先生有没有熟悉的技师?舒凡说随便吧，漂亮点就行。挂了电话，舒凡就脱了上衣，趴在了床上。不一会儿门铃响了，人就进来了，声音也就响了，先生，我给您服务行吗?舒凡头也懒得抬，觉得声音脆脆的，就嗯了一声表示同意了。技师报完钟，就上了床，骑在了舒凡的屁股上，从脖子、颈椎开始按开了。按了一分钟，技师问，先生，力度怎么样?舒凡没有吭气。技师就不再说话了，默默而又认真地忙开了。慢慢地，舒凡就有些困了。手机却响了。舒凡看也没看就接通了，是水中笑的声音，我洗完了，你在哪儿呢?舒凡说了房号，水中笑直接推开门就走了进来。舒凡头也没抬，说道，你也要一个吧。水中笑说，要一个就要一个。舒凡对技师说，要个男的。技师就笑了，先生您放心吧，我们浴场规定，如果您没有特殊要求，一般都是男客人派女技师，女客人派男技师。舒凡不再说话了，不一会儿就传出了鼾声。

舒凡醒过来的时候，男女技师都已经走了，水中笑躺在另一张床上看电视。可能没有什么好看的，水中笑不停地调换着频道。舒凡翻过身，靠在了床头，点燃了一支烟，又把烟扔给了水中笑。水中笑没有抽，看着舒凡说，老婆不在家？舒凡喷了一口烟，在家，就是在家才觉得没有意思。你呢？水中笑说，我也一样。又说，舒凡你说，要是当初我们两个结了婚，会不会也感觉到没有意思。舒凡说，肯定会的。人就热乎那么几天，热乎劲过了，就没有意思了。水中笑叹了一口气，幸亏我们没有走到一个屋檐下。又说，如果我们结婚了，今天是不是也就不会在这儿见面了？舒凡说，这还用说吗，烦都烦死了。

水中笑笑了笑。

舒凡也笑了笑。

我说你身体没病吧，水中笑突然说。

没有啊。

那就是我没有女人味？

怎么这样说呢，舒凡说，像你这样徐娘半老、风韵犹存的不多啊。

那怎么我都玉体横陈了，你怎么视而不见呢？

是啊，舒凡敲了敲脑袋，可能我们的友谊太纯洁了吧，我从来没往那儿想过。

那你想想，如果我现在给你，你有兴趣吗？

那我们就试试吧，舒凡说。

舒凡这样说了，却躺着没动。水中笑说话了，看来女人是不能太贱了，要不男人就不拿你当回事了。

舒凡只好起来了，来到了水中笑的床上。水中笑躺着没动，舒凡就拉水中笑的衣服。拉了几下没有拉动，舒凡不拉了，手就伸进衣服里去了。毕竟年龄不饶人，舒凡明显地感觉到水中笑的胸脯比年轻时松弛多了，比原来的大了，却没有以前的挺了。摸在手里软乎乎的，好像摸在棉花上。但也就除了软，什么感觉也没有了。这边舒凡无感觉地摸着，那边水中笑就笑了，算了算了，痒痒的，还没有刚才那个技师按着舒服呢。舒凡又象征性地揉了几下，问，算了？算了吧。水中笑说。舒凡将手抽了出来，那就算了。

算了的舒凡又躺回了自己的床上。被子盖严实了，舒凡才伸手在裆部摸了一下，其实摸了跟不摸感觉的一样，裆里的玩意儿软绵绵的，就像水中笑的胸脯。虽说年龄大了，但在女人面前是从来不低头的。舒凡知道这要靠欲望。从去年就开始了，对什么都没有欲望了。总觉得烦，好像除了工作，就不知道干什么了。不知道干什么就不知道吧。

舒凡躺了一会儿，又抽了几支烟，还是觉得没劲，就说，回吧。水中笑也说，回吧。两个人出了房间，各换各的衣服去了。回到家时，天已经黑了，老婆问，上哪儿去了？舒凡答，洗澡去了。老婆又问，和谁？舒凡当然说，一个人。老婆没有再问，舒凡却想，什么事也没有，为什么要撒谎呢。晚上睡觉的时候，老婆也洗了澡，湿漉漉地躺在了自己旁边。舒凡突然就有感觉了，翻身就将老婆卷在了身下。动作力度还蛮大的，这一点舒凡从老婆情不自禁的哼哼声中感觉到了。舒凡也就知道了自己的功能还在。晚上的觉就睡得很是踏实。

转眼下一个周末又来了。又要休息两天。一周的工作完成得很顺利，没有什么操心的了。老婆又到商场去了。舒凡一个人在家里，就脱了所有的衣服，感觉一下子没有了束缚，自由了。家里的感觉就出来了。舒凡就觉得这时候的自己活得很真实，手机就响了。舒凡看了一眼，是水中笑打来的。

有事吗？舒凡问。

没事。

没事找点事吧。

也行。舒凡说，还是梦十八吧。

舒凡洗完的时候，水中笑已经在房间做按摩了。是个很俊朗的小伙子，坐在水中笑肥硕的屁股上，很是卖力地按着。见舒凡进来，水中笑说了一句，自己叫吧，就又随着技师的力道哼哼上了。那声音，就使舒凡想起了他在老婆身上忙活时，老婆忍不住发出的声音。舒凡知道，水中笑是真的感觉到舒服了。舒凡按了服务铃。技师进来的时候，舒凡平躺在床上，这样技师的模样就看得很清楚，是个小巧玲珑、面容白净的小姑娘。看年龄，和舒凡正在上大学的女儿差不多。舒凡没有像上次那样脱上衣，一言不发地看着小姑娘。小姑娘很会察言观色，按的时候就很小心，话也不多。小姑娘按完时，水中笑已经被那个小伙子按进了梦乡，小伙子让舒凡签了单，和小姑娘一起走了。舒凡换了几个频道，没有发现感兴趣的节目，干脆关了电视，就盯着熟睡的水中笑发呆。水中笑的大腿和半个肚皮露在外边，胸脯随着呼吸一起一伏，长长的头发遮住了半个脸。舒凡看着看着就睡着了。

舒凡是被水中笑弄醒的。舒凡还没有睁开眼睛就知道水中笑躺在了自己旁边，自己的胳膊也就成了水中笑的枕头。舒凡感到水中笑的呼吸轻轻地喷在自己的胸脯上，水中笑的手当然放在自己的下部。一下一下轻轻地揉着。舒凡不想睁开眼睛，但身体的反应暴露了他的真实状态。舒凡第一次和水中笑在一起有了反应，是男女之间的反应。舒凡刚要采取行动，水中笑已经回到了自己的床上。

舒凡不高兴了，要我？

没有，水中笑很高兴，我还是女人。

你什么时候当过男人？舒凡说。

我知道我在你面前还是女人就行了，水中笑竟然很认真，我们不能发生实质性关系的。

为什么？

我们有了关系，我们两个就都少了一个无话不谈的知心朋友。

也是，舒凡不看水中笑了，看着屋顶，很哲学地说，没有关系的关系才是最纯洁、最真挚的。

英雄所见略同。

舒凡看着水中笑，水中笑看着舒凡，两个人都笑了。

问题也在笑声中出来了。

你说，我们都不想越过那一步，水中笑问，我们为什么还要来到“梦十八”这种场所？

可能想追忆我们逝去的青春吧，舒凡说，也许不只我们，每个我们这个年龄阶段的人都有这种倾向吧。

我们毕竟已经走过来了。

是啊，我们虽然不再年轻，但我们成熟了，我们该干点我们这个年龄应该干的事了。

我们还见面吗？

当然了。

还来这里吗？

当然不来了，舒凡说，下次见面，我们选在人到中年咖啡屋吧。

第一次，两个人一起有说有笑地走出了浴场。走进了春天明媚的阳光中。

# 桥 儿 沟

*女人是水做的，藏在桥儿沟，没有心的男人找不到。*

*——石奶奶*

我是一个男人，是一个长得像山一样的男人。不仅有山的外形：高大、威猛、棱角分明；更有山的性格：沉默、冷峻、外冷内热，冷酷多情。我的目光常常凝望天空，期望有一个不食人间烟火的仙女般的女人穿梭、翻飞在彩云间，忙里偷闲射下她那云彩般的目光，并在我的身上做短暂的停留。可惜，这样的女人，只在梦中偶尔出现。

知道桥儿沟，就源于这样一个梦：那里，云雾缥缈，曲径通幽，男人手握《诗经》，温文尔雅；女人足不点地，衣袂翩翩。遇有外人，男人下颌微动，彬彬有礼；女人回眸一笑，石破天惊……我就是被那回头一笑惊醒的，云雾没有了，曲径不见了，男人不复再，女人也消失了。我从床上坐起，伸手往空中一抓，手里空空如也，眼前空空如也。幸亏，脑子里还留下了一个叫桥儿沟的地名和那仍在耳旁回响的汩汩泉水声。

茶饭不思说出口有些丢人，也不符合我的性格。我自认是个行动派，给手机充足电，看了看支付宝余额，又带了一个充电宝出了门。我突然有了这样一种冲动，家是离桥儿沟最远的地方，离开家一步，就离桥儿沟近一步，梦想之路也就缩短一步。

我是踩着月光走近桥儿沟的，梦中的一幕在我的眼前重现了，天空的月亮和星星都跑了下来，变成了一个个又圆又红的大灯笼，每个灯笼都红着脸，娇羞而又温润地照耀着脚下的石阶和石板路。一条条的小径，或向上攀升，或向下蜿蜒，高处和低处均缥缥缈缈，神秘莫测。在灯笼光的映衬下，夜色若有若无，宛如桥儿沟的呼吸，沉净、舒缓、幽静，吐气如兰。

站在桥儿沟，我仿佛进入仙境，又好像来到了一个迷宫。每一处都和梦境一般，每一处又与梦中不同。行人不多，三三两两，他们一定和我一样，从外地而来，每个人的眼睛睁得就像头顶的大红灯笼，脸上也都挂满了和我一样的惊喜和恍惚。也有当地的男人，缓缓而行，手中虽没有书卷，单是那种从容、淡静、悠闲，就与外地人不同。常常迎面而来，走着走着，就消失在了某一个小径的尽头，好像走进了桥儿沟旁边的大山里，和山融为一体。我最渴望的是遇见梦中的桥儿沟女人，看那翩翩衣袂，独享那惊魂一瞥。桥儿沟的女人们一定商量好了，躲在了大红灯笼照不到的角落，藏在了曲径通幽处，在我看不见的地方审视着我。

走在桥儿沟的石板路上，我恍恍惚惚却又神情激昂，梦想着“梦里寻她千百度，蓦然回首，伊人却在灯火阑珊处”。穿过几条小巷，总觉得有伊人在身后某一个角落对着我的背影哂笑。我一边走，一边猛地回头眺望，幽静的巷子依然静谧，灯光忽暗忽明，空无伊人。一种细细的流水声吸引了我的脚步，我就这样看到了梦中的“龙井”。龙井是一个山泉，泉水一边流动一边还冒着仙气。面对汩汩而出的细流，我双手合十，双目紧闭，屏住呼吸，倾听着龙井里泉水流动的声音。那声音似箫、又似埙，忽而清脆、忽而低沉，缠缠绵绵，却又丝丝入耳。我急躁的心顿时安静了下来，用心体味着这来自大山深处的天籁之音。“龙井”告诉我：女人是水做的，就藏在桥儿沟，没有心的男人永远也找不到。

睁开眼睛，我看到了一溜溜的马头墙，看见了黛青色的屋顶，看见了温暖的格子窗，看见了一扇扇的木门，看见了门前的石墩，我还看见了远处飘来的烟火气以及扑鼻而来的食物的醇香味。不争气又咕咕叫的肚子促使我离开了“龙井”，醇香带我来到了另一处泉水，泉水依然细小，但那出水处石壁上水的流痕使我感觉到昔日喷涌而出的盛况。泉水上方山体上，雕刻着两个蛊惑的汉字：温泉。我在看到温泉的那一刻，眼睛就像上方的灯笼一样变得澄清而又透明，温泉旁边，依石坐着一位女子。女子两只眼睛像泉水一样澄明，一丝浅笑挂在嘴边，皮肤白里透红，盈盈出一轮满月。

长春哥，饿了吧，尝尝温妹肉糕汤。女子见我过来，招呼道。

我知道桥儿沟有一座桥名叫“长春”，当地的小伙子也有叫长春的，但我并没有纠正，而是呆呆地问，你叫温妹。

住在温泉旁，自然叫温妹了。女子浅浅地笑。

看年龄，不到二十岁的模样，这是我见到的第一个桥儿沟女子，虽不像梦中那样衣袂翩翩，却是那样地自然、清纯，站在桥儿沟的石阶上，就是大山的一分子，我怕稍不留神，女子就和山融为一体，再也找不到了，急忙喊道，给我一碗肉糕汤。趁女子盛汤的工夫，我看了一眼肉糕，禁不住口水汹涌：肉糕上黄下白，似荤非荤、似素非素，荤素缠绵，再配以萝卜丝、香菇、青菜搭配的凤汤，闻一口香气袭骨。

在这梦境一般的温泉边，我看一眼清秀的小女子，抿一口肉糕汤；抿一口肉糕汤，再看一眼桥儿沟的小女子，不由得感叹道，真是秀色可餐啊。

女子并不恼，吃吃地笑，看来，你是外地来的长春哥了。

你们桥儿沟的女人，都长得像你一样清新脱俗吗？

小女子眉毛一翘，我们桥儿沟的女人都像仙女一样，我是最丑的了。

我不信，我真的不信，长在大山里，随便往哪儿一站，都能和山一样成为风景。这样的女子世间少有，我笑着摇了摇头。

小女子急了，粉嘟嘟的脸蛋泛出红晕，不信你去看看香姐姐，那才是我们桥儿沟的美人呢。

香姐姐，我的好奇心被激发了起来，面前的小女子已经美成景了，比她美的还能美到画里去，香姐姐住哪儿？我问道。

小女子又是吃吃地笑，像看一个傻子一样地看着我，香姐姐当然住在“香泉”边了。

“温泉”边住着温妹，“香泉”边住着香姐，神秘的桥儿沟，在我的心中越来越像梦境了。

“香泉”在哪儿？我喜欢看她清纯的面容，更喜欢听她泉水一样的声音。

自己找，小女子调皮地眨了眨眼睛，用你的心去找。

桥儿沟四通八达，除了脚下石板铺成的路，其他都是石阶托起的小径，有些朝上，一阶一阶地通到了山壁上；有些冲下，台台阶阶地通向了山下。我茫然无措地四周寻找，不知道是往上还是朝下。温泉水养大的温妹子毕竟善良，吃吃笑过之后，说道，来到桥儿沟，不走岔路口。我恍然大悟，从小径上收回迷乱的目光，沿着石板路继续向前走去。泉水叮咚，小姑娘的声音从后面传了过来，记住，用你的心去找。

头顶的灯笼越发多了，刚进来的时候是一个个，现在变成了一串串、一排排、一溜溜，呈排山倒海之势向眼前压来，好像来到了灯笼王国。漫步在红灯笼下的行人渐渐多了，不管男人，还是女人，一个个脸上泛出了红晕，眼光变得透彻，脚步也从容有度。神奇的桥儿沟，真是一个养人的地方。不只养育本地人，也滋养这些一看就是从外地慕名而来的人。我的目光穿过行人，寻找只有本地人身上才有的那种神韵。

在一个个流光溢彩的红脸蛋中，我的目光落在了一个二十多岁的女子身上。那是怎样的一个女人啊，她站在那里，就如站在画中，身后的房屋、山体，以及脚下的石板路、头顶的红灯笼都好像成了静止的透明体，它们宛如居于水中，成了海藻植物，那位年轻的女子就像水中的鱼儿，悠然游动。一抬头、一摆尾间，说不尽的韵律和风情。只有桥儿沟的山水才能孕育出如此灵秀的女人。温妹没有骗我，桥儿沟就是这样一个令人领略神奇的地方。见我的眼睛直愣愣地，女子嘴角微微上扬，送来了一个比红灯笼还暖人的微笑，在她的身后，我看到石壁上写着“香泉”两个字。

你是香姐？我本来是想说出“香姐姐”的，话到嘴边少说了一个字，面对如此圣洁的女子，多说一个字我都觉得是一种亵渎与造次。

香姐脸上有了些迟疑，你是观澜？

观澜是桥儿沟另一座桥的名字，看来，桥儿沟的女子都喜欢把男人以桥的名字命名，我想，那个叫观澜的男子，整天生活在梦幻般的桥儿沟，该是多么地幸福。

我不是观澜，当然，我也不能出卖温妹，我指了指她的身后。

香姐回头看了看身后石壁上的“香泉”二字，脸上似笑非笑地说，外地来的，嘴上像抹了蜜，油嘴滑舌的。

我的脸不由自主地红了，比红灯笼的光还要红，我只得搬出了温妹，香姐误会了，是温妹让我来的。

你认识温妹，温妹两个字一下子温暖了香姐的面容，也把香姐的热情重新找了回来，这个鬼丫头没说我什么坏话吧？

说了，我恢复了常态，也笑着说，她说你是桥儿沟最美的女人。没有之一。我添油加醋了一句。

也许这样的话香姐听得多了，脸上没有丝毫变化，找我有事？

我的目光躲闪了一下，正好落在了旁边的摊位上，于是急中生智，我想吃菜豆腐。

肉糕没有吃够啊？香姐一副了然于胸的神情，来到桥儿沟，都是我们最尊贵的客人。我们桥儿沟的好东西多得是，但得一口一口地吃，不能只顾贪心，一下子都想吃完了。

我看着这个桥儿沟的豆腐西施，觉得她就是我梦中的人。她的眉毛、她的鼻子、她的嘴巴、她的头发，都给我一种似曾相识的感觉。尤其是那双眼睛，好像泡在山泉里一样，清澈、透明、纯净、迷人。站在你面前，她又像一面镜子，似乎把我也要照成一个透明体。我痴痴地想，这样的眼睛，要是突然朝着你回头一笑，那种美丽能冻结你的血液，让你不知道自己是在人间还是在天界？

别发呆了，香姐见我的目光直愣愣的，并没有怪罪于我，真要了解我们桥儿沟的女人，你应该去见见福婶，喝一喝我们桥儿沟的木瓜酒。福婶的木瓜酒不要钱，专为你们这些远道而来的客人解渴而准备的。她才是我们桥儿沟最美丽、最有故事的女人。

迷人的桥儿沟，在我的眼里更成了谜。桥儿沟的谜到底有多少呢，该不会像随处可见的幽静小巷一样多吧？桥儿沟的景色让人沉醉，桥儿沟的美色让人的眼睛也变得清澈澄明。

我知道了，我对着香姐摆了摆手，福婶肯定住在“福泉”边。

香姐的眼睛笑成了一轮弯月，好像在夸奖我孺子可教。

桥儿沟是有规矩的，有的甚至把家训刻在了门口，仁义礼智信在红红的大灯笼后面闪耀着炫目的光彩，好像无声却有力地诉说着自己的文化。这种文化，已经融入温妹、香姐们的血液里。她们的一言一行、一举一动，无不在彰显着自己独特的风俗和文化。

没有人指引，也不用看石壁上“福泉”两个字，我一眼就认出了“福婶”。她的头上没有头巾，脸色红红的，头发短短的，看起来很爽朗、很健康。尤其是那双眼睛，在夜晚灯光的照耀下，竟然水汪汪的。我的脑海中不由得出现了温妹、香姐的眼睛，她们的眼睛好像都是山泉的魂魄，看起来都是那么地清澈。福婶大概四十岁左右，一看就是心胸开阔的类型，看见我一直盯着她，把满脸的笑容摔了过来，小伙子，喝杯木瓜酒？

我天生怵酒，赶紧摇了摇头，我对酒精过敏。

福婶爽朗地笑了，没事，这是用上好的新鲜木瓜经两次低温发酵酿成的，你尝尝，比水果汁还好喝呢。

木瓜酒是果酒？我半信半疑地抿了一口，果然酸涩爽口、醇和甘甜，酒下肚了，果香味还在舌尖上跳跃。

木瓜酒我原来尝过，根本不是这样的味道，我问道，福婶，这真是木瓜酒吗？

福婶笑道，你来过我们桥儿沟？

不知道为什么，我觉得福婶很亲切，亲切得就像相处多年的邻居，于是我和福婶开了个玩笑，您不认识我了，我是邀月啊？

邀月也是桥儿沟一座桥的名字，我觉得这个名字很诗意，很唯美，又很善解人意，想想，在如此美妙的幻境中邀月，多有意境啊。我看到福婶脸上的笑容慢慢凝固了，她很认真地看了我一眼，再没有说话，目光移到了旁边的山梁上。山梁上黑乎乎的，什么也看不见，福婶却出神地看着，半天一动不动。我知道自己说错话了，虽然不知道说错了什么。我还在脑子里想着怎么弥补，福婶又说话了。福婶回过头，好像看着我，又好像看着我的身后，她的目光在一瞬间显得很空洞，好像一汪泉水只剩下了泉眼，邀月、邀月，你真回来了吗？

我看着这个香姐口中有故事的女人，不敢再多说一句话。我想，她的故事，肯定和邀月有关。是什么样的事，能让这个开朗的女人失神落魄？我只有揣着满肚子的疑问落荒而逃。我不敢回头，我觉得福婶的目光一直砸在我的背上，我怕她的目光，我希望她的眼睛里一直泉水汪汪。

拐了两个弯，也许是三个，我终于逃脱了福婶的目光。我在一块石板上坐了下来，点燃了一支烟。烟雾蛇一般地飘向空中，隐在黑暗中不见了。头顶上空的山顶上，一轮圆月忽明忽暗，桥儿沟的石板路上，却没有一丝月光，只有大红的灯笼发出的红光。我出神地看着月亮，自言自语道，你和福婶的故事有关系吗？月亮闪了一下身，藏在了山后。美丽的桥儿沟的夜空，仍然被红色的灯笼光芒统治着。我突发奇想，如果桥儿沟的石板路上，洒满了月亮的清辉，桥儿沟会变成什么模样呢？也许没有现在这样美丽，但一定比现在更浪漫。

小伙子，你是临江吗？黑暗中忽然传来一个苍老的声音，我全身的毛孔都奓开了，借着灯笼的光亮，我看到在我不远的地方，坐着一个老太太。老太太的脸上布满了沧桑，眼睛却亮晶晶的。她正襟危坐，就像一个修炼了很多年的老神仙，满身仙气萦绕。

老奶奶，我赶紧打了一声招呼。

我不是老奶奶，老太太的声音幽幽的，好像从一眼泉水中传过来，人们都叫我石奶奶。

梦境在我的脑子中复苏了，我的梦中确实有一个石奶奶，她是桥儿沟的活化石，桥儿沟的故事都被她装进了脑子里。有一小股风慢悠悠地吹了过来，轻抚在我的脸上，我的脑子一下子清醒了，我要找的桥儿沟的女人正是她。她就像桥儿沟的母亲，哺育了整个桥儿沟人。

石奶奶好，我不知道说什么，只能恭恭敬敬地叫了一声。

你是临江吗？石奶奶目光灼灼地又问了一声。

我不是临江，面对石奶奶深邃的目光，我不敢撒谎，我知道临江和长春、观澜、邀月一样，不但是桥儿沟中一座座桥的名字，而且是桥儿沟的女人对男人的象征，有了在福婶那儿的教训，我明白我没有资格冒充桥儿沟的男人了。

你长得就像一座山，就像我们桥儿沟的男人，石奶奶面无表情地说，你来桥儿沟干什么？

寻梦来了。我就像一个小学生站在老师面前。

梦见桥儿沟的女人了？石奶奶一直看到了我的心里，看透了我所有的心思。

我老老实实地点了点头。

石奶奶的嘴裂开了，我终于看到了石奶奶的笑容，石奶奶的笑容是和她的牙齿一起呈现在我的面前的，一块一块就像小石头一样排列着，女人是水做的，就藏在桥儿沟，没有心的男人永远找不到。

这是我进入桥儿沟第二次听到这样的话了，这样的声音第一次是从“龙井”里面传出来的，现在从石奶奶的嘴里传过来，就像大山深处传来的天籁之声，直接从我的耳朵钻进了心里，拂掉了心头的尘垢。我突然领悟到了，其实，桥儿沟的女人无处不在，她们就像桥儿沟的一草一木，遍布在桥儿沟的角角落落：温妹、香姐、福婶，还有石奶奶，就是她们的代表。只是，我的脑子里还有一个疑问。

石奶奶，邀月和福婶有关系吗？我问。

石奶奶的目光移到了山顶，山顶黑乎乎的，什么也看不到，石奶奶却看得出了神，邀月是福婶的男人，为了让我们桥儿沟的人有个好日子，一直在山上守护着我们。长春、观澜、临江也一样，都是我们桥儿沟的好男人，他们虽然不在我们身边，但我们知道他们一直在守候着我们。

那他们离开你们多少年了？我小心翼翼地问。

自从我们来到这里，他们就离开了。石奶奶目光幽幽，原来的桥儿沟，山高石头多，出门就爬坡，土无三寸厚，地无百亩平。我们住在这里，一季粮食三季糠，树皮野菜当主粮，观音泥土也垫肚，天天为吃心发慌。石奶奶不再说话，眼角边隐隐有了泪痕。我想，石奶奶每天坐在这里，身边放着桥儿沟特制的“甘蔗陈酿”，一直就在等待远在天边却又近在眼前的桥儿沟的男人们。我也知道了，桥儿沟的女人们为什么那么美，就是因为有了这些男人的付出和守候。

小伙子，喝点甘蔗陈酿吧？

等我下次来的时候再喝，对着石奶奶，我恭恭敬敬地鞠了一个躬，向着桥儿沟外走去。看着今日梦幻般的桥儿沟，我特别想告诉石奶奶，我不只是长得像山，其实，我本就是桥儿沟旁边的一座山，常年守候在桥儿沟旁。我也要像长春、观澜、邀月、临江一样，做一个桥儿沟的女人们等待的有心的好男人。

这一次，我确定，我不是做梦。

# 玩　　笑

在这边，我和老尺、老寸正在喝酒。老寸请的客。酒是这边最好的酒，我们三人都是初来乍到，口袋瘪瘪的，没有积蓄。由于事发突然，那边的亲人们还没有来得及把钱财送过来。老寸因为内疚，在这边拉了半天黄包车才赚了一瓶酒钱。我和老尺本来不打算赴约，想了想，觉得冤家宜解不宜结，在这边，我们也只认识老寸。闲着也是闲着，便赏脸了。酒精爬满了老寸的脸，却充满了我和老尺的眼睛。老寸赤色的脸上诚意十足，一边敬酒、一边自罚。我和老尺知道，即使老寸虔诚到愿意以命相抵，我们也回不到那边去了。虽说这边和那边就隔了一层窗户纸，虽说现在科学已很发达，但仍然没有达到捅破这层“窗户纸”的程度。年年分享诺贝尔奖奖金的那些人也不能。

老尺瞪着血红的眼睛怒视着老寸，却找不着老寸的眼睛，便把目光转向了我，长叹了一口气，一切都晚了。一仰脖，又一杯酒下了肚。我知道老尺说的是真心话，那边还有很多值得留恋的东西，但这个世界是讲究因果的，落到今天这个地步，又能怨谁呢？我们三人都是从那边过来的，别看老寸现在低眉耷眼，其实是个蔫驴，带我们过来的时候，既没有和我们商量、更没有问我们愿意不愿意。事已至此，我们还是先说说那边的事吧——

十年前，我和老尺都是公司的业务员。馅儿饼就在那年夏天的一天砸在了我们头上，我们拿下了一个可顶半年销量的超大订单。两个人都很兴奋。于是商量着找一个能匹配大单的地方庆祝一下。洗脚屋太低档，大酒店已厌烦，卡拉OK没意思，老尺一边抽烟一边沉思，最后一拍大腿，咱们去花果山吧？听说孙悟空成了斗战胜佛以后，搬进了天宫的别墅。现在的花果山是白骨精当家。白骨精很敬业，多年经营下来，已经把花果山变成了“女儿国”。女人烦男人是表象，男人爱女人却是天理，我当时眼里有了光，就去这，咱们不去岂不是便宜了山上的那些猴子们。

那时候，我们都年少轻狂，整天异想天开、胡说八道。今天想着去月宫，和吴刚结成把兄弟、与嫦娥喝喝酒；明天又想着下龙宫去看看三太子被哪吒抽掉的龙筋长好了没有。花果山进入我们的视野是很正常的事。在地图上一搜，距离花果山不过百里，只不过全是山路，需要租一辆车前往。

于是就遇见了老寸。

与其说是遇见老寸，不如说是老寸一直在等着我们。从机场刚一出来，老寸迎面走了过来。面色黝黑，却顶着一头浓密的卷发，眼睛很大，像牛眼，里面全是笑意，哥，去花果山吗？

我问道，多少钱？

老寸说，一个礼拜一千五，我就是你们的专车司机，吃住不用你们管，我自理。

初来乍到，又都是生意人，骗人之心没有，防人之心常在。我和老寸开了个玩笑，上周我刚去过，最高只要一千元，心太黑了。

老寸见我们要往前走，眼睛睁得更圆了，像两个铃铛，一千就一千，全当我学雷锋了。

五百，我一边走一边说，去不去？

一千只能保本了，除了吃住，还有油钱，我老寸跑这条线多年了，从来不坑人。两位哥哥再考虑考虑。

老尺闻言停住了脚步，你姓什么？

姓寸啊，老寸说，尺寸的寸。

知道我姓什么吗？老尺豪爽地笑了，尺寸的尺。

老寸一瞬间满眼精光，那是自家哥哥到了，费用好说。

老尺递给老寸一支烟，冲你这个姓，一个礼拜一千五，就你了。

看得出老寸经常跑这条路，出租车游弋在山谷间，灵动而又畅快。因为尺与寸的关系，老尺俨然和老寸成了一家子。老尺坐在副驾驶座上，不停地弹出香烟塞进老寸嘴里，然后给老寸点燃。烟雾在头顶缠绕，话语在嘴边热络。

一个星期一千元，还不管油费、吃住，包得住吗？老尺问。

老寸也是个豁亮人，掏出了心窝子话，包得住，也就花点油钱，我的吃住都不用钱。

老尺显然理解错了老寸的话，体贴地问，晚上住在车里？

老寸憨笑道，住在家里。

我们已经知道老寸是机场附近的人，怎么会在百里之外还有家呢？还是老尺反应快，这么说兄弟在花果山还有一个家？

老寸是个老实人，黝黑的脸上泛出了一片红色，香烟在嘴唇边上下一跳，烟雾和话语一起从嘴唇缝喷了出来，有个相好。

白骨精？

白骨精！

老尺的眼睛直了，兄弟，高人啊。

老寸继续憨笑道，哥，这不算啥。我们这些跑出租的，人人都在花果山有个相好的小妖精。跑得早的孩子都上小学了。

老尺忘记了抽烟，急巴巴地问，没人管吗？

那是个女儿国，一辈子都不结婚的。那个地方，女人是一家之主，每个女人都有好几个相好的。

老尺回头对我说，难道和传说中的泸沽湖一样？

我还没有说话，老寸已经把话接了过去，泸沽湖是怎样我不知道，你们要去的花果山就是这样。你们去了，碰见你情我愿的小妖精，也可以找一个。

我和老尺都没有接话，透过车玻璃，我们的目光投向了前方。山路弯弯曲曲的，尽管老寸操作得游刃有余，我们还是觉得车速太慢了。老寸好像体会到了我们的心情，突然狠踩住油门，车发疯般地向前冲去，我和老尺同时听到，车后传来轰隆隆的响声。老寸已经停住了车，趴在方向盘上大喘气。我们回过头，顿时有一阵死里逃生的后怕。山上仍然有泥土和石块滚下，而我们刚刚经过的路，已经被山石和泥土埋得严严实实。如果老寸慢几秒，现在我们连人带车都已经被埋葬了。

大山以这种方式和我们打了声招呼，我感觉背上有冷汗冒出，老尺也一样，脸色变得苍白。好在老寸已经缓过气来，淡淡地说道，是滑坡，山里经常滑坡，没事的。

半天，老尺才问了一句，没有路了，我们怎么回去？

老寸闻言脸上有了笑容，有推土机呢，不到半个小时，路就通了。我们恍然大悟，刚才过来的时候，每隔一段，就有一台推土机停在路边，原来就是等待山体滑坡的。尽管如此，我们还是心有余悸。下了车，站在路边，看着还冒着丝丝热气的新鲜泥土，老尺佯装轻松地说，我们歇会儿，你看，山也累了，正在冒汗呢！第一次，面对老尺的幽默，我们没有笑。准确地说，是还没有来得及笑，天就变脸了。头顶突然乌云密布，整个山林成了黛青色，黯淡了许多。没有给我们准备的时间，倾盆大雨劈头盖脸地落在了我和老尺的身上。更诡异的是，我们站在车尾，老寸站在车头，相距不过三米左右，老天把车一分为二，在出租车的中部变了脸，老寸站立的地方，不但滴雨未落，而且阳光普照。我们的头发被雨水贴在了头皮上，老寸的卷发却在阳光下跳舞。

这种奇异的现象，仅仅持续了十多秒，就消失了。我们和老寸站在了同一片阳光下，就像做了一场梦。虽然短暂，但“梦境”犹在，我和老尺看着老寸，不敢轻易开口了。老寸继续笑着，没有见过吧，这是“阴阳雨”，山里常见的。

看着老寸灿烂的笑脸，我对老尺说，太不可思议了，后面还不知道会发生什么，等路通了，我们返回吧？

老尺把信任给了老寸，自家兄弟，你说呢？

老寸说，已经走了一半了，“女儿国”的白骨精等着你们呢。

老尺点燃一支烟，狠狠地吸了几口，扔在地上用脚狠狠地踩灭，老寸敢走，我们就敢去。上车。

出租车重新在山路上颠簸起来。刚刚领教了山的脾气和天的颜色，尽管老寸还在喋喋不休地说着山里发生的奇异现象，我们透过车玻璃，认真地观察起了这座大山。这座山极少平坦的地方，大多的山路都在山腰上，一面是直插云霄的山体，一面是深不可测的山谷。山上森林密布，阴森神秘；山谷一片混沌，氤氤氲氲。山顶山谷，都板着脸，一副惹不起的样子。唯一令我们心安的是，山路上出现了三三两两的车辆，看样子和我们一样，都是奔向“花果山”的。同类多了，胆气慢慢地回到了身上。老尺又开始往老寸嘴里塞香烟了，烟雾在头顶一交融，尺寸之间重新热络起来。老寸绘声绘色地讲述第一次和相好见面的情景，把老尺的目光重新变得崇拜起来。

花果山这个地方，虽然很开放，但你不敢乱来，老寸说，你看上人家还不行，关键要人家看上你。

怎样才能知道白骨精愿意呢？老尺问。

三送三回啊，老寸说得眉飞色舞，一送目光，你看人家人家不回避并且回看你；二送礼物，你送个小礼物，人家不但接受了，还回赠了你一个小礼物；这时候就可以互相交换联系方式了。

这么简单？老尺有点不相信。

不简单，这只说明对方愿意和你交往，什么时候人家愿意带你去她的“花房”了，才真正会成为你的相好。老寸嘿嘿嘿地笑道，就像我这样。

老寸的笑声就像树叶上的阳光，慢慢地拂去了我和老尺心灵上的惊慌，我们的心思又放在了花果山上，言语自然又集中在了白骨精身上。

书上都说白骨精是害人的，为什么现实中人们又都喜欢呢？老寸转动着方向盘，却转出来一个哲学问题。

什么问题只要沾上哲学的边，就都很深奥。老尺回头看了我一眼，我看了老尺一眼，我们两个人都尴尬地笑了。笑容尽管尴尬，但我们的笑容多了，老寸的车辆就轻快多了。

花果山和别的景区一样，听着玄乎，让人向往，真正到了，看着却很枯燥，唯一有点风景的，就是一个石头山以及山下的湖。石头山没有华山险、也没有黄山奇。说高不高，一眼可以看到山顶。山顶上飘荡着许多红绸条；说低也不低，没有半个小时爬不上去。我们对山没有兴趣，本来打算问问老寸，老寸把我们往湖边一扔，车和人都没了踪影。肯定去找相好了。我们只好围着湖边瞎转。湖边商铺琳琅满目，大圣T恤、猴王帽子、八戒耙子、沙僧挑子一字铺开，应有尽有；还有和白龙马合影的。我和老尺对这些都不感兴趣，老寸显然骗了我们，按照老寸的说法，白骨精满街都是。放眼望去，四周确实花枝招展，但和大都市街道上逛街的风景一样。我有些失望，嘴里嘀咕了一声，我们是来复古的，怎么会有这么多时尚女郎啊？老尺笑着说，男女平等，只允许你来找白骨精，不允许人家来寻唐僧啊？

湖边有个小广场，众多男女手拉手围成一圈正在跳舞，老尺说话间已经融入进去，一手拉着一个美女的手，踢腿翘屁股地跳得不亦乐乎。我闲得没事，后退两步坐在了一家商铺门前的凳子上，正要欣赏老尺蹩脚的舞步，身后却传来一个娇滴滴的声音，哥哥买酒不？我回过头，看见了一双白骨精一样的眼睛，侵骨入髓，一瞬间，我有了一种成为唐僧的感觉。

什么酒？见了真正的美人，我的脸上竟然有些发烫。

太上老君佳酿。白骨精含情脉脉地说。

价格也没有问，我的手很自然地伸向了口袋。抓空之后，我才意识到了老尺的老谋深算和良苦用心。什么时候把钱全部放到老尺的腰包里呢？可能就在老寸说了“三送三回”之后，难怪老尺如此放心地离开了我的身边。这个白骨精虽然穿着妖艳，但眼睛就像湖水一样清澈，一看只有当地成长的女孩才有。这可能是我们来到花果山之后遇见的真正意义上的白骨精了。老尺已经一边跳舞一边往这边看了，我抓紧时机问道，你是本地人？

白骨精点了点头，就是你们眼中的白骨精。

我还想再问点什么，身后突然伸过来一个孙悟空的紧箍咒，老尺的声音紧接着响了起来，送你的，我知道你们最讨厌孙猴子这种人，这是收拾他的法器。最后一句话，老尺是拍着我的肩膀说的。

白骨精扑哧一声笑了，竟然伸手接了过去，湖水一样的目光全浸润在了老尺的身上。老尺虽然油嘴滑舌，但身形俊美，面容俊秀，有一副女人喜欢的俊俏皮囊，他来了，基本上就没有我什么事了。我不甘心这样离去，走的时候给他垫了一块砖，别把我的钱糟蹋光了。

我们本来打算在花果山待一个星期，第二天早晨，我还在梦乡中寻找白骨精呢？被子就被老尺掀开了。老米，快起来，我们该走了。

我在床上伸了个懒腰，你昨晚几点回来的？

老尺急匆匆的，路上告诉你。再要不走，就走不了了。

我和老尺同事多年，第一次看到他如此惊慌失措，看来真摊上事了。我们急急忙忙下楼，老寸已在车里等着。还没有走到车跟前，昨天卖酒的白骨精突然从车后闪了出来。她的眼睛很红，眼眶里的湖水一颗一颗往外滚。她把两瓶“太上老君佳酿”塞到老尺手里，一句话也不说，只是痴痴地看着老尺。老尺钻进副驾驶座上，和车外的白骨精对视了半天，终于下了决心，对老寸说，走吧。就在车启动的一刹那，白骨精突然从窗外塞进了一沓钞票，流着眼泪对老尺说，我不要你的钱……老寸一点儿也不解风情，一脚油门就把白骨精抛在了几米之外，我们都没有听见后面说了什么。

老尺低着头发了一阵愣，突然抓起钞票，扔到了窗外。我在后座回过头，看见一沓钞票化成了枫叶，在空中飘飘洒洒；我更看到湖水争先恐后地从白骨精的眼中喷涌而出。老尺，只有老尺，才有如此豪气。我回过头，对着老尺的后背感叹道，真男人也！

老寸更是感慨万端，我在这条路上跑了这么多年了，拉过各种各样的男人，哥哥这样的男人，还是第一次见。老寸激动得把握方向盘的手都颤抖了。

我们还没有从激动和感慨中走出来，出租车已经钻进了大雾里。能见度不到二三米，看起来，昨晚山里又下雨了。老寸已经顾不上再发感慨了，两只手紧紧抓住方向盘，眼睛盯着前方的大雾，一眨也不敢眨。老尺估计一晚上没睡，竟然打起了呼噜。出租车像蜗牛一样在山路上蠕动。山上的大树，山谷的万丈深渊，都变得隐隐约约、朦朦胧胧，车外充满了阴森而不可知的诡异。明明近在咫尺，想看见却看不见是最吓人的，车子每往前颠簸一步，我的心跳声和老尺的呼噜声就碰撞一下。看得出老寸是个很有责任感的司机，他小心翼翼地驾驶着车辆，用尽全身的解数保证着车辆安全前行。就这样，不足百里的山路，去的时候虽然遇到了塌方，也只用了四个多小时，原路返回时颠簸了十几个小时，出租车还在山路上徘徊。雾气虽然淡了，但天却黑了。森林里尤其黑暗。老尺已经醒了，估计是被饿醒的，我们三人一天都没有吃东西了。

老尺回过头，突然问我，老米，你身上还有钱没？

我嫉妒却又气愤地说，不是全在你身上吗？不至于全给了白骨精吧？

老尺答非所问，那老寸的租金怎么办？

老寸没有说话，我却看到老寸的耳朵明显地竖了起来。

老尺是个性情中人，遇见可心的女人常有惊世骇俗之举。看样子，不但老寸的租金、就连住宾馆的钱也没有了。我反问道，你说怎么办？

老尺往窗外看了看，又恢复了玩世不恭的口气，你看这前不着村后不着店，干脆我们把老寸扔到沟里，自己开车走吧。

我知道老尺在开玩笑，偏偏又附和了一句，等一等，这儿的山沟比较浅，找个深沟再扔。

老寸显然吓坏了，整个身体都抖动了起来。出租车在狭窄的山路上扭动了几下，老寸的声音像从深山里传了过来，哥、哥、哥哥……我看见老寸的脖子上全是汗，整个身体癫痫般颤动，知道玩笑开大了，老寸要一分神，车子掉进山沟，我们三人就全完了。我赶紧在后面拍了拍老寸的肩膀，开玩笑呢，不会少你车钱。

不知道老寸的内心进行了怎样的斗争，后面的路程，老寸再也没有说一句话，不管老尺怎么逗，老寸都一言不发、支烟不抽。到了机场，已经是半夜了。我们从 ATM 机里取出钱，一分不少地付了老寸租金。老寸把钱装进口袋，只是认真地看了看我们，仍然一言未发地上了车。夜幕下，看着老寸落寞地离去，老尺嘲讽地说，就这胆，还敢跑花果山？

老寸低着头，又给我们满上了酒。酒像镜子，把我们全装了进去，我们能在酒杯中看见自己的影子。以为你胆子挺小的，没想到这么大？装得挺像的？老尺抓住酒杯，冲着老寸喊道。

老寸口中呢喃道，我也不相信我胆子这么大，但我被逼无奈，实在没有别的办法啊？

你是蓄谋已久啊？我问老寸。

事已至此，还是告诉你们吧，一丝狡黠而又得意的表情出现在了老寸的脸上，十年前，咱们分手后，我都不知道自己是怎么回到家的。那天晚上没有月亮，连星星都没有，黑夜张开大嘴，不停地向我伸出舌头，我好像丢了魂一样，扭扭歪歪把车开回家。我连车门都没有锁，直接进门一头栽在了床上。孩子吓得大哭起来，媳妇看我一副失魂落魄的样子，以为我病了，用板车拉着我去了医院。乡里医生看我奄奄一息的样子，直接拒收。媳妇又拉着我去了县里的医院，先 X 光，没查出什么；又做了 CT，还是一无所获；媳妇没办法，回家取了一次钱才给我做了核磁。所有检查完了，大夫高兴地告诉我媳妇，你男人没病，一切指标正常。可我就是觉得全身没有力气，头脑也昏昏沉沉的，身体站也站不起来，更别说开车了。晚上我睡得迷迷糊糊的时候，经常听到媳妇的哭声。但媳妇没有放弃，第二天，又换上一副笑脸拉着我去治病。媳妇也不知道哪儿能治好我，见了医院就进。就这样，家里的积蓄很快全花完了，媳妇没有别的办法，最后不得已把车也卖了，还是没有让我从床上爬起来。后来，村里有一位老人告诉媳妇，我可能是中了邪，去医院没有用。媳妇连孩子都不管了，从很远的地方又请回了一个神婆。神婆一进门，就说我的魂被人吓出了窍，正在四处飘荡，要做法把我的魂召回来。就这样，神婆手舞足蹈、嘴里哼哼唧唧，整整在家里做了三天法事。到了第三天的时候，我竟然能从床上坐起来了。媳妇不知道，我却心里清楚，再这样下去，不但我的病好不了，这个家也就垮了。人有时候还是要逼一逼自己，我一咬牙，身体真的一天比一天好了。我可以出门看看太阳，也能帮着媳妇把做好的饭菜端到桌子上。媳妇见了，甭说有多高兴了。原来躺在床上的时候没心情想那个事，这回一好，晚上媳妇的脸就不停地在我的胸前磨蹭。我这才发现那要命的玩意好像不是我自己身上的物件，任我和媳妇折腾得满头大汗，却没有了一点反应。尺哥哥你是知道的，那次和你们去花果山的时候，我和尺哥哥你一样，生龙活虎地在相好家整整折腾了一个晚上，临走的时候仍然是雄赳赳气昂昂，金枪不倒。尺哥哥你不知道的是，在我们这个地方，男人没有了那方面的能力，家里家外就都说不起话了。我在床上躺着的时候，媳妇再苦再累没有叫过一声屈，自从知道我的物件没有力气后，媳妇在家里就很少说话了，对我也开始不理不睬。再加上身体虽然好了一些，因为没有了车不能再跑营生了，家里慢慢断了生计，最后连孩子上学的费用也交不起了。我永远也忘不了孩子被学校推出校门后回到家里时的哭泣声，那真叫一个声嘶力竭。我感觉自己不是一个男人了，在家里，媳妇没有好脸，孩子也不叫爸爸了，我也是个要脸不要命的主儿。万般无奈，我只能拖着还没有好利索的身体离开家，出外打工赚钱。由于身体不好，干不了重活，我除了开车又没有别的手艺，赚的钱连自己也养活不起，更别说补贴家用了。后来就连这些零工也没有人愿意给我了，能去的地方我都去遍了，人家远远看见我就把大门也关了。在外面实在混不下去了，只能手在脸上一抹把脸装进裤裆里回到家。家里空荡荡的一个人也没有，我从邻居嘴里才知道媳妇早就带着孩子离家出走了。到底去了哪里，媳妇没有告诉任何人，连自己的娘家也没有说。屋里没有了人，家就空了，我一点儿心气也没有了。我在床上不吃不喝地躺了几天，实在饿得受不了，就又走出了家门。离开村子的时候，我对乡亲们说，我去接媳妇和孩子了。我心里清楚，这次出去，别说媳妇孩子了，自己能不能回来都不知道。岳父岳母听说我出门去找女儿和外孙，特意给我烙了几张大饼。我省吃俭用，一周以后，就开始吃百家饭了。这几年，我是白天一边要饭一边四处寻找媳妇孩子，到了晚上随便找个地方就躺下来。我被小孩子扔过烂泥巴，被所有见到的人当成疯子，也被狗追撵过，这些我都不怕，我最怕天冷了冻得一宿一宿无法合眼。为了驱寒，我只能看着天空，一遍又一遍地数天上的星星。天上的星星很多，我怎么也数不清楚。数不清楚正好消磨时间，反正我也没想数清楚。这个世上，不清楚的事情太多了，就像我，本来好好的，遇见了你们，一切就都变了。刮风下雪或者没有星星的晚上，我就一会儿想媳妇想孩子一会儿又想你们。冬天夜长，我只能一遍又一遍使劲地想、反复地想。天刚一亮，我就又开始奔波、上路去一个陌生的地方。我把能想到的地方跑遍之后，媳妇和孩子还是没有一点儿消息。我开始死心了，我想起了你们和我开玩笑的山崖，我毫不犹豫地来到了你们给我指定的地方，我觉得自己命该如此，谁让我死缠烂打地认识你们呢？我活该。可当我走到崖边准备跳下去的一瞬间，我突然想起来我给过你们一张名片，那上面有我的电话号码。跑花果山的几年，我拉过无数的过客，也给过无数的名片，从来没有拉过一个回头客。我也知道你们给我打电话的几率为零，可在那个时候，我就是觉得你们和其他所有人都不一样，其他人走了也就忘了，你们却一直留在我的心里，从来就没有离开过。我也觉得老天不想让我死，又给我指出了一条活路，我固执地认为我们还会再见面的。说到这里，老寸长长地舒了一口气，又往嘴里倒进一杯酒，接着说，后面这几年，我就是靠着这样的坚强信念坚持下来的。好像怕我们不信，老寸强调道，真的，不骗你们，媳妇和孩子现在在我心里已经没有印象了，两位哥哥才是我活到今天的全部支撑和希望。老寸的表情突然变得一本正经，但我却没有办法联系到你们，手机里已经没有了你们的电话，我甚至连你们是哪个地方的人也不知道？话说回来，即使知道，我也不会主动给你们打电话的。为什么？老尺忍不住问。我要主动联系你们，你们还会回来吗？看我们不说话，老寸接着说，也许会，也许不会。既然上天没有让我死，那就把一切都交给上天吧。因为你们打不打电话，只有上天知道。后面的事情就简单多了，我所能做的就是满怀希望。我宁愿饿着肚子，也不让手机欠费。因为我知道，我把主动权给你们了，以后不管发生了什么事你们不能只怪我。我只有等，笑着等，哭着等，饿着肚子等，白天等，晚上等，晴天等，阴天等，风霜雨雪等，春夏秋冬等，我是一刻也没有放弃地等着你们。没想到真应了那句老话：人的命，天注定，胡思乱想不顶用。老天终于开了眼，这么多年过去了，手机还是响了，还是让我给等来了。说到这里，老寸竟然一往情深地看着老尺，尺哥哥你不知道，我在听到你的声音的时候比听到媳妇孩子的声音还要兴奋。这么多年我没有痛痛快快地哭过，也没有高高兴兴地笑过，可是，我在听到你的声音之后，我朝天大笑，笑天不负我；我也低头痛哭，哭命运无常……最后几句话，老寸是笑着对我们说的，两位哥哥，你们也别怨我，这是我的命，也是你们的命啊。

骗鬼呢，都穷成这样了，奥迪车是哪儿来的？老尺气呼呼地问。

老寸低下头，不好意思地说，你们到的那天晚上，我偷的。

我和老尺面面相觑，一句话也说不出来。

和老寸分别后，我和老尺在机场住了一晚上，第二天就回了单位。单位事多，一回来就各忙各的，花果山的事慢慢从脑中褪去了。有时候见面闲聊，我们偶尔还提提老寸。时间长了，也慢慢地淡忘了。几年后，我和老尺都有了自己的家庭，后来又有了孩子。我听说老尺结婚后一直过得不愉快，经常在夜深人静的时候打老婆。有了孩子后，又经常打孩子。说的人多了，我也想劝劝老尺，但每次在单位遇见，老尺都是一副嬉皮笑脸的模样，一点儿也看不出来家庭有矛盾。自然没有张开口。时间往前一哆嗦，几年又过去了。老尺干得不错，不但买了新房，而且混成了一个小领导。

正赶上国家全力推进经济建设，我们单位搭上了这趟顺风车，企业发展日新月异，员工的幸福指数也成几何倍增长。夏天到了的时候，单位给所有人员放了一个礼拜带薪高温假，这在以前是从来没有过的。放假前一天，老尺突然打来电话，问我，你还记得老寸不？

我想了半天也没有想起来。

老尺在电话中大声喊道，花果山，开出租车那个。昨天搬家的时候，老寸的名片突然掉了出来，老尺的语气兴冲冲的，我试拨了一下，竟然打通了，老寸是个重感情的人，听说是我们，竟然激动地哭了。还说花果山今非昔比，盛情邀请咱们去呢？

我笑了，还没忘记白骨精啊？

老寸说只要我们过去，去花果山的费用全免，老尺兴冲冲地在电话中喊，哥们，走吧，来回费用我全包。

这话我信，老尺今非昔比，已跃入当下社会中穷得只剩下钱的那类人序列。反正高温假期间也没有事，正好出去散散心，老尺买好往返机票后，我们就出发了。

老寸说话算话，在机场外等着我们。十年不见，老寸面黄肌瘦，两眼无光，原来浓密的卷发如今只剩下几根茅草，苍老得几乎认不出来了。我拍了一下老寸的肩膀，怎么混成这样了？

老寸也学会了幽默，思念熬人，天天想着两个哥哥，能不变老吗？

老尺撇了撇嘴，正常，有老婆有相好，不费人才怪呢。

老寸不好意思地笑道，还是自家哥哥了解我。

车就向花果山出发了。

别看老寸一副落魄的模样，却已鸟枪换炮，开着一辆崭新的奥迪，比单位配给老尺的车都好。去花果山的路面也宽阔平坦了许多。按照老寸的说法，原来需要四个多小时的路程，现在只要两个小时就能赶到，车好路宽，这就打消了我们在机场住一个晚上的想法。

毕竟十年没见，多少有些生疏了。老尺仍然坐在副驾驶座上，不断地和老寸开着玩笑。老寸很少说话，不得不说了，就尴尬地笑笑，然后注意力又集中在了方向盘上。黑色像大山一样不停地向我们压来，车灯奋力把黑夜刺开一道口子，老寸踩住了油门好像不停地加速，车越来越快，一大片黑色被抛在车后，更多的黑色又迎面而来。山风呼啸着拍打着车窗玻璃，其中还裹挟着不明身份鸟类动物的怪叫声。老尺也不开玩笑了，不停地提醒老寸注意安全。老寸年龄大了，反应也不比以前快了，半天才说了一句，两位哥哥还认识这个地方吗？我们还没有看清楚，发动机嘶鸣狂叫，整个车身都抖动起来。老寸脚上显然用了全力，油门被踩到了底。黑色的奥迪在黑夜中像一颗黑色的子弹脱离了路面，箭一般地射向了无底的深渊。老寸在车辆脱离路面的一瞬间，才不紧不慢地说，这就是十年前你们开玩笑要把我扔下去的地方……

上面说的是那边的事。现在，我和老尺、老寸正在这边喝酒。老寸请的客。虽然刚在这边来了一天，我和老尺都觉得这边没有那边好，老寸却固执地认为，那边没有这边好。老寸说，在那边，我就是孤零零的一个人，在这边，还有两个哥哥陪着。

老寸又给我们斟满了酒，反正也回不去了，我和老尺都端起了酒杯，和老寸碰了一下，一起大喊道，干！！！

附　录：

# 宁可短篇小说印象

阿　探

读宁可的短篇小说，犹如蓝天白云下驾车疾驰在高速路上，轻盈无阻，无异于心灵的自舒之旅；又如智者指津，寥寥数语，令人从尘世虚像纷扰中剥离自身，立地洞明。超强的自变力，使他的创作摆脱了传统固有的模式，在新时代给予陕西文学一抹鲜性与亮色。

文章合时而著。作为新时期文学陕军的一员，宁可明察秋毫，小说文本从内质到外在，都富于时代的气质，书写当下是他的使命与追求。尤其是他的短篇小说创作，可谓陕西文学新时代的新走向。他将坚质时代化作绕指柔，予人以崭新的生活感，成为他近年来的一贯的美学追求。弃绝艰涩、阴冷，于无奈的沉重中寄予智慧的微光与体温，是他小说的定势。这一过程中，又充盈、飘逸着艺术的精微。

宁可在传统与现代之间，找到了适合自己的创作进路。他谙熟“合和”主义精髓，善于汲取外来养分，痴迷于中国太极图式至高美学之境的再造。如小说《左右》《似曾相识》《哥哥》，以中国式宇宙观解构人性，有着“道生一，一生二，二生三，三生万物”绵绵不绝的生息感，亦有一线魂牵的大美。又如《望月》，幻化移情为意识奔袭、冷月潜行，月夜与心死两相映照，擎起救赎与情感坚贞。一个雾霾沉沉的时代，需要轻灵与舒缓，拨雾探花，明灯烛照，宁可对人性幽微的起底，给予人们把握自我的契机。

于短篇小说创作而言，从文本体式，思想情趣，内涵体量，到语言承载等，从小说艺术多层面考量，宁可似乎有着无限的空间。《春夏秋冬》，形制上跨文体、无意识、去中心，使得文题、文眼、文思堙没得大象无形，象征、意象、抽象、意识流、荒诞等多种手法，勾勒出先锋主义文体迷离的影子。人类自以为是的精神坍塌，原本是一个复杂的主题，竟然以 7000 字的简短文本明了表征。同时宁可长于哲学对立统一思维的娴熟切入，直指灵魂动影。如《似曾相识》，男人时刻警惕着盯着自己的那个人，他的焦躁不安、逼仄空间等与对方的从容、游刃有余，对方的如影随形，构成不可化解的矛盾体。行文疾速，人物灵魂不安溢出纸面。越是被人盯着，越是凸显人物精神焦虑、疲惫、力竭。

在创作进击多变中，宁可不断地开掘着小说的实验性，探索、挖掘着语言的叙事性。与更年轻一代作家断然反传统相背，他更多继承了传统的根性元素，甚至以传统为小说思想内在声息，构建了易于飞行的文本。《羊在山上吃草》是有着元小说气韵的成功实验，既有中国式写意的空灵，人籁、天籁、地籁交融的静美，又富于作家与评家的头脑激荡，文本节奏、音律交错有致，更是对传统伦理价值的再发现再审视与灵飞。《看不见的蚊子》，整体性构建为设问自答，模式简明，以梦境打底，幻化女人为不同质地的蚊子，联结社会虚荣与质朴本真，幽默甚至游戏性语言承载起女性的时代性婚姻观。《二愣子》，阴谋疾驰向预设的目标，然而抵达是失去却不是得到，宁可在小说中潜隐着福祸得失的哲辩，统领着叙事的速率及走向。

幽深、曲折，批判无痕，意象质感，陡然反弹，承载拓展等阅读惊喜，亦是宁可的执着追求。《天病》以想象力的驰骋，使雾霾成为明确可感的惊恐，以骤然失明到复明展开了对环保局局长的惩戒，以两世为人凸显、延宕了人性卑微与狂妄，社会批判隐于无形。《春夏秋冬》以一个女人撑起女性时代性面孔，结尾处覆手为云，反弹至另一面——男人，文本顷刻腾升至人类精神拷问。《明天是今天的药》，婚纱影楼的“身份”换位，小说品格卓然矗立，短暂的虚拟未必适合自己；幽暗房间里一步之遥的幻影，依旧是作为凡人的“我们”竭力追逐与触及不到的。臆想退场，人物回归质朴生活，可谓亮色不断。《东西》无异于文本承载延展的极致，以意识之奔袭，梦境之绵延了至纯至美之诗意诗性，人物穿梭于时空与观念的迷宫，伸展之间力道强劲而无形。无异于人类向本体本初的回归，亦是艺术向古典境地的回归。变了的东西，我们已经记不起它原本的样子，没有变的东西，数千年来一直就在那里。虚境虽美，不过海市蜃楼之一刹那闪现，意识之唯美的奔袭被惊回会场。“泻水置平地，各自东西南北流”（鲍照《拟行路难·其四》），东西有别，人生有定，或许有和谐之交汇，但终究是各奔东西，文本完成多义承载与延展。宁可设置了串结古今广远的视野，游刃于一种唯美、优雅的气场，以淡然承载丰富的语言，探究和延伸了人类存在性的思考。他的语言，是从来不做无心之举，需要我们去细细体味，甚至用全部生命乃至历史、文化去体味。

艺术之生命贵在创造，小说创作更是如此。我们头脑里那些经典之作，不仅仅是故事或人物栩栩如生的存在，随着岁月的洗磨，最终留在人们记忆中的则是一种虚无的存在——无形的诗性诗意，优雅或恒性的震撼。小说之创造性更在于于有限之空间建筑一种无限之意蕴，引发人类之严肃思考。所谓虚构之故事可以是简单的甚至碎片、剪影式的一瞥或定格，然而文本虚构的承载必须丰富，繁华落尽的语言之表达必须有所伸展，必须具有意义的延展延伸。亦即文本的信息含量要丰富甚至繁复复杂，在此前提之下，文本的脉络、线索必须清晰了然，看似毫无逻辑实则有严整的大一统逻辑。宁可短篇小说，可谓求变求新之不懈探路者。

《文心雕龙》有云：夫情致异区，文变殊术，莫不因情立体，即体成势也。宁可创作之道，自然之势也。他的叙事藏形于巧，技精而貌似漫不经心，化作了认知、洞察、激情、智慧，不经意间文本自成秩序。他以超现实文本凌空一跃，登临了自我文学无疆之域。

阿探，陕西文学研究所特聘研究员，《作品》特约评论家。百余篇文学评论见于《文艺报》《文学报》《长篇小说选刊》等多种报刊。曾获《作品》2021 年度“十佳评刊员”金奖等，目前任职西安某高校。